हिन्द पॉकेट बुक्स

एक करोड़ का जूता

सुरेन्द्र मोहन पाठक का जन्म 19 फरवरी, 1940 को पंजाब के खेमकरण में हुआ था। विज्ञान में स्नातकोत्तर उपाधि हासिल करने के बाद उन्होंने *भारतीय दूरभाष उद्योग* में नौकरी कर ली। युवावस्था तक कई राष्ट्रीय और अंतरराष्ट्रीय लेखकों को पढ़ने के साथ उन्होंने मारियो पूजो और जेम्स हेडली चेज़ के उपन्यासों का अनुवाद शुरू किया। इसके बाद मौलिक लेखन करने लगे।

सुरेन्द्र मोहन पाठक के प्रसिद्ध उपन्यास *असफल अभियान* और *खाली वार* थे, जिन्होंने पाठक जी को प्रसिद्धि के सबसे ऊंचे शिखर पर पहुंचा दिया। इसके पश्चात उन्होंने अभी तक पीछे मुड़ कर नहीं देखा। उनका *पैंसठ लाख की डकैती* नामक उपन्यास अंग्रेज़ी में भी छपा और उसकी लाखों प्रतियाँ बिकने की ख़बर चर्चा में रही। उनकी अब तक 305 पुस्तकें प्रकाशित हो चुकी हैं और दो प्रेस में हैं। आप इनसे निम्नांकित के जरिया सम्पर्क कर सकते हैं:

smpmysterywriter@gmail.com

www.smpathak.com

हिन्द पॉकेट बुक्स से प्रकाशित

लेखक की अन्य पुस्तकें

क़हर
जाके बैरी सन्मुख जीवै
काला नाग
एक ही रास्ता
बीवी का हत्यारा
आठ दिन
खाली मकान

एक करोड़ का जूता

सुरेन्द्र मोहन पाठक

हिन्द पॉकेट बुक्स
पेंगुइन रैंडम हाउस इम्प्रिंट

हिन्द पॉकेट बुक्स

यूएसए | कनाडा | यूके | आयरलैंड | ऑस्ट्रेलिया | सिंगापुर
न्यू ज़ीलैंड | भारत | दक्षिण अफ्रीका | चीन

हिन्द पॉकेट बुक्स, पेंगुइन रैंडम हाउस ग्रुप ऑफ़ कम्पनीज़ का हिस्सा है,
जिसका पता global.penguinrandomhouse.com पर मिलेगा

पेंगुइन रैंडम हाउस इंडिया प्रा.लि.,
चौथी मंजिल, कैपिटल टावर 1, एमजी रोड,
गुरुग्राम 122002, हरियाणा, भारत

पेंगुइन
रैंडम हाउस
इंडिया

प्रथम हिन्दी संस्करण हिन्द पॉकेट बुक्स में पेंगुइन रैंडम हाउस द्वारा 2021 में प्रकाशित

10 9 8 7 6 5 4 3 2

इस पुस्तक में व्यक्त विचार लेखक के अपने हैं, जिनका यथासंभव तथ्यात्मक सत्यापन किया गया है, और इस संबंध में प्रकाशक एवं सहयोगी प्रकाशक किसी भी रूप में उत्तरदायी नहीं हैं।

ISBN 9789353497262

मुद्रक : मणिपाल टेक्नॉलजीस् लिमिटेड, भारत

www.penguin.co.in

FSC
www.fsc.org
MIX
Paper | Supporting responsible forestry
FSC® C043100

This is a legitimate digitally printed version of the book and therefore might not have certain extra finishing on the cover.

ऑफिस के शीशे के दरवाजे पर लिखा था –

आवतरमानी एस्टेट एजेन्सी

प्रापर्टी डीलर्स एण्ड कालोनाइजर्स

एक दुबला-पतला चश्माधारी व्यक्ति एक क्षण को उस दरवाजे पर ठिठका और फिर उसे धकेल कर भीतर दाखिल हुआ।

भीतर ऑफिस के जिस भाग में उसके कदम पड़े, वहां पांच-छः व्यक्ति मौजूद थे। जिनमें से अधिकतर ने उसे 'विश' किया। वहां मौजूद व्यक्तियों में से केवल एक एक मेज के पीछे एक फोम रबर से मंढी कुर्सी पर बैठा था। वह एक सत्ताइस-अट्ठाइस साल का खूबसूरत नौजवान था। नीले रंग का जो सूट वह पहने था, उसमें वह बहुत जंच रहा था।

आगन्तुक मेज के समीप पहुंचकर ठिठका।

''मिश्टर आवतरमानी?'''' – वह बोला।

''मेरा ही नाम है।'' – मेज के पीछे बैठा युवक सहज भाव से बोला – ''मोती आवतरमानी।''

''बन्दे को शूरज जोशी कहते हैं। मैं हिन्दोशतान टाइम्श का रिपोर्टर हूं। शायद नाम शुना हो आपने!''

''आपका या आपके अखबार का?''

''दोनों का।''

''सुना है, साहब। बराबर सुना है।''

''मैं देख रहा हूं कि मेरी बिरादारी के काफी लोग यहां पहले शे ही मौजूद हैं।''

''हमेशा ही मौजूद होते हैं। सिर्फ आपके चरण यहां कभी नहीं पड़े थे।''

''आपका क्या खयाल है, मनीआर्डर आज भी आयेगा?''

''अभी खुद ही देख लीजिएगा कि मनीआर्डर आता है या नहीं। हाथ कंगन को आरसी क्या?''

''इश बारे में मैं आपशे चन्द शवाल पूछूं तो आपको कोई एतराज?''

''कतई कोई एतराज नहीं, साहब। आप जितने मर्जी शवाल पूछिये।''

''मेरी आवाज में कोई पैदायशी नुक्श है जिसकी वजह शे मैं ''श'' का शही उच्चारण नहीं कर शकता। क्या आपको भी ऐशी कोई शिकायत है?''

''नहीं तो!'' – मोती तनिक हड़बड़ा कर बोला।

''अभी आपने 'शवाल' कहा न, इशलिए मैंने शोचा कि शायद हो।''

''वह तो अनजाने में मेरे मुंह से निकल गया था।''

''मैं शमझा था कि आपने जानबूझ कर मेरा मजाक उड़ाने के लिए ऐशा किया था।''

''हरगिज भी नहीं, साहब।''

''शुक्रिया।'' – सूरज जोशी शुष्क स्वर में बोला, वह एक क्षण ठिठका और फिर बोला – ''यह शिलशिला कब शे चल रहा है?''

''कौन-सा सिलसिला?''

''वही जिशकी वजह शे मेरी बिरादरी के लोग यहां हाजिर हैं और मैं भी यहां हाजिर हूं। दो हजार रुपये के मनीआर्डर वाला शिलशिला।''

''सत्तरह साल से।''

''शत्तरह शाल से हर शाल, बिना नागा आपको अपने जन्म दिन पर दो हजार रुपये का मनीआर्डर हाशिल हो रहा है?''

''जी हां।''

''अपने पिता की तरफ शे?''

''जी हां।''

''अपने उश पिता की तरफ शे जो कि शत्तरह शाल शे गायब हैं?''

''जी हां।''

''ऐशा पहला मनीआर्डर आपको कब हाशिल हुआ था?''

''दस नवम्बर 1967 को। मेरी ग्यारहवीं वर्ष गांठ पर। मेरे डैडी के गायब होने के बाद वह मेरी पहली वर्षगांठ थी।''

''इश शालाना मनीआर्डर के अलावा आपकी अपने डैडी शे कोई कम्यूनिकेशन नहीं?''

''न।''

''शन 67 के बाद शे उन्होंने आपशे कोई शम्पर्क श्थापित करने की कोशिश नहीं की?''

''नहीं की?''

''मनीआर्डर कहां शे आता है?''

''कोई एक जगह नहीं। कभी कहीं से आता है तो कभी कहीं से। दो बार तो नेपाल से भी आया था।''

''आपको यह बात अजीब नहीं लगती कि आपके डैडी आप के जन्मदिन पर आपको दो हजार रुपये के मनीआर्डर के प्रेजेन्ट की शूरत में बधाई देना तो याद रखते हैं लेकिन कभी आपशे शम्पर्क श्थापित करने की कोशिश नहीं करते?''

''मिस्टर जोशी, मेरे डैडी पर गबन का इलजाम है। वे जब भी प्रकट होंगे गिरफ्तार हो जायेंगे। गिरफ्तार नहीं भी होंगे तो क्रेडिटर उनकी बोटी-बोटी भंभोड़ कर रख देंगे। मुझ से सम्पर्क स्थापित करके वे भला क्यों मुसीबत मोल लेना चाहेंगे?''

''इश शन्दर्भ में पुलिश भी आपको चैक करती है?''

''बराबर करती है। पुलिस वाले भी बस यहां पहुंचते ही होंगे।''

''आई शी।''

''सत्तरह साल पहले चौधरी नाम का पुलिस का जो सब-इंस्पेक्टर मेरे बाप द्वारा किये गबन की तफ्तीश के लिए हमारे यहां आया था, उसने आज भी उस केस को क्लोज नहीं किया है। उसे आज भी मेरे बाप की और उसके द्वारा गबन की गयी दौलत की तलाश है।''

''शत्तरह शाल पहले आप कहां रहते थे?''

''यहीं। दिल्ली में ही।''

''आपके पिता के अलावा आपके परिवार में और कौन-कौन हैं?''

''कोई भी नहीं।''

''अच्छा! तो फिर दश शाल की उम्र में आपकी देखभाल करने वाला कौन था?''

''राज बुन्देला।''

''वो कौन हुआ?''

''राज बुन्देला वो शख्स है, मेरे डैडी के गायब होने के बाद कोर्ट ने जिसे मेरा सरपरस्त नियुक्त किया था। बुन्देला साहब दिल्ली के मशहूर प्रापर्टी डीलर हैं। रीयल एस्टेट का धन्धा मैंने उन्हीं से सीखा है।''

''आजकल आप अपना श्वतन्त्र धन्धा कर रहे हैं। आवतरमानी एश्टेट एजेन्शी के आप इकलौते मालिक हैं?''

''जी हां।''

''धन्धा बढ़िया चल रहा है?''

''अभी नहीं लेकिन उम्मीदें बहुत हैं।''

''उम्मीदें किश चीज शे हैं?''

''शक्ति नगर में अपने पिता के नाम पर मैंने गोपाल टावर नामक एक शापिंग सैन्टर और ऑफिस कम्पलैक्स की नींव रखी है। किन्हीं वजुहात से मेरा वह प्रोजेक्ट वक्ती घोटाले में पड़ गया है। अट्ठारह मंजिल तक जाने वाली इमारत अभी पहली मंजिल तक ही पहुंच पायी है।''

''वजह?''

''इस वक्त वजह बयान करना मुश्किल है लेकिन गोपाल टावर खड़ा होगा और जरूर खड़ा होगा।''

''आजकल तामीर बन्द है?''

''हां लेकिन बेसमैंट किराये पर उठ चुकी है। ग्राऊन्ड फ्लोर पर ''रैडरोज'' नामक एउक डिस्कोथेक मैं खुद चलाता हूं और पहली मंजिल के कुछ फ्लैट भी

किराये पर उठ चुके हैं।''

''आपके डैडी पर गबन का क्या केश था?''

''वह एक लम्बी कहानी है जो मैं इस वक्त डिसकस नहीं करना चाहता।''

''फिर भी . . .''

''फिर भी कुछ नहीं। आप अखबारनवीस हैं, जाकर अपने ही अखबार की सत्तरह साल पहले की फाइलें टटोलिये, सब कुछ मौजूद है उनमें। आज लोग मेरे डैडी को भूल चुके हैं लेकिन सत्तरह साल पहले गोपाल यशवन्तराय आवतरमानी को दिल्ली शहर का बच्चा-बच्चा जानता था। और तब . . .''

तभी दरवाजा खुलता पाकर मोती ठिठक गया।

दो व्यक्तियों ने बड़े अधिकारपूर्ण ढंग से भीतर कदम रखा। बिना किसी पर दृष्टिपात किये वे सीधे मोती के पास पहुंचे।

''सीबीआई।'' – एक बोला।

मोती ने सहमति में सिर हिलाया।

''मनीआर्डर आया?''

''अभी नहीं।''

''गुड।''

''आप हमेशा यहां आने की तकलीफ क्यों फरमाते हैं? डाकखाने से ही क्यों नहीं पता कर लिया करते कि मनीआर्डर आया या नहीं?''

''नहीं। ऐसे ही ठीक है।''

मोती खामोश रहा।

दरवाजा फिर खुला।

इस बार एक कोई पचासेक साल के भारी भरकम आदमी ने भीतर कदम रखा।

''माथुर फ्राम इलैक्ट्रा।'' – वह चारों तरफ निगाह घुमाता बोला – ''हल्लो ऐवरीबाडी।''

कोई कुछ न बोला।

''मनीआर्डर आया?'' – माथुर ने पूछा।

''अभी नहीं।'' – मोती बोला।

मोती उसे खूब जानता था। वह इलैक्ट्रा कारपोरेशन के – उस कारपोरेशन के जिसका कि कभी उसका बाप चेयरमैन और मैनेजिंग डायरेक्टर हुआ करता था – सिक्योरिटी चीफ भट्टाचार्य का आदमी था।

''मैं।'' – बारी-बारी हर किसी की तरफ उंगली उठाता माथुर बोला – ''गिन रहा हूं।''

''क्या?'' – एक रिपोर्टर बोला।

''यहीं कि अगर आज मनीआर्डर न आया तो कितने लोग बेवकूफ बनेंगे।''

''आपकी उम्मीद शे कहीं कम।'' – सूरज जोशी बोला – ''क्योंकि मनीआर्डर न आना उल्टा उशके आने शे ज्यादा बड़ी न्यूज होगा।''

''करैक्ट।'' – पहले वाला रिपोर्टर बोला – ''सत्तरह साल से होते चले आ रहे काम का इस बार न होना ज्यादा बड़ी न्यूज है।''

कोई कुछ न बोला।

मोती ने बेसबेपन से घड़ी देखी।

बारह बज चुके थे।

मनीआर्डर वाला डाकिया दोपहर के आसपास ही आता था।

अनायास ही मोती का दिमाग सत्तरह साल पहले के उस वक्त की तरफ भटक गया जब कि वह आज की तरह तनहा नहीं था।

जब कि उसे अपने बड़े समर्थ बाप की सरपरस्ती हासिल थी।

जबकि वह दस साल का था -

गोलपाल यशवन्तराय आवतरमानी इलैक्ट्रा कारपोरेशन का चेयरमैन और मैनेजिंग डायरेक्टर था। वह बड़ा आदमी था और उसके बड़े ठाठ थे। राजपुर रोड के जिस हवेलीनुमा आलीशान दोमंजिले मकान में वे रहते थे, वह हवेली ही कहलाता था। वहां रोज महफिलें जमती थीं, रोज पार्टियां होती थीं, रोज रात के दो-दो बजे तक मेहमानों के अट्टहासों से हवेली की छत गूंजती थी। तब दस साल

का मोती या आया के हवाले होता था या रानी के।

रानी कौन थी?

इस सवाल का जवाब दस साल की उम्र में मोती नहीं समझता था। रानी एक बाईस-तेईस साल की बेहद खूबसूरत लड़की थी जो बिन मां के बच्चे मोती को मां की तरह प्यार करती थी। मोती उसे रानी कहकर ही पुकारता था और इतना तब भी समझता था कि प्रत्यक्षत: चाहे वह हवेली के स्टाफ का अंग थी, लेकिन उसके पिता की निगाह में उसका रुतबा हवेली की आया या बेयरे या खानसामे या चौकीदार जैसा नहीं था।

गोपाल आवतरमानी तब चालीस साल का था और अपनी उम्र के लिहाज से जिन्दगी में बहुत कामयाबी हासिल कर चुका था। वह बहुत सजधज के साथ रहने वाला आदमी था। उसके सूट मुम्बई से सिलकर आते थे और कमीजें पेरिस से। अपने जूते तक वह विशेष आर्डर देकर बनवाता था। उसका एक कारण शायद यह भी था कि वह कद में ठिगना, मुश्किल से पांच फुट चार इंच का आदमी था और इसलिए साधारण से कहीं ज्यादा ऊंची ऐड़ी के जूते पहनता था।

हवेली में होने वाली उन पार्टियों का असल मकसद बिजनेस ही होता था। उन पार्टियों में ग्राहक पटाये जाते थे, नई कम्पनियों के इलैक्ट्रा कारपोरेशन में विलय की भूमिका बांधी जाती थी और लोगों को इलैक्ट्रा के बढ़ते हुए धन्धे से प्रभावित करने के अभियान चलाये जाते थे। इन कामों में गोपाल का साथ देता था उसका दायां हाथ और अत्यन्त विश्वसनीय व्यक्ति चक्की।

चक्की का पूरा नाम शरदेन्दु चक्रवर्ती था लेकिन हर कोई उसे चक्की के नाम से ही पुकारता था।

हवेली की पार्टियों में रानी भी अपनी पूरी सजधज के साथ हमेशा शामिल होती थी। कुछ लोग रानी की पार्टियों में मौजूदगी को होस्टेस के तौर पर तसलीम करते थे तो कुछ गलतफहमी में उसे मिसेज आवतरमानी के नाम से भी पुकार बैठते थे। रानी ऐसे लोगों की गलती को दुरुस्त करने की कोशिश नहीं करती थी लेकिन बाद में जब लोगों को मालूम होता था कि वह गोपाल की बीवी नहीं थी

तो कम-से-कम औरतों में बहुत कानाफूसी होती थी।

रात की उन पार्टियों के मुकाबले में रानी दिन में ज्यादा खुश रहती थी। दिन में रानी, मोती, उनकी आया और एक-दो नौकरों के अलावा हवेली में और कोई नहीं होता था लेकिन कई बार गोपाल भी दोपहर को ही घर वापिस आ जाता था और लौटकर ऑफिस नहीं जाता था। आमतौर पर वह दिन में रानी के साथ ब्रिज खेलता रहता था। ब्रिज का खेल रानी के पहली मंजिल पर स्थित बैडरूम में चलता था। तब मोती को हमेशा उसके अपने कमरे में सोने के लिए भेज दिया जाता था। मोती को बहुत उत्सुकता होती थी कि आखिर ''ब्रिज'' क्या खेल था।

एक बार वह रानी के बैडरूम में उसके पलंग के नीचे छुप गया था।

गोपाल वहां पहुंचा था और उसने बैडरूम का दरवाजा भीतर से बन्द कर लिया था।

रानी पलंग पर थी।

गोपाल भी पलंग पर पहुंच गया था।

मोती कितनी ही देर पलंग के नीचे छुपा रहा था और सोचता रहा था कि यह ब्रिज कैसा खेल था जिसके खिलाड़ी मुंह से तो एक शब्द नहीं बोल रहे थे लेकिन पलंग बुरी तरह से हिचकोले खा रहा था।

फिर अन्त में वह पलंग के नीचे से निकल आया था और उसने अपने डैडी से सवाल किया था कि वे क्या कर रहे थे।

''ब्रिज खेल रहे हैं, बेटा।'' – गोपाल का जवाब था।

''हाय राम!'' – रानी के मुंह से निकला था – ''यह यहां था!''

''डैडी, क्या ब्रिज में एक खिलाड़ी को दूसरे खिलाड़ी के ऊपर लेटना पड़ता है?''

''हां, बेटा। यह ऐसा ही खेल है।''

''कौन जीता?''

''दोनों।''

''दोनों?''

''हां। इस खेल में या दोनों खिलाड़ी जीतते हैं या दोनों हारते हैं।''

''ऐसा कैसे हो सकता है?''

''हो सकता है। बड़े होवोगे तो समझ जाओगे।''

''गोपाल।'' – रानी बोल पड़ी – ''भगाओ इसे यहां से।''

गोपाल ने हंसते हुए मोती को वहां से भगा दिया था और बैडरूम का दरवाजा फिर बन्द कर लिया था।

मोती हैरान था कि रानी के कपड़े कुर्सी पर क्यों पड़े थे?

क्या ब्रिज खेलने के लिए कपड़े उतारना भी जरूरी होता था?

उस दिन के बाद रानी और मोती में स्नेह और अनुराग का एक नया रिश्ता स्थापित हो गया। रानी ने आया की छुट्टी कर दी और स्वयं मोती की हर तरह की देखभाल करने लगी। गोपाल की गैरहाजिरी में वह मोती को अपने साथ घुमाने भी ले जाने लगी।

मोती को भी वह अब पहले से कहीं ज्यादा पसन्द आने लगी।

एक दिन जब वह मोती को रिज की पहाड़ी वाले पार्क में लेकर गयी तो मोती उसकी गोद में चढ गया।

''मेरी मां कैसी थी?'' – उसने पूछा।

''तेरी मां बहुत अच्छी थी, बेटा। स्वर्ग की अप्सराओं जैसी सुन्दर। मैंने कभी उसे देखा नहीं, लेकिन सुना है कि वह बहुत शानदार औरत थी।''

''कितनी शानदार! तुम्हारे जितनी?''

''मेरे से कहीं ज्यादा। मैं तो उसके मुकाबले में कुछ भी नहीं।'' – उसने एक आह भरी – ''औलाद के लिए मां से ज्यादा सुन्दर कोई चीज नहीं होती।''

''वो कहां गयी?''

''उसे भगवान ने अपने पास बुला लिया, बेटा। जो लोग बहुत अच्छे होते हैं, उन्हें भगवान अपने पास बुला लेता है।''

''रानी, तुम ''बहुत अच्छी'' मत बनना।''

अबोध बालक के उस लफ्जों ने रानी को ऐसा भावविह्वल किया कि वह रोने लगी। उसने जोर से मोती को अपनी छाती से भींच लिया।

मोती ने अक्सर नोट किया था कि चक्की अगर कभी दिन में हवेली में आता था तो गोपाल का मूड बिगड़ जाता था।

पता नहीं क्या बुरी खबर लाता था वह गोपाल के लिए।

एक बार उसने चक्की को कहते सुना था – "देख लीजिएगा, इस कोतवाल के बच्चे का इलैक्ट्रा के बोर्ड ऑफ डायरेक्टर्स में होना देर-सवेर हमारे लिए मुसीबत खड़ी कर देगा। कोतवाल बहुत काईयां आदमी है। औरों की तरह उसे आसानी से बेवकूफ नहीं बनाया जा सकता। शक तो उसे हो भी चुका है। अब कोई ऐसी तरकीब सोचिये कि शेयर होल्डरों की लिस्ट में से उसका नाम निकाला जा सके। इसी में हमारी गति है।"

ऐसी ही चेतावनियां चक्की गोपाल को अक्सर देता रहता था।

या फिर वे जाम टकराते, अट्टहास करते इन बातों की चर्चा करते रहते थे कि कब, कैसे उन्होंने किस बैंक को बेवकूफ बनाया था, किस कम्पनी को थूक लगाई थी, किस कॉरपोरेशन को दिवालिया बनाया था।

लेकिन अब चक्की जो बात कहता था उनकी वजह से दोनों में से कोई अट्टहास नहीं लगा पाता था। अब दोनों के चेहरे बेहद गम्भीर हो जाते थे।

कमरे में खेलते बालक की तरफ किसी की तवज्जो नहीं होती थी।

"अब और घोटाला नहीं चलने का।" – मोती ने एक बार चक्की को कहते सुना था – "कोतवाल को अब हम पर पूरा-पूरा शक है। वह कभी भी शेयर होल्डरों की मीटिंग बुला सकता है और हमारे लिए मुसीबत खड़ी कर सकता है।"

"वह कुछ साबित नहीं कर सकेगा।" – गोपाल ने कहा था।

"बेनामी से किये गये घोटाले किसी हद तक ही होशियारी का काम साबित हो सकते हैं। वह आपके खिलाफ कुछ साबित नहीं कर सकता, लेकिन मेरे खिलाफ साबित कर सकता है। अगर मैं पकड़ा गया तो आप भी फंसे बिना नहीं रहेंगे।"

"तुम मेरे खिलाफ ज़ुबान खोलोगे?"

''नहीं! लेकिन तब जरूरत होगी कहां जुबान खोलने की! यह क्या किसी से छुपा हुआ है कि मेरा आपका क्या रिश्ता है। मैं अपनी जुबान खोलूं या न खोलूं लेकिन मेरा पकड़ा जाना और मेरे खिलाफ कुछ साबित हो जाना ही आपको भी फंसा देने के लिये काफी होगा।''

''तुम खामखाह फिक्र कर रहे हो और मुझे भी फिक्र में डाल रहे हो। वह कोतवाल का बच्चा इतना बड़ा तीसमारखां नहीं जितना कि तुम उसे साबित करने की कोशिश कर रहे हो। मैं उसे बड़ी आसानी से हैंडल कर सकता हूं।''

''शायद न कर सकें।''

''चक्की, तुम . . .''

''और वह उससे कहीं बड़ा तीसमारखां है जितना कि मैं उसे साबित करने की कोशिश कर रहा हूं। एक इंडस्ट्रियलिस्ट के नाते दिल्ली शहर में आज उसका नाम बहुत बड़ा है। एक मामूली गारमेंट एक्सपोर्टर से उठकर जो आदमी तेरह कम्पनियों का डायरेक्टर बन सकता है, उत्तर भारत के सबसे बड़े एक्सपोर्ट हाउस का मालिक बन सकता है, मेरी निगाह में वह तीस से भी ज्यादा मारखां है।''

''वह क्या कर सकता है?''

''वह आपको जेल भिजवा सकता है और खुद इलैक्ट्रा का मालिक बन सकता है।''

गोपाल तिलमिलाया।

कई क्षण सन्नाटा रहा।

''मैं'' – अन्त में गोपाल बोला – ''कोतवाल को हैंडल कर सकता हूं। मैं उसे शीशे में उतार सकता हूं।''

''तो करते क्यों नहीं? कब करेंगे? जब पानी सिर से ऊंचा हो जायेगा?''

''मैं उसे डिनर पर इनवाइट करता हूं और फिर देखता हूं कि वह कितने पानी में है।''

चक्की खामोश रहा।

''और तुम अपनी फिक्र मत करो।'' – गोपाल बोला – ''मेरे होते तुम्हें कुछ होने वाला।''

''आपके होते भी मुझे बहुत कुछ हो सकता है।''

''कुछ नहीं होगा। मैं जिम्मेदार हूं।''

चक्की के चेहरे पर फिर भी निश्चिन्तता के भाव न प्रकट हुए।

शंकरराव कोतवाल के कदम डिनर के लिए हवेली में पड़े। गोपाल की तरह वह भी विधुर था और उम्र में भी वह गोपाल से जरा ही बड़ा था। वह अपनी आठ साल की बेटी के साथ आया। वह रविवार का दिन था लेकिन फिर भी उस रोज की डिनर पार्टी में हवेली की मेहमाननवाजी की परम्परा के हिसाब से बहुत कम – केवल बीस – आदमी आमन्त्रित थे।

डिनर के बाद कोतवाल और गोपाल मेन हाल के एक तनहा कोने में चले गये और उनमें कोई गम्भीर वार्तालाप शुरू हो गया।

मोती को लगा कि उसके डैडी कोतवाल को जी-जान से कुछ समझाने की कोशिश कर रहे थे, लेकिन लगता था कि अपनी कोशिश में कामयाब नहीं हो रहे थे।

बाद में गोपाल जब कोतवाल से अलग हुआ तो गोपाल का चेहरा साफ-साफ बदहवास लग रहा था।

उस रोज मोती ने पहली बार अपने डैडी को बोतल को मुंह लगाकर ड्रिंक करते देखा।

कोतवाल की बेटी का नाम शान्ता था। वह एक निहायत दुबली-पतली मरघिल्ली-सी लड़की थी लेकिन अकड़ फूं उसमें ऐसी थी जैसे किसी राजा की बेटी हो और हर किसी को अपने मुकाबले में हेठा मानती हो।

मोती ने एक तो वैसे ही उसका बहुत रोब खाया, ऊपर से उसे अपने डैडी का निर्देश था कि वह ''कोतवाल की बेटी'' के साथ ''अच्छे तरीके से'' पेश आये।

मोती उसे ऊपर अपने कमरे में ले गया।

वहां उसने शान्ता को अपने खिलौने दिखाये।

हर खिलौने पर शान्ता ने यूं नाक चढाया जैसे मोती उसे कूड़ा-करकट दिखा रहा हो।

मोती को बहुत बुरा लगा। उसे गुस्सा भी आया लेकिन अपने डैडी के निर्देश को ध्यान में रखते हुए वह अपना गुस्सा पी गया।

फिर शान्ता को प्रभावित करने का उसे एक तरीका सूझा।

''अगर'' – वह बोला – ''तू किसी को कुछ न कहने का वादा करे तो मैं तुझे डैडी का खजाना दिखा सकता हूं।''

''खजाना?'' – वह सकपकाई।

''हां! खुफिया खजाना।''

''कहां है?''

''उसकी खुफिया जगह तो मैं तुझे नहीं बताने का। वह जगह मुझे मालूम है, यह बात अगर मेरे डैडी को पता लग गयी तो वे बहुत गुस्से होंगे।''

''तुझे कैसे मालूम है?''

''बस, है किसी तरह से। तू अपनी आंखें बन्द कर, मैं दिखाता हूं तुझे खजाना।''

''मैं क्यों आंखें बन्द करूं?''

''खजाना देखने के लिये।''

''मैंने नहीं देखना तेरा खजाना।'' – वह बोली, और एकाएक उठकर दरवाजे की तरफ बढ़ चली।

''नहीं देखना तो मत देख।'' – मोती व्यग्र भाव से बोला – ''लेकिन रुक तो सही!''

''रुकूं किसलिये?''

''मेरे साथ खेलने के लिये।''

''मैंने नहीं खेलना तेरे साथ।''

''क्यों?''

''क्योंकि तू 'दोगला' है।''

''वह क्या होता है?''

''मुझे नहीं मालूम।''

''तो तू मुझे क्यों कह रही है?''

''मैंने अपने पापा को तुम्हारे बारे में ऐसा कहते सुना था। वे कह रहे थे कि तू दोगला है।''

शान्ता वहां से भाग गयी।

मोती को बहुत अफसोस हुआ कि उस कम्बख्त लड़की ने खजाने तक में कोई दिलचस्पी नहीं दिखाई थी।

उदास मोती अपने पापा के कमरे में पहुंचा।

वहां उसने अपने पापा की एक अलमारी खोली और उसमें पड़े कई जोड़ी जूतों में से एक सफेद रंग का जूता निकाला। उसके डैडी के पास काले और ब्राउन जूते कई थे लेकिन सफेद जूता एक ही था। ऐसा शायद इसलिये था क्योंकि उसके डैडी के पास एक ही सफेद सूट था और वह सफेद जूता वह सिर्फ सूट के साथ ही पहनते थे।

वह एक काफी ऊंची एड़ी का जूता था जिसके भीतर की तरफ एक ऐसा खटका था जिसे दबाने से उसकी एड़ी किसी ढक्कन की तरह खुल जाती थी।

उसने वह खटका दबाया।

एड़ी खुली।

एड़ी भीतर से खोखली थी और उसमें एक शनील की पोटली रखी थी। उसने एड़ी में से वह पोटली निकाल ली और अपने डैडी के विशाल पलंग पर चढ़ गया। उसने पोटली का मुंह खोला और उसे पलंग पर अपने सामने उलट दिया।

पलंग की उजली, रेशमी चादर पर जगमग-जगमग हो गयी।

मोती को इस बात का बड़ा गर्व था कि वह जानता था कि उसके सामने फैले बेशुमार चमकीले पत्थर हीरे कहलाते थे।

लेकिन आज उसके डैडी के खुफिया खजाने ने भी उसका दिल खुश न किया। आज उसके नन्हे मस्तिष्क में एक ही बात हथौड़े की तरह बज रही थी :

दोगला क्या होता था?

गोपाल इस बात से बहुत भन्नाया कि वह कोतवाल को शीशे में न उतार सका था। लेकिन वह हतोत्साहित न हुआ और न ही उसने अपनी जिन्दगी का कोई अन्दाज

बदला। उन्हीं दिनों गुड़गांवा के करीब उसने एक जमीन पसन्द की जिस पर उन दिनों जंगल उगा हुआ था और जिसमें एक प्राकृतिक झील भी थी। उसने घोषणा की कि वह अपने लिये वहां एक आलीशान कोठी बनाने जा रहा था। उसने उस उजाड़ जगह का बयाना भी भर दिया और उसका नाम भी रख दिया।

उसने अपने भावी आवास का नाम ''नशेमन'' रखा।

वह अभी से वहां एक आलीशान इमारत की, बढिया बाग की, हरी-हरी घास की, चांदनी रात में झील के मोहक नजारे की कल्पना करने लगा।

कितने ही रविवार वह मोती और रानी के साथ वहां पिकनिक के लिये गया।

मोती के बचपन के वे सबसे खुशगवार दिन थे।

वे तीनों वहां के जंगल में घूमते थे। झील में नहाते थे, खाते-पीते थे, मौज मनाते थे।

जंगल से गुजरती कच्ची सड़क के सिरे पर एक लकड़ी का विशाल केबिन था, मोती को बाहर खेलता छोड़कर गोपाल और रानी जिसमें अक्सर घुस जाते थे। मोती ने ऐसे किसी मौके पर खुद भी केबिन में घुसने की कोशिश की थी तो दरवाजा हमेशा भीतर से बन्द पाया था और उसके खटखटाने पर दरवाजा हमेशा बड़ी देर से खुलता था।

उसके डैडी और रानी शायद वहां भी ''ब्रिज'' खेलते थे।

मोती को हर हाल में 'नशेमन' बहुत पसन्द था।

जब वहां उसके पापा की कोठी बन जाती और जंगल के फालतू पेड़ काट दिये जाते तो फिर वह उसे और भी ज्यादा पसन्द आता।

फिर वह भी कभी किसी रानी जैसी खूबसूरत लड़की के साथ वहां ''ब्रिज'' खेलता। लेकिन कोतवाल की नकचढ़ी बेटी शान्ता के साथ हरगिज भी नहीं जिसने कि उसे 'दोगला' कहा था।

उसने अपने डैडी से पूछा भी था कि ''नशेमन'' का निर्माण कब शुरू होगा।

''बहुत जल्द, बेटा, बहुत जल्द।'' – गोपाल ने उत्तर दिया – ''बस, जरा बिजनेस के दो-चार झमेले निपट जायें।''

लेकिन बिजनेस के वे कथित दो-चार झमेले कभी न निपटे। आने वाले दिनों में वे झमेले बढ़ते ही चले गये। अब गोपाल और चक्की पहले से कहीं ज्यादा वक्त सिर जोड़कर बैठने लगे। अब नगर के गणमान्य व्यक्ति हवेली की पार्टियों में आने से भी कतराने लगे। अब हवेली की शाम की रौनक मुतवातर घटने लगी। कभी-कभी तो हवेली बहुत ही ज्यादा उजाड़ और तनहा लगने लगती थी।

उस उम्र में मोती नहीं समझता था कि उसके बाप की उन दुश्वारियों की क्या वजह थी लेकिन बाद में जब वह बड़ा हो गया तो समझ में आया कि उसका बाप कई सालों से धीरे-धीरे अपने व्यक्तिगत काम के लिये इलैक्ट्रा कारपोरेशन से रुपया निकाल रहा था – साफ शब्दों में कहा जाये तो गबन कर रहा था। रुपये की उस हेरा-फेरी को किसी पिटी हुई कम्पनी के इलैक्ट्रा में विलय का नाम दिया जाता था। गोपाल की ऐसी हर हेरा-फेरी में चक्की उसका सहयोगी था और उसके हर स्याह कारनामे में उसका भागीदार था। गोपाल को पूरी तसल्ली थी कि उसकी कोई जालसाजी पकड़ी नहीं जाने वाली थी लेकिन हकीकतन ऐसा न हुआ। गोपाल का खयाल था कि घाटे में जाने वाली कम्पनियों के इलैक्ट्रा जैसी फलती-फूलती कारपोरेशन में विलय की तरफ किसी का ध्यान भी नहीं जायेगा लेकिन असल में हुआ यह कि इन्हीं बातों की वजह से इलैक्ट्रा की साख बिगड़ने लगी और उसके शेयरों की कीमत नीचे गिरने लगी। शेयरहोल्डरों में असन्तोष फैलने लगा और वे गोपाल का साथ छोड़कर कोतवाल के खेमे में पहुंचने लगे।

गोपाल का रसूख घटने लगा।

जो लोग उसे ''ओब्लाइज'' करने के लिये हमेशा तैयार रहते थे, वे उससे कन्नी कतराने लगे।

फिर उसकी चण्डीगढ़ की एक बेनामी खरीद में ऐसा घोटाला हुआ कि चक्की के जेल जाने की नौबत आ गयी। वह गिरफ्तार हुआ तो बड़ी मुश्किल से तो गोपाल उसकी जमानत करा पाया। उसका बेहद दाना वकील कहता था कि चक्की का जेल की सजा से बचना मुश्किल था। उसकी लाख कोशिशों के बावजूद फैसला उसके खिलाफ ही होने वाला था।

उन्हीं दिनों गोपाल के साथ उस दौर की सबसे बड़ी ट्रेजेडी हुई। उसको ऐसी फलती-फूलती कम्पनी में पैसा लगाने की राय दी गयी जो कि डिफेंस के लिये जीपें बनाती थी। कम्पनी का सारा ही माल क्योंकि डिफेंस को जाता था इसलिये किसी तरह के नुकसान की कोई गुंजायश नहीं थी।

गोपाल ने अपना सारा पैसा उस कम्पनी के शेयर खरीदने में लगाना शुरू कर दिया।

कम्पनी का कन्ट्रोल जिन लोगों के हाथ में था, उन्हें गोपाल और उसके बिजनेस के तौर-तरीके सख्त नापसन्द थे। इसलिये उन्होंने पूरी कोशिश करनी आरम्भ कर दी कि शेयर गोपाल के पास न जाने पायें। गोपाल अगर शेयर की कीमत दस रुपये लगाता था तो वे ग्यारह लगाते थे। शेयर तो गोपाल ने फिर भी खरीदे लेकिन तब उसे उनकी दुगनी-तिगनी कीमत अदा करनी पड़ी। एक तो इसी बात ने उसे खराब किया, ऊपर से तबाह सरकार के इस फैसले ने कर दिया कि भविष्य में डिफेंस के लिये जीपें इम्पोर्ट की जायें।

रातों-रात उस कम्पनी के शेयरों के रेट पाताल छूने लगे।

मुकद्दर के एक ही झटके ने गोपाल को कंगाल कर दिया।

इलैक्ट्रा में अपने शेयरों के अलावा उसके पास कुछ बाकी न बचा और वह कोई चालीस लाख रुपये का शेयर मार्केट का कर्जाई हो गया।

यह बात उसने चक्की को बड़े मातमी अन्दाज में बताई।

''अब'' – चक्की बोला – ''इलैक्ट्रा के शेयर बेचने के अलावा आपके पास कोई चारा नहीं।''

''मैं इलैक्ट्रा के अपने शेयर बेचने का हौसला नहीं कर सकता।'' – गोपाल बोला – ''मैंने वे शेयर बेचने की कोशिश की तो सबको मालूम हो जायेगा कि मेरी हालत खस्ता है। फिर इलैक्ट्रा के शेयरों की न केवल कीमत फौरन डाऊन आ जायेगी, साथ ही यह बात भी खुलने का अन्देशा हो जायेगा कि हम किस हद तक इलैक्ट्रा को खोखला कर चुके हैं। ऊपर से अपने शेयर बेच डालने की स्थिति में मैं कम्पनी का चेयरमैन और मैनेजिंग डायरेक्टर नहीं बना रह सकूंगा। कोतवाल मुझे ठोकर मारकर वहां से निकाल फेंकने की स्थिति में पहुंच जायेगा।''

''अपने रसूख के दम पर भी आप कुछ कैश खड़ा कर सकते हैं।''

''अपने रसूख के दम पर और इलैक्ट्रा के अपने शेयर चुपचाप गिरवी रखकर मैं पहले ही बहुत उधार ले चुका हूं। फिर भी कोशिश करूंगा तो कितना कैश खड़ा कर लूंगा? पांच-सात लाख? दस लाख? इससे ज्यादा कुछ कर पाने लायक मेरा रसूख नहीं है आजकल।''

चक्की चुप रहा।

''चक्की, इस वक्त अगर मैं चालीस लाख का इन्तजाम कर सकूं तो स्थिति काबू में आ सकती है। फिर मैं जीप कम्पनी के शेयर इज्जतदार तरीके से बेचकर कुछ रकम खड़ी कर सकूंगा। और अपने आपको दिवालिया घोषित करने से बच सकूंगा।''

''सिर्फ वक्ती तौर पर।'' – चक्की बोला – ''बाद में तो फिर वही होगा जो आज दिखाई देगा।''

''बाद में जो होगा, उसकी मुझे परवाह नहीं। मुझे परवाह इस वक्त की ही है। बाद का इन्तजाम है मेरे पास।''

''क्या?''

''मैं'' – गोपाल का स्वर एकाएक अत्यन्त रहस्यपूर्ण हो उठा – ''अपना सब ताम-झाम समेटकर दुबई भाग जाऊंगा।''

''नशेमन नहीं बनेगा?'' – मोती एकाएक बोल पड़ा।

''अरे'' – गोपाल चौंका – ''तू यहां क्या कर रहा है? चल भाग यहां से।''

''नशेमन नहीं बनेगा?'' – मोती ने फिर पूछा।

''दिल्ली में नहीं बनेगा। लेकिन कहीं और बनेगा। अब जा और जाकर रानी के साथ खेल।''

मोती वहां से निकल गया।

कुछ क्षण वह दरवाजे के पास ठिठका।

''चक्की'' – गोपाल कह रहा था – ''कर्जा हासिल करने का एक नया साधन मेरी निगाह में है।''

''कौन-सा?''

जवाब में गोपाल ने क्या कहा, मोती को सुनाई न दिया।

लेकिन एक नाम उसने फिर भी सुना।

सकलानी।

कुछ सप्ताह बाद गोपाल ने एक अनोखी हरकत की।

उसने एक बहुत ऊंचे बजट वाली फिल्म को फाइनांस करने की घोषणा की।

चक्की की निगाह में वह पहले से ही तबाही के कगार पर खड़े गोपाल की सबसे बड़ी मूर्खता थी।

लेकिन गोपाल की वह सबसे शानदार चाल थी।

उसने केवल फिल्म को फाइनान्स करने की घोषणा की थी और मुम्बई जाकर बड़ी शान-बान से उस फिल्म का महूरत करवाया था। इस बात की खूब पब्लिसिटी हुई। उसके कर्जदारों ने सोचा कि जब गोपाल फिल्म जैसे धन्धे पर पैसा लगा सकता था तो जरूर उसकी अन्टी में बहुत माल था और उसके पास उनका रुपया सेफ था। वे न केवल आश्वस्त हुए बल्कि गोपाल के मांगने पर उसे और कर्जा देने को भी तैयार हो गये।

फिल्म के महूरत पर गोपाल के साथ रानी और मोती भी मुम्बई गये। वहां मोती ने पहली बार फिल्म स्टार देखे और उनके साथ तस्वीरें खिंचवाईं।

वहां गोपाल की मुलाकात तम्हाणे नामक एक ऐसे स्टण्टमैन से हुई जो उन दिनों बेकार था। वह एक कोई पैंतीस साल का बाक्सरों जैसे गठीले शरीर वाला लम्बा तगड़ा व्यक्ति था।

हजार रुपये माहवार की तनखाह पर गोपाल ने उसे अपना बाडीगार्ड मुकर्रर किया और उसे अपने साथ दिल्ली आ गया।

गोपाल की उस हरकत से सबसे ज्यादा हैरानी रानी को हुई।

''एकाएक बाडीगार्ड की क्या जरूरत महसूस होने लगी आपको?'' – उसने गोपाल से पूछा भी – ''क्या कोई खास वजह है?''

''नहीं'' – गोपाल बोला – ''खास वजह कोई नहीं। लेकिन बड़े लोगों को जान का खतरा होता ही है। इसलिये . . .''

रानी उस कथित बाडीगार्ड से बड़ी विचलित दिखाई देती थी। वह उसे नदीदों की तरह घूरता जो था।

दिल्ली आते ही गोपाल ने तम्हाणे को एक रिवाल्वर खरीद दी और उसे रिवाल्वर रखने का लाइसेन्स बनवा दिया। तम्हाणे रिवाल्वर को हैंडल करना पहले से जानता था और बहुत बढ़िया निशानेबाज था।

शुरू-शुरू में तम्हाणे मोती के साथ बहुत मुहब्बत से पेश आया लेकिन फिर धीरे-धीरे उसका व्यवहार बड़ा उखड़ा-उखड़ा और चिड़चिड़ा होने लगा। मोती से तब तो वह खास चिड़ता था जब कि वह रानी के साथ होता था। वह मोती को रानी के पास से यह कहकर टरकाने तक की कोशिश करता था कि वह बाहर जाकर खेले या अपने स्कूल का काम करे या जाकर कोई कामिक्स वगैरह पढे, लेकिन अगर मोती की जिद रानी के साथ कैरम या लूडो खेलने की होती थी तो जिद उसी की चलती थी।

तम्हाणे और भी भन्ना जाता था।

एक महीने बाद गोपाल की फाइनांस्ड फिल्म की जयपुर में लोकेशन शूटिंग थी जहां कि गोपाल ने मोती को तम्हाणे के साथ भेज दिया।

जयपुर में तम्हाणे को एक लम्बा-पतला, बारीक मूछों वाला आदमी मिला।

''तुम तम्हाणे हो न?'' – वह बोला।

तम्हाणे ने सहमति में सिर हिलाया।

''आजकल क्या करते हो?''

तम्हाणे ने बताया।

''यह आवतरमानी का छोकरा है?''

''हां!''

''तुम कहां ठहरे हुए हो? रात को मैं तुमसे मिलना चाहता हूं।''

''रात को मैं वापिस दिल्ली जा रहा हूं।''

''कोई बात नहीं। मैं तुमसे दिल्ली में मिलूंगा।''

''क्यों?''

उत्तर में बारीक मूंछों वाला आदमी केवल मुस्कराया।

अगली सुबह वे दिल्ली में थे।

उस रोज दोपहर को जब मोती रानी के कमरे के करीब पहुंचा तो भीतर से आती आवाजें सुनकर वह बाहर ही ठिठक गया।

''दफा हो जा, कमीने!'' – उसे रानी का गुस्से से भरा स्वर सुनाई दिया।

''मैं तो दफा हो जाऊंगा'' – उसे तम्हाणे का विद्रुपपूर्ण स्वर सुनाई दिया – ''लेकिन जिसके लिये मुझे दफा कर रही हो, वो सात जन्म तुम्हारा नहीं बनने वाला।''

''वहम है तुम्हारा।''

''तुम सपनों में जी रही हो, मेरी जान। आवतरमानी हरगिज भी तुमसे शादी नहीं करने वाला।''

''वह जरूर करेगा। वह मुझसे मुहब्बत करता है। मैं उससे मुहब्बत करती हूं। हमारी मुहब्बत को तुम्हारे जैसा जलील आदमी नहीं समझ सकता।''

''मुहब्बत! और तुमसे? मेरी जान . . .''

''खबरदार जो मेरे लिये उलटे-सीधे लफ्ज़ इस्तेमाल किये।''

''मेरी जान, मेरी जान कोई उलटा-सीधा लफ्ज है? यह तो . . .''

उसी क्षण तनिक खुले दरवाजे में से मोती ने रानी को तम्हाणे के मुंह पर थप्पड़ रसीद करते देखा।

मोती ऐसा डरा कि फौरन वहां से भाग गया।

उसी शाम को बारीक मूंछों वाला आदमी हवेली में आया।

उस वक्त गोपाल घर में नहीं था। और रानी ने उसे देखा नहीं था।

उसे केवल मोती ने देखा।

उसने तम्हाणे से कुछ क्षण खुसर-पुसर की, फिर तम्हाणे उसके साथ हो लिया।

भोर का उजाला फूट रहा था जब कि तम्हाणे वापिस लौटा।

उसकी चाल में लड़खड़ाहट थी और मुंह से व्हिस्की की दुर्गन्ध आ रही थी।

मोती को दरवाजे पर देखकर वह सकपकाया।

''साहब घर में हैं?'' – उसने थरथराती आवाज में पूछा।

''नहीं।'''' – मोती बोला।

''ओह! सुनो। साहब को बताना नहीं कि मैं रात को घर में नहीं था।''

''अच्छा।''

''शाबाश! गुडब्वाय।''

उसी शाम को मोती ने उसे गोपाल को बताते सुना कि हवेली की बिजली की तारें कई जगह से खराब हो गई थीं जिनकी वजह से वहां फ्यूज अक्सर उड़ते रहते थे। गोपाल ने उसे कहा कि वह किसी बिजली वाले को बुला ले और बिजली के जो सर्किट ठीक नहीं थे, उन्हें ठीक करा ले।

बिजली वाला अगले रोज तब आया जबकि गोपाल और रानी हवेली में नहीं थे और नौकर-चाकर भी इधर-उधर गये हुए थे। मोती तब स्कूल से लौटा था जब कि उसने एक इलैक्ट्रीशियन को गोपाल की स्टडी में एक सीढ़ी पर चढ़े देखा था। उसकी मोती की तरफ पीठ थी और वह छत के सहारे लटकी कमरे की डबल ट्यूब लाईट की ग्रिल के भीतर हाथ मार रहा था।

तम्हाणे सीढ़ी के पास खड़ा था।

''यह इसे क्या कर रहा है?'' – मोती बोला – ''ये ट्यूबें तो ठीक जलती हैं!''

दोनों बुरी तरह से चौंके।

फिर तम्हाणे लापरवाही से बोला – ''यह बिजली का पेचीदा काम है। तुम नहीं समझोगे। कई बार जलती ट्यूब की भी तारें ठीक करनी पड़ती है'' – फिर उसने आगे बढ़कर मोती की बांह थाम ली – ''आओ, बाहर चलें। हमें बिजली वाले को डिस्टर्ब नहीं करना है।''

वह मोती को बाहर लान में ले आया और उसके साथ फुटबाल खेलने लगा। लेकिन खेल में उसकी दिलचस्पी तभी तक रही जब तक कि इलैक्ट्रीशियन इमारत

से बाहर न निकल आया। उसके वहां से विदा होते ही तम्हाणे की खेल में दिलचस्पी खत्म हो गयी। वह फौरन फुटबाल को फेंककर भीतर अपने कमरे में चला गया।

अगले सप्ताह तम्हाणे मुम्बई चला गया और रानी अपनी मां के पास बड़ोदा चली गयी।

उन्हीं दिनों एक रोज मोती की मौसी अपने पति के साथ हवेली में आयी।

मोती की मौसी – उसकी दिवंगत मां की बड़ी, सगी बहन – सोफिया नामक एक क्रिश्चियन औरत थी जो कि मोती को नापसन्द थी। अलबत्ता उसका पति – मोती का मौसा – ग्रैगरी उसे अच्छा लगता था। सोफिया एक छत्तीसेक साल की मामूली शक्ल-सूरत वाली बेऔलाद औरत थी और वह गोपाल को भी सख्त नापसन्द थी। लेकिन रिश्तेदारी की वजह से अपनी नापसन्दगी उसने कभी उन लोगों पर जाहिर नहीं की थी।

ग्रैगरी एक लगभग पैंलातीस साल का सिर से लगभग गंजा लेकिन बड़ा फैशनेबल व्यक्ति था जो कि गोपाल की मेहरबानी से इलैक्ट्रा में ही असिस्टेण्ट मैनेजर की नौकरी करता था। उसकी सूरत से ही साफ जाहिर होता था कि उसकी अपनी बीवी से नहीं बनती थी। अपनी बीवी में अपनी अरुचि को वह व्हिस्की से अपने लगाव में छुपाता था और इस बात को लेकर दोनों में अक्सर तकरार होती थी।

ग्रैगरी मोती के साथ बहुत मुहब्बत से पेश आता था। दिखावे के लिये सोफिया भी अपनी बहन के लड़के को प्यार करती थी लेकिन उसका वह प्यार साफ-साफ बनावटी लगता था।

उस रात उनका डिनर मौसा-मौसी की मौजूदगी में हुआ। मोती इतना बोर हुआ कि डिनर समाप्त होते ही वह ऊपर चला गया।

अपने उस मूड में उसने वही किया जो वह हमेशा करता था।

वह अपने डैडी के बैडरूम में पहुंचा।

उसने डैडी के खुफिया खजाने वाला सफेद जूता निकाला।

सफेद जूते की एड़ी में से उसने हीरों की पोटली निकाली और हमेशा की तरह

उसे अपने डैडी के पलंग पर अपने सामने उलट लिया। जूता उसने पलंग के नीचे डाल दिया।

हीरे जगमग-जगमग करने लगे।

मोती मन्त्रमुग्ध-सा उन्हें देखने लगा।

एकाएक उसने अपने पीछे एक आहट सुनी।

वह हड़बड़ाया। उसने घूमकर पीछे देखा।

''मोती'' – उसे सोफिया की सिसकारीभरी आवाज सुनाई दी – ''यह क्या है?''

मोती ने हीरों को छुपाने की कोशिश की लेकिन तभी सोफिया लपककर उसके सिर पर पहुंच गयी।

उसकी आंखों में उत्तेजना की चमक थी।

''हीरे!'' – वह बोली – ''जीसस! ये तो हीरे हैं!''

''हाथ मत लगाना।'' – मोती तमककर बोला – ''ये मेरे डैडी के हैं।''

''बराबर हैं।'' – सोफिया ने उसका कन्धा थपथपाया – ''रईस आदमी जो ठहरा तेरा बाप! हीरे-जवाहरात तो उसके पास होने ही चाहियें। हालांकि तेरी मां को तो उसने ऐसी कोई चीज कभी दी नहीं थी। कहां से निकाले?''

''मैं नहीं बताऊंगा।''

''मुझे बताने में क्या है, बेटा!'' – सोफिया ने उसकी बगल में गुदगुदी की – ''मैं तो तेरी मौसी हूं! कहां रखता है तेरा बाप ये हीरे?''

''मैं नहीं बताऊंगा। यह सीक्रेट है।''

''मौसी से क्या सीक्रेट, मोती बेटा! बता न, मेरे बच्चे!''

मोती ने जोर से इन्कार में सिर हिलाया।

''मैंने तो इतने हीरे एक साथ आज तक नहीं देखे। जरूर यह लाखों-करोड़ों का माल होगा। बोल न बेटा, गोपाल कहां रखता ये हीरे?''

''मैं नहीं बताऊंगा। आंटी, तुम जाओ यहां से।''

''लेकिन बेटा . . .''

तभी कमरे में गोपाल ने कदम रखा।

उस रात सोफिया हवेली से यूं रुखसत हुई जैसे एकाएक वहां कोई छूत की बीमारी फैल गयी हो। गुस्से से तमतमाती शक्ल लिये अंकल ग्रैगरी को लगभग घसीटती वह वहां से कूच कर गयी।

तब गोपाल वापिस अपने बैडरूम में आया।

उसने सावधानी से हीरों को वापिस शनील की पोटली में भरा।

''इनकी मौजूदगी से'' – उसने मोती से पूछा – ''कब से वाकिफ है तू?''

''दो साल से'' – मोती बड़ी शराफत से बोला – ''मैं छुपा-छुपी खेल रहा था कि सफेद जूता मेरे हाथ लग गया था। मैंने अपने दोनों पांव इसके एक ही पांव में डालकर चलने की कोशिश की थी तो मैं गिर पड़ा था लेकिन खटका खुल गया था और . . .''

''एड़ी अपनी जगह से हट गयी थी?''

मोती ने डरते-डरते सहमति में सिर हिलाया।

''दो सालों में जूते के बारे में तूने किसी को बताया तो नहीं? किसी को कुछ दिखाया तो नहीं?''

''नहीं।''

''आंटी को क्या बताया था?''

''कुछ भी नहीं।''

''कुछ तो बताया होगा?''

''कुछ नहीं बताया था। मैंने कहा था कि यह सीक्रेट है।''

''गुड! तूने सच कहा। यह सीक्रेट ही है। समझ गया?''

''हां।''

''इस बारे में रानी तक को कुछ नहीं मालूम। सिर्फ चक्की जानता है इस बारे में। और कोई नहीं। या अब तू जानता है। दुनियादारी में अपनों से भी बहुत बातें

सीक्रेट रखनी पड़ती हैं, बेटा। ऐसी ही एक बात यह है। समझा?''

''हां'' – मोती एक क्षण ठिठका और फिर बोला – ''डैडी!''

''क्या है?''

''पहले तो थैली में बहुत जगह हुआ करती थी लेकिन अब तो थैली एकदम भर गयी है।''

''हीरे जो बढ़ गये हैं इसमें! यह एक करोड़ का जूता है, बेटा। इसमें एक करोड़ का माल है हीरों की सूरत में लेकिन इस बारे में कभी किसी को कुछ न कहना। चाहे कुछ हो जाये, अपने पापा का यह सीक्रेट आऊट न होने देना। उसे धोखा न देना।''

''हरगिज नहीं दूंगा।'' – मोती दृढ स्वर में बोला।

''शाबाश!''

''लेकिन डैडी, आप ये हीरे छुपाकर क्यों रखते हैं?''

''क्योंकि ये मेरे बुरे वक्त का सहारा हैं। यही मेरी दौलत है जो मेरे दुश्मनों की जानकारी में नहीं है। बेटा, तेरा बाप आजकल बहुत दुश्वारी के दौर से गुजर रहा है। कल ऐसी नौबत आ सकती है कि हम पाई-पाई के मोहताज हो सकते हैं। तब ये ही खुफिया खजाना हमारे काम आने वाला है। ये हीरे पहले भी दो बार मुझे निश्चित मौत और निश्चित तबाही से बचा चुके हैं। जब भी मैं अपने आपको खतरे में पाता हूं, मैं यह एक करोड़ का सफेद जूता पहन लेता हूं। मोती, भविष्य में कभी तू मुझे यह सफेद जूता पहने देखे तो समझ लेना तेरे बाप के सिर पर जान या माल का कोई खतरा मंडरा रहा है। ये मुट्ठी-भर हीरे बड़े बड़े-से-बड़े खतरे से जूझने के लिये हथियार साबित हो सकते हैं। तू अभी छोटा है। बड़ा होगा तो समझेगा कि मोटा माल कमाने के लिये कैसी-कैसी जहमतों, खतरों और दुश्वारियों से दो-चार होना पड़ता है।''

मोती मन्त्रमुग्ध-सा अपने डैडी का मुंह देखता रहा।

गोपाल ने हीरों की पोटली वापिस जूते की एड़ी में बन्द कर दी।

''डैडी!'' – एकाएक मोती बोला।

''हां।'' – गोपाल बोला।

''डैडी, दोगला क्या होता है?''

''दोगला! यह लफ्ज कहां से सुन लिया तूने? किससे सुना वह लफ्ज तूने?''

''शान्ता से।''

''शान्ता! कोतवाल की बेटी?''

''हां। शान्ता कहती है कि उसके पापा कहते हैं कि मैं दोगला हूं।''

''अच्छा! ऐसा कहता है कोतवाल!''

''शान्ता कहती है। दोगला किसे कहते हैं, डैडी?''

''बेटा, यह कोतवाल की कमीनगी है कि उसने तुझे ऐसा कहा।''

''जो कहा सो कहा'' – मोती ने जिद की – ''लेकिन दोगला कहते किसे हैं?''

''बेटा, दोगला एक गन्दा, जलील, तौहीन से भरा लफ्ज है . . .''

''लेकिन मतलब क्या है इसका?''

''दोगला'' – गोपाल कठिन स्वर में बोला – ''ऐसे बच्चे को कहते हैं जिसमें दो रक्तों का सम्मिश्रण हो। बेटा, मैं सिन्धी हूं लेकिन सोफिया आंटी की तरह तेरी मां क्रिश्चियन थी। तेरे में दो रक्तों का सम्मिश्रण है।''

''बस? इतनी-सी बात?''

''हां।''

''लेकिन शान्ता तो ऐसे कह रही थी जैसे यह कोई गाली हो!''

''वह मूर्ख है और उसका बाप कमीना है जो अपनी बेटी को ऐसी बातें सिखाता है। तू कतई ध्यान मत दे इसकी तरफ। देख लेना, बड़ा होकर तू कोतवाल या उसकी बेटी से कहीं बेहतर इन्सान बनेगा। तू मेरी अक्ल और सूझबूझ का और अपनी मां की खूबसूरती और शान-बान का मालिक बनेगा?''

''डैडी, मेरी मां बहुत खूबसूरत थी?''

''हां। बहुत खूबसूरत थी तेरी मां?''

''आन्टी सोफिया से ज्यादा?''

''आन्टी सोफिया तो भेड़-बकरी है, बेटा। उसके मुकाबले में तो तेरी मां परी थी।''

''और रानी के मुकाबले में?''

''रानी तो बिल्कुल तेरी मां जैसी है, बेटा।''

मोती बहुत खुश हुआ।

दीवाली के एक हफ्ता पहले एकाएक एक दिन चक्की हवेली में पहुंचा।

गोपाल की स्टडी में दोनों की मुलाकात हुई।

मोती तब बाहर गलियारे में खेल रहा था।

''क्या हुआ?'' – गोपाल बोला – ''एकाएक लौट क्यों आये मुम्बई से? तुम तो अभी एक हफ्ता और वहां ठहरने वाले थे?''

''आपसे फौरन बात होना जरूरी था।'' – चक्की बोला।

''फोन कर दिया होता।''

''मुझे फोन का भरोसा नहीं। चिट्ठी लिखता तो पता नहीं वह वक्त पर पहुंचती या नहीं।''

''ऐसा क्या हो गया है?''

''बहुत बुरा हो गया है। इसीलिये दौड़ा आया हूं।''

''तुम तो मुझे डरा रहे हो!''

''बात ही ऐसी है।''

''क्या बात है? जल्दी बताओ, मेरा दिल बैठा जा रहा है।''

''रमानी साहब, मुझे हाल में ही मालूम हुआ है कि कोतवाल ने भट्टाचार्य नाम के एक भूतपूर्व पुलिस इन्स्पेक्टर को चुपचाप हमारी खोजबीन में लगाया हुआ है। भट्टाचार्य एक बहुत सख्त मिजाज पुलिस इंस्पेक्टर था जिसको उसी के उच्चाधिकारियों ने रिश्वतखोरी के एक झूठे केस में फंसवा कर इसलिए नौकरी से निकलवा दिया था क्योंकि उसने उनकी रिश्वतखोरी के रास्ते में रुकावट बनने की कोशिश की थी। यही गनीमत थी कि उसकी पुलिस की नौकरी ही गयी थी, वह जेल नहीं गया था। कोतवाल ने पता नहीं कब से उस आदमी को हमारे पीछे लगाया हुआ था।''

''तो?''

''तो यह कि जो चार्टर्ड एकाउन्टेंट हमारे कहने पर हमारी पसन्द की ऑडिट रिपोर्ट बनाया करता था, दो दिन पहले वह भट्टाचार्य की गिरफ्त में आ गया है और भट्टाचार्य धीरे-धीरे उससे वे सब जालसाजियां उगलवा रहा है जो उसने हमारे लिए की हैं।''

''ओह, नो।''

''यह हकीकत है।''

''मैं'' – गोपाल टेलीफोन की तरफ बढ़ा – ''अभी बात करता हूं उस एकाउन्टेंट के बच्चे से।''

''कहां बात करेंगे आप उससे?''

''लाजपत नगर। उसके घर।''

''वह वहां नहीं है।''

''तो कहां है?''

''मुम्बई में। भट्टाचार्य जानबूझ कर उसे दिल्ली से बाहर इतनी दूर ले गया है ताकि वह आपकी दखलअन्दाजी से बचा रहे। रमानी साहब, उस आदमी के हमारे खिलाफ हो जाने पर हमारा बेड़ा गर्क होना निश्चित है। मुझे मालूम हुआ है कि उसने भट्टाचार्य से पहले ही सौदा कर लिया है कि अगर उसे वादामाफ गवाह बना लिया जायेगा तो वह कोर्ट में हमारे खिलाफ कैसी भी गवाही देने के लिए तैयार हो जायेगा।''

''हरामजादा! धोखेबाज!''

''मुझे मालूम हुआ है कि इस बाबत भट्टाचार्य कोई दो हफ्ते और खामोश रहने वाला है।''

''वह किसलिए?''

''ताकि वह हमारे खिलाफ सारी तैयारी मुकम्मल और सिक्केबन्द कर सके, ताकि कोतवाल हमारे ताबूतों में पक्की कीलें ठोक सके।''

''और ऐसा करने में अभी उन्हें दो हफ्ते और लगेंगे?''

''मुझे ऐसा ही मालूम हुआ है।''

''चक्की, तुम खामख्वाह डर रहे हो और मुझे भी डरा रहे हो। सिर्फ उस साले चार्टर्ड एकाउन्टेंट की मुखबरी हमारा क्या बिगाड़ लेगी? आखिर हमारे भी हिमायती हैं। सरकार के घर में ऊपर तक हमारे भी हिमायती हैं।''

''थे।''

''क्या मतलब?''

''जिन्हें आप हिमायती समझते हैं और समझते हैं कि आपके फ्रॉड या गबन के केस में फंस जाने पर वे आपको बचा लेंगे, वे सब हमारे खिलाफ हो चुके हैं या होते जा रहे हैं। रमानी साहब, देख लीजियेगा और दो हफ्ते बाद ऐसा कोई सरकारी बड़ा आदमी आपकी शक्ल भी पहचानने से इन्कार कर देगा।''

''हालात इतने बिगड़ चुके हैं?''

''जी हां। उस भट्टाचार्य के बच्चे ने यही तो कमाल किया है कि वह एकदम गुपचुप हमारी कब्र खोदता रहा है। अभी भी मुझे जो कुछ मालूम हुआ है, महज इत्तफाक से मालूम हुआ है।''

''ओह!''

''आपकी जानकारी के लिए इलैक्ट्रा के शेयरों की कीमत दो प्वाइंट और नीचे आ गयी है। हमारे कथित हिमायती इलैक्ट्रा के अपने शेयर तो बेच ही रहे हैं, औरों को भी ऐसा करने की राय दे रहे हैं।''

''लानत!''

''रमानी साहब, इस वक्त हम डूबता हुआ जहाज हैं। जब जहाज डूबने लगता है तो लोग उसे छोड़-छोड़कर हमेशा ही भागने लगते हैं। कोई नयी बात तो नहीं यह!''

''ओह!''

''आप देख लीजियेगा, दीवाली तक इलैक्ट्रा के शेयरों की कीमत अभी और गिरेगी। ऊपर से आपके खिलाफ अगर गबन और फ्रॉड का केस बन गया तो दीवाली के बाद तो यह हाल होगा कि कोई खरीददार नहीं होगा बाजार में इलैक्ट्रा के शेयरों का। रमानी साहब, आप गिरफ्तार भी हो सकते हैं। अब आप को फौरन यह फैसला करना है कि आप डूबते जहाज के साथ डूबना चाहते हैं या

उससे पल्ला झाड़ कर अपनी हिफाजत के लिए फौरन कुछ करना चाहते हैं।''

''मैं डूबते जहाज के साथ डूबना नहीं चाहता।''

''मेरा भी यही खयाल था। परसों सुबह मुम्बई से दुबई के लिए फ्लाइट है। मैं उसमें . . .''

''इतनी जल्दी नहीं।''

''वजह।''

''क्योंकि अभी तुम्ही ने कहा था कि भट्टाचार्य अभी दो हफ्ते और खामोश रहने वाला है।''

''खामख्वाह रिस्क लेने का क्या फायदा, रमानी साहब! उसका इरादा बदल सकता है।''

''अपना तामझाम समेटने के लिए मुझे वक्त चाहिए।''

''देरी हमारे लिए बहुत घातक सिद्ध हो सकती है।''

''हम दो हफ्ते की देरी नहीं करेंगे।''

''तो?''

''हम सिर्फ एक हफ्ता और रुकेंगे। दीवाली के बाद हम यहां से कूच करेंगे। दीवाली में एक ही हफ्ता तो बाकी है। पता नहीं उसके बाद फिर कब हमें हिन्दोस्तान में दीवाली मनानी नसीब होगी।''

''रमानी साहब, यह ऐसे सैंटीमैंट्स दिखाये का वक्त नहीं।''

''एक हफ्ते में'' – गोपाल यूं कहता रहा जैसे उसने चक्की की सुनी ही न हो – ''मैं कम से कम बीस लाख रुपये और खींच लूंगा इलैक्ट्रा से।''

''बीस लाख के लालच में एक हफ्ता रुकना दीवानगी होगी, रमानी साहब।''

''चक्की, कहा न हम दीवाली के बाद चलेंगे।''

''लेकिन. . .''

''वैसे भी हमारा एकाएक कूच करने की कोशिश करना हमें फंसा सकता है। यहां से खिसकने की हमें पहले कोई बैकग्राउंड बनानी होगी, कोई कहानी गढ़नी होगी। मुझे ऐसा कुछ करना होगा कि दिल्ली से मेरी गैरहाजिरी एक सहज

स्वाभाविक बात लगे। आगरे की एक फर्म से हमारी कुछ कारोबारी बातचीत पेंडिंग पड़ी हैं। मैं उसी की बैकग्राउंड बनाता हूं। मैं यहां से रवाना होऊंगा आगरे के लिए लेकिन पहुंच जाऊंगा तुम्हारे पास मुम्बई।''

''कैसे?''

''आगरे में मेरा एक दोस्त है जिसके पास अपना प्राइवेट प्लेन है। वह मुझे चुपचाप मुम्बई पहुंचा देगा। मैं यहां से आगरे के लिए कार पर रवाना होऊंगा इसलिए कोई सोच भी नहीं सकेगा कि मैं फरार हो रहा हूं। फरार क्या कोई कार पर होता है? कोई मेरे पीछे भी लगेगा तो वह मुझे सचमुच आगरा पहुंचा पायेगा और सचमुच मुझे वहां व्यापारिक वार्तालाप में लगा पायेगा। चक्की, देख लेना, आगरे से मुम्बई प्राइवेट प्लेन द्वारा जाने के मेरे खुफिया इन्तजाम की किसी को भनक तक नहीं पड़ेगी। मैं यहां से रवाना होऊंगा आगरे के लिए लेकिन पहुंच जाऊंगा तुम्हारे पास मुम्बई। ओके?''

चक्की ने कोई उत्तर न दिया।

''फिर मुम्बई से हम दुबई खिसक चलेंगे। देख लेना, शुरू में जब हमारी तलाश होगी तो आगरे में ही होगी। क्या पुलिस और क्या वह भट्टाचार्य का बच्चा, सब हमें आगरे में ही तलाश करेंगे।''

''यह आपका पक्का फैसला है कि दीवाली से पहले आप यहां से कूच नहीं करेंगे?''

''हां।''

''ठीक है फिर।'' – चक्की गहरी सांस लेकर बोला – ''जैसी आपकी मर्जी।''

''अब फिक्र छोड़ो और ड्रिंक बनाओ।''

''बेहतर।''

कुछ क्षण खामोशी रही।

फिर गिलास से गिलास टकराने की आवाज आयी।

''एक बात और बताइये।'' – कुछ क्षण बाद चक्की ने खामोशी भंग की।

''वह भी पूछो।'' – गोपाल बोला।

''शेयर बाजार का पैसा लौटाने के लिए जो तीस लाख रुपये आपने सकलानी से उधार लिए थे, वे आपने लौटा दिये?''

''नहीं।''

''वह बहुत खतरनाक आदमी है, रमानी साहब। वह अपना पैसा नहीं छोड़ने वाला।''

''जब मैं यहां होऊंगा ही नहीं तो वह वसूल कैसे करेगा अपना पैसा मुझसे?''

''वह कोई मामूली आदमी नहीं। वह एक गैंगस्टर है। दिल्ली शहर का बड़ा दादा। माफिया तक से उसके सम्बन्ध बताये जाते हैं। वह यूं आपको अपनी रकम हज्म नहीं करने देगा।''

''क्या कर लेगा, साला? उसके बाप को पता नहीं लगने वाला कि मैं दुबई में हूं।''

''रमानी साहब, मेरे खयाल से तो सकलानी से वैर पाल कर आप भारी गलती करेंगे।''

''जब मैं सरकार से वैर पाल रहा हूं तो सकलानी से भी सही।''

''सरकार से बैर पाल कर बचना आसान है लेकिन सकलानी से . . .''

''तुम खामख्वाह उसे हौवा बना रहे हो।''

''लेकिन . . .''

''देखो। वह होगा बड़ा दादा। माफिया स्टाइल गैंगस्टर भी होगा वह लेकिन साथ ही वह एक सूदखोर महाजन भी है। रुपया उसने मुझे फोकट में नहीं, मोटे सूद पर उधार दिया था। ऐसा धन्धा करने वाले लोग अपनी रकम का रिस्क उठाने के आदी होते हैं।''

चक्की चुप रहा।

''और बड़ा दादा वह छोटे मोटे लोगों के लिए है, मेरी तरफ तो वह उंगली उठाने की भी हिम्मत नहीं कर सकता। यह बात साबित भी हो चुकी है।''

''कैसे?''

''एक बार उसने अपनी रकम की बाबत मुझे धमकाने की कोशिश की थी। यह उन दिनों की बात है जब मैं तम्हाणे को बतौर बाडीगार्ड मुम्बई से अपने साथ यहां लेकर आया था। लेकिन हुआ कुछ भी नहीं था। सकलानी की धमकी गीदड़ भभकी ही निकली थी।''

‘‘बाडीगार्ड आपने सकलानी की वजह से रखा था?’’

‘‘हां। लेकिन खामख्वाह रखा था। खामख्वाह हजार रुपये महीने का खर्चा बढाया था।’’

‘‘तब से उसने अपनी रकम का तकाजा नहीं किया?’’

‘‘किया क्यों नहीं? अभी पिछले हफ्ते ही किया था। बन्धक के तौर पर मैंने उसे इलैक्ट्रा के कई हजार शेयर देकर चुप करा दिया था।’’

‘‘और एक हफ्ते में उन शेयरों की कीमत आधी भी नहीं रह जानी।’’

‘‘करैक्ट। लेकिन सकलानी इतना सयाना नहीं कि आसानी से इस बात को समझ सके। जब तक यह बात उसकी समझ में आयेगी, तब तक हम दुबई में अपने कदम जमा भी चुके होंगे। तब तुम्हारे जरिये अगर उसने दुबई में मेरा पता लगा भी लिया और वह मेरे पीछे पहुंच भी गया तो मैं उसके साथ कोई सैटलमेंट कर लूंगा। वह मेरा सिन्धी भाई है। तब सैटलमेंट में वह मेरा लिहाज जरूर करेगा। आखिर मुझे कर्जा भी तो उसने अपने सिन्धी भाई का लिहाज करके ही दिया था।’’

‘‘यानी कि आसानी से आप उसका पैसा लौटाने का इरादा नहीं रखते?’’

गोपाल ने इन्कार में सिर हिलाया।

‘‘ठीक है फिर!’’ – चक्की निर्णायात्मक स्वर में बोला – ‘‘मैं आज ही मुम्बई वापिस लौट जाता हूं। दीवाली से अगले रोज मैं मुम्बई में आपका इन्तजार करूंगा।’’

‘‘हां। और इतने फिक्रमन्द मत दिखाई दो। मैं निर्विघ्न मुम्बई पहुंच जाऊंगा।’’

चक्की ने उत्तर न दिया।

दीवाली पर हवेली में वो रौनक न हो पाई जो कि हमेशा हुआ करती थी। इसका प्रमुख कारण यही था कि हमेशा की तरह न तो किसी को हवेली में आमन्त्रित किया गया था और न कोई अपनी मर्जी से वहां आया था। रानी फिर अपनी मां के पास बड़ोदा चली गयी थी और तम्हाणे भी अपने परिवार के साथ दीवाली मनाने की नीयत से मुम्बई चला गया था।

पहले कभी मोती ने हवेली में अपने आपको ऐसा तनहा नहीं महसूस किया था।

रात को गोपाल ने हवेली के नौकरों को भी मिठाई के डिब्बे और इनाम वगैरह देकर विदा कर दिया।

हवेली की हर मुंडेर पर दीवाली के दिये जल रहे थे लेकिन हवेली में फिर भी एक अजीब तरह की मनहूसियत व्याप्त थी।

हवेली खाली होने के बाद गोपाल अपनी स्टडी में गया और ढेर-सारे कागजात समेटे वापिस लौटा। वे कागजात उसने फायर प्लेस में जलती आग में झोंकने आरम्भ कर दिये।

मोती, जो बाहर बरामदे में पटाखे चला रहा था, वह नजारा देखकर भीतर आया।

''यह क्या कर रहे हो डैडी?'' – उसने उत्सुक भाव से पूछा।

''रिकार्ड नष्ट कर रहा हूं, बेटा।'' – गोपाल भावहीन स्वर से बोला।

''क्यों?''

''क्योंकि इन्सान की जिन्दगी में कभी ऐसा वक्त भी आता है जब कि उसे वही पुल नष्ट कर देना पड़ता है जिस पर से होकर वो आगे बढ़ा होता है।''

स्टडी से कागजात लाने के लिए गोपाल ने वहां के कई फेरे लगाये।

एक बार मोती भी अपने डैडी के पीछे-पीछे स्टडी में पहुंचा।

वहां उसने देखा कि वाल सेफ खुली हुई थी और उसके डैडी उसमें से कोई बंडल-से निकाल-निकालकर एक ब्रीफकेस में डाल रहे थे।

मोती ने करीब आकर ब्रीफकेस में झांका।

उसने देखा, वे सब सौ-सौ के नोटों के बंडल थे।

''इतने नोट!'' – उसके मुंह से निकला।

गोपाल चिहुंक कर वापिस घूमा।

''ओह!'' – मोती पर निगाह पड़ते ही उसने चैन की सांस ली – ''तुमने तो मुझे डरा ही दिया था।'' – उसने जल्दी से ब्रीफकेस बन्द कर दिया और घड़ी पर निगाह डाली – ''दस जब गये। और तुम अभी तक जाग रहे हो। अब चलो, सोवो

चलकर। अच्छे बच्चे देर तक नहीं जागते।''

''लेकिन, डैडी . . .।''

''जिद नहीं करते, बेटा। अब चलो। पहले तुम मेरे साथ मेरे बैडरूम में चल रहे हो।''

''वह किस लिए?''

''मैं तुम्हें दीवाली का एक खास प्रेजेन्ट देना चाहता हूं।''

''अच्छा!'' – मोती उत्साहपूर्ण स्वर में बोला।

''हां।''

वे ऊपर गोपाल के बैडरूम में पहुंचे।

गोपाल ने बड़े अनुरागपूर्ण ढंग से अपने बेटे को निहारा।

''कितना खूबसूरत है तू!'' – वह बड़े अरमानपूर्ण स्वर में बोला – ''बिल्कुल अपनी मां पर गया है। बड़ा होकर कद लम्बा निकालना, बेटा। अपने बाप की तरह ठिगने न रह जाना।''

मोती खामोश रहा।

गोपाल ने एक मेज के दराज से एक सोने की चेन निकाली। उसने वह चेन मोती के गले में पहना दी। मोती को लगा कि चेन के साथ कुछ लटक रहा था। उसने चेन को ऊंचा करके देखा तो उसने उसके साथ एक मैडल लटका पाया जिस पर झूलेलाल की छवि अंकित थी।

''जब मैं तेरी उम्र का था'' – गोपाल धीरे से बोला – ''तो यह चेन मेरे बाप ने मुझे दी थी। आज यह चेन मैं तुझे दे रहा हूं। झूलेलाल हमेशा तेरा मुहाफिज रहे, बेटा।''

''यह मेरी तकदीर भी बनायेगी?'' – मोती ने मन्त्रमुग्ध स्वर में बोला।

''इन्सान अपनी तकदीर खुद बनाता है, बेटा। लेकिन अगर अपने बनाने वाले की रहनुमाई रहे तो मन को तसल्ली रहती है। इस चेन के माध्यम से तुझे हमेशा याद रहेगा कि तेरी साईं तेरे साथ है और तेरे सिर पर उसकी मेहर की छतरी हमेशा मौजूद है।''

मोती खामोश रहा।

''अब एक राज की बात सुन।''

मोती ने अपलक अपने डैडी की तरफ देखा।

''कल सुबह मैं अपनी कार पर आगरा जा रहा हूं। लोगों की निगाह में मैं परसों कार पर ही वहां से वापिस दिल्ली लौट आने वाला हूं लेकिन असल में मैं दिल्ली वापिस नहीं लौटने वाला।''

''मुझे मालूम है।'' – मोती बोला – ''आप एक प्राइवेट प्लेन द्वारा आगरे से मुम्बई जाने वाले हैं और फिर वहां से दुबई। चक्की के साथ।''

गोपाल हक्का-बक्का सा अपने बेटे का मुंह देखने लगा।

''तुझे मालूम है?'' – उसके मुंह से निकला – ''कैसे मालूम है?''

''मैंने आपको चक्की अंकल से बातें करते सुना था।''

''ओह! ओह! बहरहाल, बेटा यह समझ ले कि एक करोड़ के जूते की तरह यह बात भी तेरे डैडी का एक सीक्रेट है जिसकी तूने हिफाजत करनी है।''

''मैं यह सीक्रट किसी को नहीं बताऊंगा।''

''शाबाश! मुझे अपने बेटे पर पूरा भरोसा है। वह अपने डैडी का राज फाश नहीं करेगा। बेटा, अब तू जानता है मैं हमेशा के लिए यह शहर, यह मुल्क छोड़ कर जा रहा हूं। बहुत चाहते हुए भी इस वक्त मैं तुझे अपने साथ नहीं ले जा सकता। लेकिन मैं बाद में तुझे बुला भेजूंगा। तुझे भी और रानी को भी। रानी अच्छी लगती है न तुझे।''

''हां। बहुत अच्छी लगती है।''

''गुड! और कुछ दिनों बाद हम तीनों – मैं तू और रानी – शाही ठाठ के साथ दुबई में रह रहे होंगे।''

''हम यहां कभी नहीं लौटेंगे?''

''नहीं।''

''यहां ''नशेमन'' नहीं बनेगा?''

''यहां नहीं बनेगा लेकिन तुम्हारी पसन्दीदा जगह वहां जरूर बनेगी जहां हम जाकर रहेंगे। नशेमन दिल्ली में नहीं बन सकेगा लेकिन बनेगा जरूर। ठीक है?''

मोती ने सहमति में सिर हिलाया।

''लेकिन पापा'' – एकाएक वह तनिक घबराकर बोला – ''आपकी गैरहाजिरी में मैं यहां हवेली में ही रहूंगा?''

''मेरी गैरहाजिरी में तू हवेली में नहीं रहेगा।''

''तो कहां रहूंगा?''

''आंटी सोफिया के साथ?''

''नहीं।'' – मोती मुंह बिगाड़कर बोला।

''यह जरूरी है, बेटा। और फिर कुछ ही दिनों की तो बात है! मैं जानता हूं, अपनी मौसी तुम्हें अच्छी नहीं लगती लेकिन इस वक्त हमारी मजबूरी है। तू कैसे भी कुछ दिन उसके साथ काट लेना।''

''वह मुझे रखेगी?''

''कैसे नहीं रखेगी? तुझे रखने की मोटी उजरत जो दूंगा मैं उसे!''

''उजरत! वह क्या होती है?''

''रुपया पैसा। रोकड़ा।''

''ओह!''

''बेटा, तुझे चाहे आंटी पसन्द नहीं, लेकिन वह तुझे प्यार करती है। आखिर वह तेरी मां की सगी बहन है।''

''वह मुझे प्यार नहीं करती। मैं आपके साथ जाना चाहता हूं।''

''जिद नहीं करते, बेटा। एक अच्छे बच्चे की तरह अपने डैडी का कहना मानते हैं। मौजूदा हालात में मैं तुझे अपने साथ नहीं ले जा सकता। मैं नहीं चाहता कि जो खतरा मेरे सिर पर मंडरा रहा है, उसका तू भी शिकार बने।''

''आपको खतरा है।''

''है। लेकिन उस खतरे का मुकाबला करने का साधन मेरे पास है।''

''क्या?''

''हीरे। जो सफेद जूते में मौजूद हैं।''

''हूं।''

''मेरे पीछे हौसले के साथ रहना, बेटा। मैं तुझे बहुत जल्दी अपने पास बुला लूंगा।''

वातावरण एकाएक ऐसा बोझिल हो उठा कि नन्हें मोती की आंखें डबडबा आयीं।

''रो नहीं, बेटा।'' – गोपाल ने उसकी आंखें पोंछी – ''बहादुर बच्चे कहीं रोते हैं?''

''मैं नहीं रोता।'' – मोती बड़ी दिलेरी से बोला।

''शाबाश! तेरी आन्टी के साथ मैंने सारी बातचीत मुकम्मल की हुई है। कल सुबह मैं तुझे उसके यहां छोड़ आऊंगा।''

''उसे तो मालूम होगा कि आप कहीं और जा रहे हैं और लौट कर नहीं आने वाले?''

''नहीं मालूम। फिलहाल उसे यही मालूम है कि मैं आगरे जा रहा हूं। मेरे लौटकर न आने पर वह हैरान तो होगी लेकिन मैं उसे चिट्ठी लिखकर सब कुछ समझा दूंगा। बेटा, हो सकता है तेरी आन्टी मेरे बारे में तेरे से पूछताछ करने की कोशिश करे लेकिन तूने उसे कुछ नहीं बताना है। तूने किसी को भी कुछ नहीं बताना है। तूने यही जाहिर करना है कि तुझे कुछ नहीं मालूम। एक बात अच्छी तरह से गांठ बांध ले। मेरे बारे में तेरे से जो कोई भी सवाल करेगा, वो मेरा दुश्मन होगा।''

''आन्टी सोफिया भी?''

''हां, वह भी।''

''ओह!''

''मेरे गायब होते ही बहुत लोग तेरे से मेरे बारे में सवाल करेंगे। वे तुझसे पूछेंगे कि तू मेरे कार्यकलापों के बारे में क्या जानता है, तूने कुछ देखा हो, कुछ सुना हो लेकिन तू कुछ नहीं जानता। तूने कुछ नहीं देखा। तूने कुछ नहीं सुना। बेटा तू उन लोगों के बहकावे में आकर अपनी जुबान खोल बैठा तो वे तुझे कभी मेरे पास नहीं पहुंचने देंगे। फिर बाप बेटे का मिलाप कभी नहीं हो पायेगा।''

''मैं किसी को कुछ नहीं बताऊंगा।'' – मोती दृढ स्वर में बोला।

''वादा?''

''हां।''

‘‘स्काउट्मैन जैसा पवित्र वादा?’’

‘‘हां।’’

‘‘शाबाश! अब चल तुझे सुलाकर आऊं।’’

मोती अपने डैडी के साथ हो लिया।

डोर बैल बजी।

मोती ने बेचैनी से करवट बदली। डोर बैल की आवाज उसे सुनाई दी लेकिन वह समझा कि वह कोई सपना देख रहा था।

फिर उसे किसी के बोलने की आवाज सुनाई दी।

तब मोती की नींद पूरी तरह से खुल गयी।

आवाजें नीचे से आ रही थीं।

दो आदमियों के वार्तालाप की आवाजें!

उनमें से अपने डैडी की आवाज उसने साफ पहचानी।

दूसरी आवाज उसके लिए सर्वदा अपरिचित थी।

मोती अपने बिस्तर में से बाहर निकला और सीढ़ियों के दहाने पर पहुंचा। उसने नीचे झुककर जंगले में से नीचे झांका।

उसने अपने डैडी को स्टडी में दाखिल होते देखा।

दूसरा शख्स हाल के परले दरवाजे के पास मौजूद था। वहां इतना अंधेरा था कि मोती को उसका साया ही दिखाई दिया। वह एक फैल्ट हैट और ओवरकोट पहने था और सिगरेट के कश लगा रहा था। मोती के देखते-देखते उसने सिगरेट नीचे फेंक दिया और उसे अपने जूते से मसल दिया। फिर अपने हाथ ओवरकोट की जेबों में डाले वह दरवाजे के पास ही चहलकदमी करने लगा।

गोपाल अपना ब्रीफकेस उठाये स्टडी से बाहर निकला।

मोती ने तब देखा कि वह अपना सफेद सूट और सफेद जूता पहने था।

‘‘मुझे एक मिनट की मोहलत और दो।’’ – वह बोला – ‘‘मैं जरा बच्चे से मिल आऊं।’’

तब फैल्ट हैट वाला गोपाल की तरफ बढ़ा और मोती को उसकी सूरत दिखाई दी। वह चौड़े कन्धों वाला, गठीले बदन वाला आदमी था लेकिन मोटा नहीं था। उस की आंखें छोटी थीं, जबड़े मजबूत थे, होंठ पतले थे और नाक तोते की तरह मुड़ी हुई थी।

''इस वक्त बच्चे को जगाना ठीक नहीं होगा।'' – फैल्ट हैट वाला बोला – ''अगर उसने आपके साथ नीचे आने की जिद की और मेरी सूरत देख ली तो? फिर उसने मेरी सूरत भट्टाचार्य या पुलिस के सामने बयान कर दी तो?''

''लेकिन . . .''

''और फिर हमारे पास वक्त भी नहीं है। इस वक्त एक-एक क्षण कीमती है। इस वक्त बच्चे से मिलने जैसे भावुकता दिखाने में वक्त बरबाद करना मूर्खता होगी। आप ही क्या चाहते हैं कि बच्चा मेरी शक्ल देखे?''

''नहीं।''

''तो?''

''ठीक है।'' – गोपाल ने गहरी सांस ली – ''मैं नहीं मिलता बच्चे से। चलो।''

ब्रीफकेस सम्भाले गोपाल अजनबी के साथ हो लिया।

मोती सीधा हुआ और लपककर हवेली के बाहर की तरफ खुलने वाली एक खिड़की पर पहुंचा।

जल्दी से उसने पर्दे सरकाये, खिड़की खोली और बाहर झांका।

नीचे कम्पाउण्ड में एक काली एम्बैसेडर खड़ी थी। अजनबी कार का ड्राइविंग सीट से परली तरफ का दरवाजा खोले खड़ा था। मोती के देखते-देखते गोपाल कार में दाखिल हुआ और अजनबी ने कार का दरवाजा बन्द कर दिया। फिर वह कार का घेरा काटकर ड्राइविंग सीट के दरवाजे के तरफ पहुंचा। दरवाजा खोलकर भीतर दाखिल होने से पहले एकाएक उसने सिर उठाया और इमारत की तरफ देखा।

वह सीधे मोती वाली खिड़की की ही तरफ देख रहा था।

मोती फौरन पीछे हट गया और उसने पर्दे खिड़की के आगे आ जाने दिये।

पता नहीं अजनबी ने उसे देखा था या नहीं।

कुछ क्षण बाद जब उसने दोबारा पर्दे की ओट से बाहर झांका तो उसने कार को सड़क के मोड़ पर पहुंच कर दृष्टि से ओझल होते पाया।

मोती वापिस अपने कमरे में पहुंचा।

उसे अपने डैडी की रवानगी के वक्त की पोशाक याद आ रही थी।

सफेद सूट!

सफेद जूता!

एक करोड़ का जूता!

अपने डैडी के ये शब्द हथौड़े की तरह उसके नन्हें मस्तिष्क में बजने लगे।

> *'मोती! भविष्य में कभी भी तू मुझे सफेद जूता पहने देखे तो समझ लेना तेरे बाप के सिर पर जान या माल का कोई खतरा मंडरा रहा है!''*

आज उसके डैडी ने सफेद जूता पहना था।

आज उनके सिर पर खतरा मंडरा रहा था।

बाकी की रात मोती की पलक न झपकी।

सुबह तक नौकर-चाकर हवेली में वापिस लौट आये।

मोती को उन्होंने हाल के एक सोफे पर गुच्छा मुच्छा सा हुआ बैठा पाया।

महाराज ने उसकी शक्ल पर एक निगाह डाली तो वह बोला – ''छोटे बाबू, तुम्हारी तबियत तो ठीक है?''

मोती ने सहमति में सिर हिलाया।

''कुछ खाया?''

मोती ने इन्कार में सिर हिलाया।

महाराज ने उसे आमलेट और बटर स्लाइस का ब्रेकफास्ट परोसा।

मोती एक कौर भी हलक से नीचे न उतार सका।

''इसकी तबियत ठीक नहीं।'' – महाराज चिन्तापूर्ण स्वर में बोला – ''मैं इसके पापा को जगाता हूं।''

''नहीं'' – मोती एकाएक तीखे स्वर में बोला – ''उन्हे डिस्टर्ब न करना।''

लेकिन महाराज न माना। वह फौरन ऊपर चला गया। कुछ क्षण बाद वह वापिस लौटा।

''साहब तो बैडरूम में नहीं हैं!'' – वह बोला – ''छोटे बाबू, साहब क्या रात को कहीं गये थे?''

''मुझे नहीं मालूम।'' – मोती बोला – ''लेकिन अगर वे ऊपर नहीं हैं तो फिर आगरे चले गये होंगे।''

''अभी तो दिन चढ़ा है।'' – महाराज बोला – ''वे तो दस बजे के बाद आगरा के लिए रवाना होने वाले थे।''

''और'' – एक अन्य नौकर बोला – ''उनकी कार तो गैरेज में खड़ी है! मैंने खुद अपनी आंखो से देखी थी।''

वह बात जाहिर होते ही नौकरों में कानाफूसी शुरू हो गयी।

फिर महाराज ने पुलिस को फोन कर दिया!

जिस पुलिस अधिकारी ने मोती से जवाबतलबी की, उसका नाम सब-इंस्पेक्टर चौधरी था। प्रत्यक्षतः वह बहुत सब्र वाला और मीठा बोलने वाला व्यक्ति था।

''तो'' – चौधरी बोला – ''तुम कहते हो तुमने अपने डैडी को यहां से जाता नहीं देखा था?''

''मैं तब सोया पड़ा था।'' – मोती बोला।

''लेकिन सुबह तो तुम मुंह अन्धेरे भी जाग रहे थे! महाराज ने तब तुम्हें हाल में बैठे पाया था। वह कहता है इतनी सुबह तो तुम कभी नहीं जागते थे!''

''आज मैं जल्दी जाग गया था, लेकिन तब तक डैडी यहां से जा चुके थे। उनके जाने के वक्त मैं सोया पड़ा था।''

''जाने से पहले तुम्हारे डैडी तुम से मिल कर नहीं गये?''

''नहीं।''

''न ही ये बता कर गये कि वे कहां जा रहे हैं?''

''न।''

''फायरप्लेस में जले कागजों की राख अभी भी दिखाई दे रही है। उसमें कागज किसने जलाये? तुम्हारे डैडी ने?''

''मुझे नहीं मालूम।''

''तुम्हारी जानकारी में कल रात तुम्हारे डैडी ने फायरप्लेस में कोई कागजात नहीं जलाये?''

''नहीं।''

''तुम जानते हो तुम्हारे डैडी के बहुत दुश्मन हैं, कई लोग उन्हें नापसन्द करते हैं?''

''हां।''

''तुम जानते हो अपने डैडी के दुश्मनों को?''

''हां। कुछ को जानता हूं।''

''अच्छा! कौन हैं वो?''

''कोतवाल। आप . . .''

''मैं!'' – चौधरी उसे घूरता हुआ बोला।

''हां, आप।''

तभी एक विशालकाय व्यक्ति ने वहां कदम रखा। अपने विशाल शरीर के बावजूद वह बहुत फुर्तीला लगता था। वह क्लीनशेव्ड था और उसका चेहरा सुन्दर कहलाता अगर उसके बांये गाल पर आंख से लेकर होंठों की कोर तक एक जख्म का गहरा निशान न होता।

''हल्लो, भट्टाचार्य।'' – चौधरी उसे देखकर बोला – ''मैं तुम्हें याद ही कर रहा था।''

''बन्दा हाजिर है।'' – भट्टाचार्य बोला।

चौधरी ने एक निगाह मोती पर डाली और फिर उठ खड़ा हुआ। उसने आगे बढकर भट्टाचार्य की बांह थामी और फिर उसके साथ वहां से बाहर निकल गया।

मोती कुछ क्षण यथास्थान बैठा रहा, फिर अपने स्थान से उठा और दरवाजे के करीब पहुंचा। दरवाजे की ओट से उसने बाहर झांका।

भट्टाचार्य और चौधरी हाल में खड़े थे। दोनों के चेहरे गम्भीर थे।

''मैं अभी'' – भट्टाचार्य बोला – ''आवतरमानी के बैडरूम से होकर आ रहा हूं।''

''अच्छा!'' – चौधरी बोला।

''उसके कपड़े वगैरह तो अभी भी उसके बैडरूम में बदस्तूर मौजूद हैं। नौकरों का कहना है कि उसका सिर्फ एक सफेद सूट गायब है जो कि वह जरूर रवानगी के वक्त पहने हुए होगा। दुबई भाग निकलने के लिहाज से तो यह सिलसिला बहुत नाकाफी है।''

''भट्टाचार्य'' – चौधरी तनिक सख्त स्वर में बोला – ''उसके कपड़ों को छोड़ो और पहले मेरी बात का जवाब दो। जब तुम लोगों को मालूम था कि वो खिसक जाने वाला था तो तुमने पिछली रात यहां की निगरानी का कोई इन्तजाम क्यों नहीं करवाया था?''

''कोतवाल ऐसा नहीं चाहता था। वह नहीं चाहता था कि अपनी निगरानी होती पाकर आवतरमानी सावधान हो जाता। और फिर यह इसलिए भी जरूरी नहीं था क्योंकि हमें भी और सीबीआई को भी उसके हर अगले कदम की खबर थी।''

''मतलब?''

''मतलब यह कि हमें बाखूबी मालूम था कि वास्तव में वह अपने जोड़ीदार शरदेन्दु चक्रवर्ती उर्फ चक्की के साथ दुबई भाग जाने वाला था। हमें यह भी मालूम था कि चक्की ने मुम्बई से कल शाम की एक फ्लाइट से अपने और आवतरमानी के लिए दुबई की सीटें बुक करवाई हुई थीं। हमें यह तक पता था कि कार पर आगरे वह सिर्फ दिखावे के लिए जा रहा था जब कि वास्तव में उसने एक प्राइवेट प्लेन द्वारा वहां से मुम्बई उड़ जाने का इन्तजाम किया हुआ था। कोतवाल चाहता था कि वह तब गिरफ्तार किया जाता जब कि वह दुबई जाने वाले प्लेन पर सवार भी हो चुका होता। इस प्रकार मुल्क से फरार होते हुए पकड़े जाने में आवतरमानी की हद से ज्यादा बदनामी होती। कोतवाल यही चाहता था। बकौल उसके उसका यूं भागते हुए पकड़ा जाना उसकी मुकम्मल तौर से ऐसी तैसी फेर सकता था।''

''ओह! यह बात है।''

''जी हां, यह बात है।''

''फिर तो हो सकता है वह अभी भी मुम्बई पहुंच जाये। आखिर मुम्बई से प्लेन पर तो उसने कल शाम को सवार होना है!''

''अब मुझे उम्मीद नहीं।''

''क्यों?''

''क्योंकि एकाएक उसने अपनी मूल योजना जो बदल दी है! वह आज यहां से कार पर आगरे को रवाना होने वाला था लेकिन वह पिछली रात ही कहीं खिसक गया, उसकी यह अप्रत्याशित हरकत ही मुझे यह सोचने पर मजबूर कर रही है कि वह मुम्बई भी नहीं पहुंचने वाला।''

''अपनी योजना में तब्दीली की खबर चक्की को दी होगी उसने?''

''प्रत्यक्षतः नहीं दी। ज्यों ही मुझे मालूम हुआ था कि आवतरमानी फूट गया था, मैंने पहला काम यही किया था कि मुम्बई ट्रंककाल की थी। तुम्हारी जानकारी के लिये चक्की मुम्बई में गिरफ्तार कर भी लिया गया है।''

''उससे तो हमें आवतरमानी के बारे में बहुत कुछ मालूम हो सकता है।''

''उम्मीद नहीं। आवतरमानी की मौजूदा हरकत के बारे में तो खुद उसे ही कोई जानकारी नहीं मालूम पड़ती वर्ना वह भी न खिसक गया होता?''

''और वह औरत – आवतरमानी की रखैल – क्या नाम था उसका?''

''रानी।''

''हां, रानी। वह भी तो बहुत कुछ जानती होगी!''

''वह बडौदा में सीबीआई द्वारा हिरासत में ली जा चुकी है। यह देखना अभी बाकी है कि वह कुछ बताती है या नहीं।''

''हूं। आवतरमानी के खिलाफ इस धुआंधार अभियान में तुम लोगों की तवज्जो सकलानी की तरफ नहीं गयी?''

''उस गैंगस्टर की तरफ?''

''हां।''

''हमें सिर्फ इतना मालूम हुआ है कि आवतरमानी उस गैंगस्टर का कर्जदार

था लेकिन यह अभी नहीं मालूम हुआ है कि कितनी रकम का कर्जदार था।''

''वह मुझसे सुन लो। आवतरमानी ने उससे तीस लाख रुपये का कर्जा लिया हुआ है जिसका कि कोई सूद भी उसने कभी अदा नहीं किया है। सूद का खयाल न भी करो तो आवतरमानी सकलानी को तीस लाख की थूक लगा गया है। रकम अगर कोई छोटी-मोटी होती तो अब तक सकलानी ने या तो वापिस वसूल कर ली होती और या आवतरमानी का कब का खून हो चुका होता लेकिन मौजूदा हालात में वह आवतरमानी को जान से इसलिये नहीं मार सकता था क्योंकि ऐसा करना यह कबूल करना होता कि आवतरमानी उसे तीस लाख की मोटी रकम की थूक लगाने में कामयाब हो गया था। इस बात से अन्डरवर्ल्ड में सकलानी का बहुत इमेज बिगड़ता। उसकी रकम तो डूबती ही, साथ ही अपने हमपेशा लोगों में वह बहुत पिलपिला दादा बनकर रह जाता। कर्जे की रकम बड़ी थी, सिर्फ इसीलिये आवतरमानी उस गैंगस्टर के कहर का शिकार होने से बचा हुआ था।''

''लेकिन यह भी तो हो सकता है कि अब सकलानी का सब्र जवाब दे गया हो और उसने या तो आवतरमानी का अगवा करवा लिया हो और या उसे मरवा डाला हो!''

''हो सकता है। अगर ऐसा हुआ होगा तो जल्दी ही यह बात हमें मालूम हो जायेगी। अन्डरवर्ल्ड में ऐसे समाचार बहुत तेजी से फैलते हैं और लोगों के बीच हमारे भेदियों की कमी नहीं।''

''आई सी।''

''सी वन मोर थिंग।'' – चौधरी का स्वर एकाएक शुष्क हो उठा।

''वह क्या?''

''यह वहम अपने मन से निकाल देना कि तुम पुलिस से कुछ छुपा सकते हो या तुम्हारी मर्जी होगी तो तुम पुलिस को कुछ बताओगे, नहीं होगी तो नहीं बताओगे।''

''मेरा पुलिस से कुछ छुपाने का कोई इरादा नहीं है।''

''हो भी तो ऐसा कोई इरादा चलने का नहीं। तुम खुद पुलसिये रह चुके हो इसलिये इस बात को तुम बेहतर समझते होवोगे।''

‘‘करैक्ट! मैं कुछ छुपाना नहीं चाहता। लेकिन कुछ बातें ऐसी भी हैं जिनका अखबार वालों की जानकारी में आना मेरे एम्पलायर का अहित कर सकता है।’’

‘‘पुलिस को हासिल जानकारी की वजह से कोतवाल का कोई अहित नहीं होगा।’’

‘‘यह तुम्हारा वादा है कि जो बात मेरे माध्यम से तुम तक पहुंचेगी, वह आगे अखबार वालों तक नहीं पहुंचेगी?’’

‘‘हां, वादा है।’’

‘‘फिर मुझे क्या फिक्र है।’’

‘‘अब शुरू हो जाओ।’’

‘‘सुनो। मैंने आवतरमानी की निगरानी का ऐसा इन्तजाम करवाया हुआ था कि हमारी जानकारी के बिना वह छींक नहीं मार सकता था। मैंने उसके सारे फोन टेप करवाये हुए थे। मैंने उसका यहां का फोन भी टेप करवा दिया था और उसकी स्टडी की ओवरहैड ट्यूब लाइट में एक माइक्रोफोन फिट करवा दिया था। पिछले छः हफ्तों में उसने जुबान से जो कुछ भी निकाला था, वह सब रिकार्ड कर लिया गया था।’’

‘‘यह गैरकानूनी है।’’

‘‘मुझे मालूम है। तभी तो मैंने कहा था कि कुछ ऐसी बातें हैं जिनका अखबार वालों की जानकारी में आ जाना हमारा अहित कर सकता है। बहरहाल इस वक्त अहम मसला यह नहीं है कि जो कुछ हमने किया, उसमें गैरकानूनी क्या है। है तो बताओ?’’

‘‘यहां की टेलीफोन लाइन टेप करने में या यहां स्टडी में माइक्रोफोन में तुम कामयाब कैसे हुए?’’

‘‘तम्हाणे की मदद से।’’

‘‘तम्हाणे?’’

‘‘आवतरमानी का बाडीगार्ड, जिसे वह मुम्बई से अपने साथ लाया था।’’

‘‘आई सी।’’

''सड़क के पार हवेली के ऐन सामने जो इमारत है, उसका गैरेज हमारे कब्जे में है। स्टडी के माइक से और यहां के टेलीफोन से कुछ तारें गैरेज तक बिछाई गयी थी जहां कि एक रेडियो ट्रांसमिटर लगा हुआ है। वह ट्रांसमिटर यहां की स्टडी में या टेलीफोन पर होती हर बात को हमारे रिसीविंग स्टेशन तक पहुंचाता था जहां कि हमारा रिकर्डिंग का इन्तजाम था।''

''रिसीवर कहां है?''

''यहां से कोई आधा मील दूर एक इमारत में।''

''गैरेज में ही क्यों नहीं?''

''आवतरमानी की कभी अपनी स्टडी में छुपे माइक पर निगाह जाती तो वह उसमें जुड़ी तारों को ही टटोलता-टटोलता गैरेज तक पहुंच सकता था। अगर हमारा रिसीवर और रिकार्डिंग प्लांट भी गैरेज में ही होता तो हमारा भांडा फूट सकता था लेकिन मौजूदा हालात में वह गैरेज में पहुंचकर सिर्फ ट्रांसमिटर ही तोड़ सकता था, वह हमारे रिसीविंग स्टेशन और रिकार्डिंग प्लांट तक नहीं पहुंच सकता था।''

''पहुंच सकता तो तुम्हारी ऐसी-तैसी फेर देता।''

''जाहिर है। तभी तो उसकी बातें सुनने का हमने इतना व्यापक और इतना पेचीदा इन्तजाम किया था।''

''हैरानी है कि कोतवाल ने इस गैरकानूनी काम के लिये तुम्हें इजाजत दे दी।''

''मैंने जो कुछ किया था, एक चोर के खिलाफ किया था। आवतरमानी एक चोर था, एक ठग था जो पता नहीं कब से इलैक्ट्रा कारपोरेशन का खून चूस रहा था। फिर भी मैंने बड़ी मुश्किल से उससे इस काम के के लिये हामी भरवाई थी।''

''हूं।''

''सच पूछो तो हमारा असली काम तो उसकी स्टडी में छुपे माइक्रोफोन ने ही बनाया था। उसकी भाग निकलने की असल योजना का भी सारा खाका हम उस माइक्रोफोन की वजह से ही समझ पाये थे।''

''भट्टाचार्य, ज्यादा होशियार बनने की कोशिश में तुम बेवकूफ भी बने हो सकते हो।''

''वो कैसे?''

''फर्ज करो आवतरमानी को अपनी स्टडी में छुपे माइक की खबर लग चुकी थी। वह जानता था कि कोई उसके स्टडी में हुए वार्तालाप को टेप कर रहा था। फिर क्या यह नहीं हो सकता कि उसने जानबूझ कर अपने भाग निकलने की कोई ऐसी योजना माइक में फीड की हो जिस पर अमल करने का उसका कतई कोई इरादा नहीं था और जिसके बारे में उसने चक्की तक को कोई खबर नहीं दी थी?''

भट्टाचार्य सोच में पड़ गया। प्रत्यक्षतः वह बात उसे नहीं सूझी थी।

''तुम कल रात की बताओ'' – चौधरी बोला – ''कल रात भी तो स्टडी का माइक्रोफोन काम कर रहा होगा। कल रात क्या सुना तुमने?''

''बहुत कुछ सुना लेकिन बहुत कुछ नहीं भी सुना। आवतरमानी नौकरों को विदा कर चुकने के बाद कई बार स्टडी में आया-गया था। फायर प्लेस की राख बताती है कि काफी अरसा वह अपने कागजात जलाता रहा था। फिर वह अपने बच्चे से बातें करता रहा था। फिर वह उसे ऊपर बैडरूम में सुला आया था और फिर कालबैल बजने तक स्टडी मे ही बैठा रहा था।''

''कालबैल कितने बजे बजी थी?''

''कोई सवा ग्यारह बजे। उसने दरवाजा खोला था, वापिस स्टडी में गया था और फिर कोई पन्द्रह मिनट बाद वहां से चला गया था।''

''आगन्तुक के साथ?''

''जाहिर है।''

''आगन्तुक कौन था?''

''क्या पता कौन था!''

''आवतरमानी उसके साथ अपनी मर्जी से गया होगा या जबरन ले जाया गया होगा?''

''यह भी कहना मुहाल है। हमने उसका टेलीफोन या उसकी स्टडी की आवाजें सुनने का ही इन्तजाम किया हुआ था, उसके घर में दूरबीन नहीं लगाई हुई थी।''

''इस बात की ही क्या गारन्टी है कि रात को कोई वहां आया था?''

''कालबैल गारन्टी है। कालबैल की आवाज स्टडी का माइक्रोफोन कैच करता है। कल रात यहां की कालबैल बजी थी।''

''वह किसी ने गलती से बजा दी हो सकती है। आवतरमानी की कोई टेलीग्राम आयी हो सकती है। कोई पड़ोसी उसे दीवाली की बधाई देने आया हो सकता है। कोई दीवाली के इनाम इकराम का तलबगार यहां पहुंचा हो सकता है। इस बात का क्या सबूत है कि जिसने घण्टी बजाई थी, उसी के साथ आवतरमानी यहां से विदा हुआ था?''

''कोई सबूत नहीं।'' – भट्टाचार्य को स्वीकार करना पड़ा।

''इसी बात का क्या सबूत है कि यह घण्टी बजने के वक्त के आस-पास यानी कि साढ़े ग्यारह बजे यहां से विदा हुआ था? वह यहां से तीन-चार घण्टे बाद भी विदा हुआ हो सकता है। वह पौ फटने पर यहां से गया हो सकता है। क्या पता इसीलिये उसका लड़का नीचे हाल में मौजूद था?''

भट्टाचार्य खामोश रहा। उसने बेचैनी से पहलू बदला।

''या तुम्हारे पास कोई और बुनियाद है यह सोचने की कि सवा ग्यारह बजे जिसने यहां की कालबैल बजाई थी, उसी के साथ आवतरमानी यहां से गया था या वही उसे जबरन यहां से ले गया था?''

''नहीं, नहीं'' – भट्टाचार्य हड़बड़ाया – ''और तो कोई बुनियाद नहीं।''

''यानी कि कालबैल की आवाज से ही तुम कूदकर इस नतीजे पर पहुंच गये कि तब यहां कोई आया था और उसी के साथ आवतरमानी यहां से गया था?''

''यही समझ लो।'' – भट्टाचार्य खेदपूर्ण स्वर में बोला – ''लगता है ऐसा सोचना मेरी गलती थी।'' – वह एक क्षण ठिठका और फिर बोला – ''चौधरी, सबूत चाहे कोई नहीं है लेकिन फिर भी जैसा मैंने सोचा है, वैसा हुआ हो सकता है।''

''खैर! तुम आगे बढ़ो।''

''हमारा एक आदमी स्थायी तौर पर वहां रहता है जहां रिसीवर सैट है और जहां रिकार्डिंग का प्लांट है। वह स्टडी वाले माइक को मानीटर तो कर रहा था

लेकिन जब माइक से आवाजें आनी बन्द हो गयी थीं तो उसने यही समझा था कि आवतरमानी अपने बैडरूम में जाकर सो गया था। किसी गड़बड़ का अन्देशा तो उसे सुबह ही हुआ था जबकि उसने यहां से किसी को पुलिस को फोन करके यह कहते सुना था कि आवतरमानी गायब था।''

''पिछली रात की सारी रिकार्डिंग मैं सुनना चाहता हूं।''

''शौक से सुनो। टेप तुम्हारे ऑफिस में पहुंच जायेगा।''

''सिर्फ टेप नहीं। तमाम टेप।''

''वह किसलिये?''

''क्योंकि जरूरी नहीं है कि आवतरमानी का गायब होना इलैक्ट्रा कारपोरेशन के झमेलों से ही ताल्लुक रखता हो। जरूरी नहीं कि उसके टेलीफोन पर या उसकी स्टडी में जो भी बात कही गयी है, वह सिर्फ तुम्हारे ही मतलब की हो। मुमकिन है उसका अगवा या कत्ल हो गया हो और इसका इलैक्ट्रा में उसके द्वारा की गयी गड़बड़ों का दूर-दराज का भी कोई रिश्ता न हो। सारे टेप सुनने पर मुमकिन है उनमें से कोई ऐसी बात निकल आये जो तुम्हारे या कोतवाल के काम की तो न हो लेकिन पुलिस के काम की हो।''

''मैं तुम्हें सारी रिकार्डिंग नहीं दे सकता।''

''क्यों नहीं दे सकते?'' – चौधरी आंखे निकालता बोला।

''खामखाह आंखें मत निकालो, चौधरी। पहले बात सुनो और उसे समझो।''

''क्या समझूं?''

''डेढ महीने की रिकार्डिंग के सारे सबूत सम्भालकर रखे जायें तो उनकी गिनती सैंकड़ों में पहुंचेगी। जो कुछ रोज़ रिकार्ड होता था, हम उसकी टाइपशुदा स्क्रिप्ट बनाकर उन्ही स्पूलों को रिकार्डिंग के लिये दोबारा इस्तेमाल करते थे।''

''यानी कि ओरिजिनल रिकॉर्डिंग नष्ट हो चुकी है?''

''हां।''

''तो स्क्रिप्ट की कापी दो।''

''वह तो मैं कह ही रहा हूं कि देता हूं।''

''गुड।''

''जब मैं यहां पहुंचा था तो तुम आवतरमानी के छोकरे से सवाल कर रहे थे। क्या मालूम हुआ उससे?''

''कुछ भी नहीं! लड़का पुलिस को सहयोग देने के मूड में नहीं मालूम होता। पट्ठा मुझे अपने बाप का दुश्मन बता रहा था।''

''मैं कुछ पूछूं उससे?''

''शौक से पूछो।''

वह दरवाजे की तरफ बढ़ा।

मोती फौरन दरवाजे से परे हट गया और जल्दी से वहां जा बैठा जहां कि वह पहले बैठा हुआ था।

लेकिन भट्टाचार्य की तजुर्बेकार निगाह छोकरे की करतूत फौरन समझ गयी।

उसकी चौधरी से निगाह मिली।

चौधरी ने गम्भीरता से सिर हिलाया।

भट्टाचार्य मोती के समीप पहुंचा। उसके होंठों पर एक मधुर मुस्कराहट प्रकट हुई।

''तुम'' – वह बड़े आत्मीयतापूर्ण स्वर में बोला – ''दरवाजे के पीछे छुपे खड़े हमारी बातें सुन रहे थे?''

मोती ने उत्तर न दिया। उसने एक बार सिर उठाकर भट्टाचार्य की तरफ देखा और फिर सिर झुका लिया।

''सुन भी रहे थे तो कोई बात नहीं।'' – भट्टाचार्य बोला – ''बच्चे ऐसी हरकतें करते ही हैं। मेरा अपना लड़का तुम्हारी उम्र का है। हमेशा छुप-छुपकर मेरी बातें सुनने की कोशिश करता रहता है।''

मोती खामोश रहा।

''बाई दि वे, मेरा नाम भट्टाचार्य है।''

''तुम कोतवाल के जासूस हो।'' – मोती तिरस्कारपूर्ण स्वर में बोला।

''वह भी मैं हूं'' – भट्टाचार्य बड़े सब्र के साथ बोला – ''लेकिन, बेटा, जासूसी

मेरा पेशा है, रोजी-रोटी का जरिया है। मैं उस फौजी की तरह हूं जो किसी की जान लेना चाहता तो नहीं लेकिन फिर भी उसे दुश्मन पर गोलाबारी करनी पड़ती है।''

''तुम मेरे डैडी के दुश्मन हो।''

''यह भी ठीक। लेकिन तुम्हारे डैडी भी तो हमारे दुश्मन थे।'' – एकाएक भट्टाचार्य के चेहरे से मुस्कराहट गायब हो गयी – ''जैसा बढ़िया आदमी तुम्हारा बाप तुम्हारी निगाह में था, वैसा वह औरों की निगाह में नहीं था। अपनी बेजा हरकतों से उसने सारे शहर को अपना दुश्मन बनाया हुआ था। गुंडे-बदमाशों तक को। तुम्हारा बाप आज तक जिन्दा बचा रहा, यही करिश्मा था।''

''मैं अपने डैडी के खिलाफ कुछ नहीं सुनना चाहता।''

''ठीक है। तुम मत सुनो। हम सुन लेते हो।''

''तुम क्या सुन लेते हो?''

''जो कुछ भी तुम हमें सुनाना चाहो।''

''मैं कुछ सुनाना नहीं चाहता।''

''देखो, तुम्हारे बाप पर कोई विपत्ति आयी हो सकती है। वह विपत्ति उसकी जान भी ले सकती है। लेकिन मुमकिन है अभी उसकी रक्षा की जा सकती हो। कल रात यहां पर तुम्हारे बाप के साथ तुम्हारे अलावा और कोई नहीं था। तुमने जरूर ऐसा कुछ देखा, सुना हो सकता है जिससे हमारी कोई मदद हो सकती है। हमारी क्या, तुम्हारे बाप की मदद हो सकती है। हम जानते है कि कल रात यहां कोई आया था। सवा ग्यारह बजे के करीब यहां की कालबैल बजी थी और . . .''

''मैंने नहीं सुनी।'' – मोती बीच में ही बोल पड़ा।

''लेकिन . . .''

''मैं सो रहा था। मैंने कुछ नहीं देखा। मैंने कुछ नहीं सुना। और आप लोग मुझे जितना मर्जी डरायें लेकिन मैं जानता हूं मेरे डैडी पर कोई विपत्ति नहीं आ सकती।''

''क्यों नहीं आ सकती?''

''क्योंकि . . .''

झोंक में मोती के मुंह से एक करोड़ के जूते की बात निलने ही वाली थी कि

वह सम्भल गया। उसने जोर से अपने होंठ काटे और फिर बोला -''बस, नहीं आ सकती।'' – गुस्से में वह उठकर खड़ा हो गया – ''तुम सब मेरे डैडी के दुश्मन हो। लेकिन देख लेना, तुम लोग मेरे डैडी का कुछ नहीं बिगाड़ सकोगे।''

''तेरा बाप तुझे यूं पीछे अकेला छोड़कर चला गया, यह उसने अच्छा किया?''

''वे मुझे बुला लेंगे।''

''ऐसा उन्होंने कहा था?''

''हां।''

''गुड! कहां बुलायेंगे? कहां बुला लेंगे तेरे डैडी तुझे?''

मोती ने जोर से जबड़े कस लिये।

''अबे बोल, कहां बुलायेगा तेरा बाप तुझे? बोल! बोल!''

तभी एकाएक खुले दरवाजे में से आंटी सोफिया ने भीतर कदम रखा।

पलक झपकते ही वह जैसे वहां की स्थिति समझ गयी।

''हाय, हाय'' – वह गर्जती-बरसती बोली – ''क्यों बेचारे मासूम बच्चे को हलकान कर रहे हो? और कुछ नहीं तो खुदा के ही कहर से डरो। यह कोई तरीका है इतने छोटे बच्चे से पेश आने का! कैसे पत्थरदिल हो तुम लोग!'' – उसने आगे बढकर मोती को अपने अंक में भर लिया – ''खबरदार जो इसे कुछ कहा तो।''

''लेकिन'' – चौधरी ने कहना चाहा – ''हम तो . . .''

''लेकिन-वेकिन कुछ नहीं। मैं इसे यहां से अपने साथ ले जा रही हूं। किसी में हिम्मत हो जो मुझे रोक के दिखाये। हद हो गयी तुम लोगों की भी। मुल्क का कोई कायदा कानून ही नहीं है जैसे। यूं बच्चे के पीछे हाथ धोकर पड़े हुए हो जैसे यह कोई गुन्डा बदमाश हो; खूनी हो, डकैत हो, हिस्ट्रीशीटर हो, सजायाफ्ता मुजरिम हो . . .''

आंटी सोफिया उसे वहां से साथ ले जाकर ही मानी।

मोती अपने साथ अपने सारे खिलौने भी लेकर जाना चाहता था लेकिन आंटी ने उसे उसकी स्कूल की किताबों और जरूरी कपड़ों के अलावा कुछ भी न ले जाने दिया।

वहां से विदा होने से पहले वह एक बार अपने डैडी के बैडरूम में गया था। न

जाने क्यों उसे लग रहा था कि अब वह कभी हवेली में वापिस नहीं लौटने वाला था। वह कितनी ही देर बैडरूम की एक-एक चीज को निहारता रहा था। इसी वजह से उसे अपने डैडी के पलंग की चादर पर बने भारी जूतों के निशान दिखाई दिये थे। पलंग की उजली चादर जूतों को लगी धूल से दागदार हो गयी थी। यानी कि उसके डैडी की दुश्मनों ने हवेली के सजो-सामान का सत्यानाश मारना शुरू कर भी दिया हुआ था। आज उसके डैडी हवेली में होते तो किसी की हिम्मत होती यूं धूल से भरे जूते लेकर पलंग पर चढ़ने की।

रास्ते में उसने आंटी से अंकल ग्रैगरी के बारे में पूछा।

''वह कोतवाल के पास होगा।'' – आंटी ने बताया।

''कोतवाल के पास?'' – मोती सकपकाया।

''हां। सुबह सवेरे ही कोतवाल के भेजे कुछ लोग हमारे यहां आये थे और तेरे अंकल को अपने साथ ले गये थे।''

''क्यों?''

''शायद यही जानने के लिये कि क्या ग्रैगरी भी तेरे बाप की करतूतों की कोई खबर रखता था।''

''अंकल को क्या मालूम था?''

''कुछ भी नहीं मालूम था लेकिन जब तक कोतवाल की तसल्ली नहीं हो जायेगी, तब तक वह ग्रैगरी का पीछा थोड़े ही छोड़ेगा? कोई बड़ी बात नहीं कि अब ग्रैगरी इलैक्ट्रा की नौकरी से भी निकाल दिया जाये। इलैक्ट्रा में उसकी नौकरी तो तेरे बाप के दम पर थी।''

''ओह!''

''अब एक बात तो बता, बेटा।''

''पूछो आंटी।''

''हीरे कहां हैं?''

''हीरे!''

''हीरे पुलिस के हाथ तो नहीं लग गये?''

''कौन से हीरे?''

''तुझे मालूम है, कौन से हीरे!'' – प्रत्यक्षतः आंटी मुस्करा रही थी और बड़े सहजभाव से सवाल कर रही थी लेकिन उसकी आंखों में से लालच की चमक छुपाये नहीं छुप रही थी – ''वही हीरे जिससे गोपाल के बैडरूम में मैंने तुझे खेलते देखा था। वे हीरे पुलिस के हाथ तो नहीं लग गये?''

''नहीं।''

''लग जायेंगे?''

''पता नहीं।''

''तुझे पता नहीं?''

''हां।''

''लेकिन तुझे पता होना चाहिये!''

''मुझे क्यों पता होना चाहिये?''

''क्योंकि तू हीरों के खुफिया ठिकाने को जानता है।''

मोती खामोश रहा।

आंटी भी कुछ क्षण खामोश रही। अब उसके चेहरे पर गहरी सोच के भाव थे।

''पुलिस वाले'' – फिर वह यूं बोली जैसे अपने आपसे बात कर रही हो – ''हवेली की मुकम्मल तलाशी लिये बिना नहीं मानने वाले। ऐसी तलाशी में हीरे बरामद हो सकते है। लेकिन नहीं भी हो सकते। अगर न हुए तो समझ लेना कि हीरों की बाबत तुम्हारा सीक्रेट अभी भी सीक्रेट है। इसलिये इस बारे में किसी के सामने मुंह मत फाड़ना। अंकल ग्रैगरी के सामने भी नहीं। समझा गया?''

मोती ने उत्तर न दिया।

''हीरे अगर पुलिस के हाथ न लगे और तेरा बाप दुबई न पहुंचा तो . . . तो'' – एकाएक आंटी सोफिया खुशी से हाथ मलने लगी – ''तो फिर आयेगा मजा।''

मोती के अंकल-आंटी रूप नगर के एक छोटे से बंगले में रहते थे। वहां मोती को बहुत इज्जत, बहुत मुहब्बत हासिल हुई।

लेकिन सिर्फ शुरू के चन्द दिनों में।

जल्दी ही मोती की समझ में आ गया कि वह सब दिखावा था, उसकी आंटी का प्रपंच था।

वहां वार्तालाप में क्योंकि उससे कोई छुपाव नहीं रखा जाता था इसलिये मोती को मालूम हुआ कि उसके डैडी उसकी देखभाल के लिये आंटी सोफिया को दस हजार रुपये देकर गये थे और बाद मे और भी पैसा भेजने का वादा करके गये थे। इससे मोती के नन्हें दिमाग ने यह अन्दाजा लगाया कि उसे आंटी के साथ काफी देर तक रहना पड़ना था।

गोपाल यशवन्तराय आवतरमानी इलैक्ट्रा से गबन करके फरार हो गया था, इस बात का सारे शहर में चर्चा था। उससे सम्बंन्धित कहानियां और अटकलें लगभग रोज अखबारों में छपती थीं। वह भागकर दुबई जाने वाला था, यह बात सब जानते थे लेकिन वह वहां पहुंच पाया था या नहीं, यह किसी को नहीं पता था।

अखबारों में एक बार सकलानी नामक एक गैंगस्टर की तस्वीर के साथ यह कहानी भी छपी थी कि आवतरमानी उसका तीस-लाख का कर्जाई था और पुलिस को शक था कि उसी ने आवतरमानी का कत्ल कर दिया था।

सकलानी ने इस इलजाम से पुरजोर इनकार किया था।

एक थ्योरी यह भी थी कि आवतरमानी को किसी प्रकार पता लग गया था कि वह मुम्बई में दुबई के प्लेन पर सवार होते ही गिरफ्तार कर लिया जाने वाला था इसलिये वह किसी और तरीके से, किसी और रूट से मुल्क से फरार हो गया था।

जेल की सजा का खतरा सिर पर मंडराता पाकर भी चक्की ने अपनी जुबान नहीं खोली थी। अखबार वालों का कहना था कि उसको जेल की लम्बी सजा हो जाना लाजिमी था।

रानी को भी पुलिस ने बहुत परेशान किया था लेकिन अन्त में पुलिस को उसे छोड़ देना पड़ा था। आजाद होते ही वह वापिस बड़ौदा चली गयी थी।

तम्हाणे शुरु से ही कहीं गायब था।

मोती को इस का बड़ा अफसोस था कि उसके डैडी ने उसे कोई चिट्ठी तक नहीं लिखी थी। आंटी सोफिया को भी बहुत उम्मीद थी गोपाल की चिट्ठी आने की। पहले वह यही समझती रही थी कि शायद पुलिस उन लोगों की डाक में कोई गड़बड़ कर रही थी लेकिन जब दो-महीने गुजर जाने के बाद भी कोई चिट्ठी न आयी तो उसने उम्मीद ही छोड़ दी।

आवतरमानी के गायब हो जाने के बाद शंकरराव कोतवाल इलैक्ट्रा कारपोरेशन का नया चेयरमैन और मैनेजिंग डायरेक्टर बना। तब उसने अंकल ग्रैगरी को सिर्फ इसलिये इलैक्ट्रा की नौकरी से निकलवा दिया कि वह आवतरमानी का रिश्तेदार था। लेकिन ग्रैगरी ने नौकरी छूट जाने की रत्ती भर भी परवाह न की। अपनी बीवी की जानकारी के बिना उसने बिना पल्ले से एक पैसा लगाये इलैक्ट्रा से ही छः सात लाख रुपये कमा लिये हुए थे। पिछले एक साल से उसे दिखाई दे रहा था कि आवतरमानी की सरपरस्ती में इलैक्ट्रा का बेड़ा गर्क होकर रहना था यानी कि इलैक्ट्रा के शेयरों की कीमत दिन-ब-दिन गिरती चली जानी थी। वह अपने दलाल के माध्यम से इलैक्ट्रा के शेयर उधार हासिल करता था, उन्हें बेच देता था और फिर जब कीमत और गिर जाती थी तो उन्हें वापिस खरीद लेता था। शेयरों को ज्यादा कीमत पर बेचने से और फिर उन्हें कम कीमत पर वापिस खरीदने पर उसे जो लाभ होता था वह सौ फीसदी उसका अपना होता था। अपने इस चतुराईभरे सिलसिले से एक साल में उसने छः-साल लाख रुपये पीट लिये थे और इस रकम की उसने आंटी सोफिया को भनक भी नहीं लगने दी थी।

कोतवाल के निर्देश पर इलैक्ट्रा के हिसाब खाते जब फिर से चैक करवाये गये थे तो पाया गया था कि आवतरमानी एक करोड़ से ज्यादा की रकम का गबन कर चुका था। लेकिन यह बात किसी को मालूम नहीं थी कि वह रकम आवतरमानी के पास हीरों की सूरत में थी। और यह बात केवल मोती जानता था कि दीवाली की रात को जब उसका बाप गायब हुआ था तो वे हीरे उसके सफेद जूते की एड़ी में थे।

हीरों की खबर आंटी सोफिया को थी लेकिन वह यही समझती थी कि क्योंकि

पुलिस हीरे बरामद नहीं कर सकी थी इसलिये वे अभी भी हवेली में ही कहीं छुपे हुए थे और जरूर उस खुफिया जगह की मोती को खबर थी।

मोती से पूछताछ करने लोग वहां भी पहुंचते थे। सब-इन्स्पेक्टर चौधरी, भट्टाचार्य और सीबीआई के लोगों के अलावा अब तो प्रैस रिपोर्टर भी उससे पूछने आते थे कि क्या वह जानता था कि जो एक करोड़ रुपया उसके बाप ने इलैक्ट्रा से गबन किया था, वह कहां था।

आंटी सोफिया ऐसे मौकों पर हमेशा उसे चेतावनी देती थी कि वह हीरों की बाबत एक लफ्ज भी किसी के सामने अपनी जुबान से न निकाले।

भट्टाचार्य जब भी आता था, मोती के साथ बहुत प्यार-मुहब्बत से पेश आता था। मोती को वह पसन्द भी आने लगा था लेकिन क्योंकि वह उसे अपने बाप का दुश्मन मानता था इसलिये अपनी पसन्द का इजहार वह उस पर कभी नहीं करता था।

उसी दौरान एक और बात सामने आयी थी।

आवतरमानी ने दस-दस लाख रुपये की दो लाइफ इन्श्योरेन्स पालिसियां ली हुई थीं जिसमें से एक का नॉमिनी मोती था और दूसरी का चक्की। उस पालिसी की खबर लगने के बाद से ही आन्टी सोफिया यह दुआ करने लगी थी कि किसी तरह आवतरमानी की लाश बरामद हो जाये ताकि मोती को वह दस लाख की रकम मिल सके और फिर जिसे वह खुद हड़प सके।

लेकिन लाश बरामद न हुई।

ऐसा कोई संकेत तक सामने न आया कि आवतरमानी मर चुका था।

उसे कानूनी तौर पर मरा तभी माना जा सकता था जबकि सात साल तक उसका कोई अता-पता न लगता।

सात साल का इन्तजार आंटी सोफिया के बस का नहीं था।

फिर धीरे-धीरे मोती से पूछताछ करने के लिये लोगों के आगमन का सिलसिला घटता-घटता लगभग समाप्त हो गया। मोती नियमित रूप से स्कूल भी जाने लगा।

उन दिनों अंकल ग्रैगरी जब भी घर में नहीं होता था तो आन्टी सोफिया अपनी अलमारी में से एक बोतल निकालती थी जिसमें कि कोई पानी जैसी रंगत का

तरल पदार्थ होता था। सोफिया जब भी उस तरल पदार्थ को पीती थी, उसकी आंखें सुर्ख हो जाती थीं और जुबान लड़खड़ाने लगती थी।

अपनी ऐसी ही हालत में एक रोज सोफिया मोती को घसीट कर अपने कमरे में ले गयी। उसने मोती को एक कुर्सी में धकेल दिया और एक दानव की तरह उसके सामने खड़ी हो गयी।

उस रोज मोती को आन्टी सोफिया से बहुत डर लगा।

''देख, छोकरे'' – वह आंखें निकालकर उसे घूरती हुई बोली – ''मुझे लगता है कि गैंगस्टर लोगों ने तेरे बाप को मार डाला हुआ है और उसकी लाश कहीं गायब कर दी हुई है। तेरा बाप अब लौटकर नहीं आने वाला। लेकिन असल बात यह है कि हीरे अभी तक बरामद नहीं हुए हैं। हीरों की खबर तक नहीं है किसी को। सिवाय तेरे। तुझे खबर है हीरों की। अगर तेरा बाप मर चुका है तो वे हीरे अब हमारे हैं। तू अपने बाप का वारिस है लेकिन उसकी जायदाद वगैरह की एक फूटी कौड़ी भी तुझे नहीं मिलने वाली। तेरे बाप का जो कुछ था, सब कुछ कोर्ट ने अटैच कर दिया है। हवेली भी किसी दिन नीलाम होगी और नीलामी में हासिल रकम इलेक्ट्रा को मिलेगी, तुझे नहीं। गबन जो किया था तेरे बाप ने! उसकी जो थोड़ी-बहुत भरपाई होगी, ऐसे ही होगी। उसकी लाश बरामद न होने की वजह से तुझे उसके जीवन बीमे का पैसा भी नहीं मिल सकता। यानी कि तुझे चार पैसे हासिल होने की कहीं से उम्मीद है तो हीरों से ही है। तू जानता है कि हीरे कहां हैं। अगर हीरे हवेली में है तो हम उन्हें वहां से निकालने की कोशिश कर सकते हैं। हम न भी निकाल पायेंगे तो भी हम उनकी खबर भट्टाचार्य को कर सकते हैं और इनफार्मर की फीस के तौर पर उससे हीरों की कीमत का दस प्रतिशत हासिल कर सकते हैं। दस प्रतिशत भी दस लाख होगा जो कि कम नहीं। अगर तेरा बाप हीरे अपनी उस रखैल रानी को दे गया है तो भी बता। मैं उस चुड़ैल का टेंटुवा दबाकर उससे हीरे निकलवा लूंगी। सारा नहीं तो आधा माल तो मैं उससे झटक ही लूंगी। समझा? अब तू बोल, कहां हैं हीरे? कहां रखता था तेरा बाप उन्हें?''

‘‘मुझे नहीं मालूम।’’ – मोती क्षीण स्वर में बोला।

‘‘तुझे नहीं मालूम!’’ – सोफिया ने एकाएक एक जोर का थप्पड़ उसके मुंह पर रसीद किया और दांत पीसती हुई बोली – ‘‘तुझे नहीं मालूम! साले, बित्ते भर के छोकरे! मुझे बेवकूफ बनाता है! जल्दी बोल हीरे कहां हैं नहीं तो मार-मारकर चमड़ी उधेड़ दूंगी . . .’’

उस रोज के बाद जैसे सोफिया ने मोती के खिलाफ जंग का ऐलान कर दिया। वह उसे बुरी तरह से सताने लगी। कभी ग्रैगरी इस बारे में कुछ कहता तो वह जवाब देती थी लड़का बिगड़ता जा रहा था इसलिये उस पर सख्ती करना जरूरी था।

आन्टी के अत्याचार से त्रस्त मोती का नन्हा दिमाग यह तक सोचने लगा कि वह किसी तरह आन्टी के घर से भाग जाये और दुबई अपने डैडी के पास पहुंच जाये।

पता नहीं कहां थी यह जगह दुबई?

और कैसे वहां पहुंचा जाता था?

उन्हीं दिनों मोती ने एक डायरी लिखनी आरम्भ कर दी।

उसने अपनी स्कूल की एक कापी के पहले पृष्ठ पर लिखा – ‘‘मेरे पिता के साथ विश्वासघात’’। उस डायरी में वह अपने पिता के दुश्मनों की उसके खिलाफ गतिविधियां नोट करने लगा।

उसमें उसने कोतवाल की दुर्दान्तता का वर्णन किया।

भट्टाचार्य के खुफिया तौर पर उसके पिता की बातें सुनने के इन्तजाम का वर्णन किया।

सब-इन्स्पेक्टर चौधरी की खुद अपने साथ ज्यादतियों का वर्णन किया।

और अपनी आन्टी के जुल्मों का वर्णन तो किया ही जो कि हीरों के पीछे पड़ी हुई थी और इसलिये उसके पिता की मौत की कामना कर रही थी कि उसके हाथ उसके बीमे की रकम आ सके।

वह डायरी लिखने में नन्हें मोती का बहुत दिल लगता था। वह उसे लिखता

ही नहीं था, कई-कई बार पढता भी था और बड़ा होकर अपने बाप के हर दुश्मन से भरपूर बदला लेने का संकल्प करता था।

''बस!'' – ग्रैगरी बोला – ''अब मैं और बर्दाश्त नहीं कर सकता। मैं तंग आ गया हूं तेरे से।''

वह शनिवार का दिन था और मोती के अंकल-आंटी सुबह से ही लड़ झगड़ रहे थे। जोश में उनकी आवाजें इतनी ऊंची हो जाती थीं कि वे मोती को तो अपने कमरे में सुनाई देती ही थीं, पड़ोसियों को भी सुनाई दे रही हों तो कोई बड़ी बात नहीं थी।

''कितने कमीने हो तुम!'' – सोफिया बोली – ''कमीने और धोखेबाज! नीच! हर्जाई! मरे जा रहे हो मुझसे पीछा छुड़ाने के लिये। जिन्दगी-भर तो मेरा खून चूसते रहे, अब तुक्के से चार पैसे हाथ में आ गये तो मुझसे बेजार होने लगे। ढूंढ ली होगी कोई जवान छोकरी जिसकी वजह से तुम मेरे से पीछा छुड़ाना चाह रहे हो।''

''अभी तो नहीं ढूंढ़ी लेकिन यह क्या मुश्किल काम है? जब चाहूंगा ढूंढ़ लूंगा।''

''क्यों नहीं? पैसा जो है तुम्हारे पास!''

''है। लेकिन घबरा नहीं, तुझे भी दूंगा। तुझे छोड़ूंगा तो तेरा पूरा इन्तजाम भी करूंगा। उतना कमीना मैं नहीं हूं जितना तू मुझे साबित करने की कोशिश कर रही है। यह बंगला, यहां का सारा सामान, कार, सब कुछ तू रख ले, नकद रुपया भी ले लेकिन मेरा पीछा छोड़।''

फिर चीजों की उठा-पटक की आवाजें आने लगीं।

''एक बात और सुन।'' – कई क्षण बाद ग्रैगरी बोला – ''अपनी बहन के लड़के पर जुल्म ढाना बन्द कर। उस मासूम बच्चे पर अत्याचार करेगी तो नर्क में भी जगह नहीं पायेगी।''

मोती को सोफिया के जोर-जोर से रोने की आवाज आयी।

''यह ढकोसलेबाजी बहुत चल चुकी'' – ग्रैगरी बोला – ''अब नहीं चलने

की। मैं आज ही यह घर छोड़कर जा रहा हूं।''

''मुझे अकेला, बेसहारा छोड़कर?''

''तेरे को कुछ कहकर किसी ने मरना है! फिर भी समझती है कि घर को डाकू पड़ जायेंगे तो मेरी राइटिंग टेबल के ऊपरले दराज में एक भरी हुई पिस्तौल रखी है, अपनी हिफाजत के लिये उसे पास रख लेना।''

''मुझे पिस्तौल चलानी आती है?''

''नहीं आती तो भी कोई बात नहीं। उसे हाथ में थामना, जिसे अपना दुश्मन समझो, उसकी तरफ उसका रुख करना और घोड़ा खींच देना।''

''इस वक्त तो मेरे सबसे बड़े दुश्मन तुम ही हो!''

''तो मुझ पर ही चला ले पिस्तौल। यह भी अरमान पूरा करले अपना।''

''मैंने फांसी नहीं चढ़ना।''

''शुक्र है। कुछ तो अक्ल बाकी है तेरे में। जिन पी-पीकर बिल्कुल ही दिमाग खराब नहीं कर लिया है तूने अपना। और लड़के का कुछ लिहाज किया कर। कम-से-कम उसके सामने तो जिन मत पिया कर। उस पर बुरा असर पड़ेगा।''

सोफिया और ऊंचा-ऊंचा रोने लगी।

थोड़ी देर बाद हाथ में एक सूटकेस थामे ग्रैगरी मोती के कमरे में पहुंचा।

''मैं'' – वह गम्भीर स्वर में बोला – ''हमेशा के लिये वह घर छोड़कर जा रहा हूं, बेटा। मुझे अफसोस है कि मैं तुझे अपने साथ नहीं ले जा सकता। लेकिन तुझे इस चिड़ियाघर से निजात दिलाने की कोई तरकीब सोचूंगा मैं। तब तक के लिये, गुडबाई। ओके?''

मोती ने खामोशी से सहमति में सिर हिलाया।

वह वहां से विदा हो गया।

थोड़ी देर बाद मेन डोर खुलने और बन्द होने की आवाज आयी।

सोफिया अभी भी चीख-चिल्ला रही थी।

थोड़ी देर बाद जैसे वह थककर खामोश हो गयी।

फिर मोती को कांच-से-कांच टकराने की आवाज आयी।

शायद आन्टी सोफिया ने अपना पसन्दीदा पानी जैसा तरल पदार्थ पीना आरम्भ कर दिया था।

''मोती!'' – और थोड़ी देर बाद एकाएक उसे सोफिया की नशे में थरथराती दहाड़ सुनाई दी – ''इधर आ! फौरन!''

आन्टी के पास जाने की जगह मोती बंगले के पिछले कम्पाउन्ड में पहुंचा। वहां से दीवार फांदकर वह पिछली गली में पहुंच गया। गली को उसने लगभग दौड़ते हुए पार किया।

वह मेन रोड पर पहुंचा तो उसने अंकल ग्रैगरी को एक टैक्सी में बैठे देखा। मोती ने उसे आवाज देनी चाही लेकिन तब तक टैक्सी बहुत दूर निकल गयी।

अंकल ग्रैगरी ने मोती को न देखा।

अलबत्ता किसी और ने उसे देखा।

मोती के पीछे सड़क पर एक नीली फिऐट मौजूद थी जिसके ड्राइवर की मुकम्मल तवज्जो मोती की तरफ थी।

हवेली उजाड़ पड़ी थी। किसी भी तरह के साजो-सामान से यह एकदम खाली थी। उसका सारा सामान, पर्दे तक, नीलाम हो चुके थे। इमारत की नीलामी अभी बाकी थी लेकिन वह भी किसी भी दिन होने वाली थी।

रूपनगर से वहां तक मोती पैदल आया था। आन्टी सोफिया से उस रोज जैसा त्रस्त मोती पहले कभी नहीं हुआ था। अब तक उसे अंकल ग्रैगरी का भरोसा और सहारा था लेकिन अब वह सहारा भी खत्म हो गया था। आन्टी सोफिया के साथ बंगले में अपनी तनहा मौजूदगी के खयाल से ही उसे दहशत होती थी। वह भागकर वहां आ तो गया था लेकिन वहां वह क्या करने वाला था या आन्टी सोफिया के कहर से वह कैसे बचने वाला था, इस का इसे कोई अन्दाजा नहीं था।

हवेली के कम्पाउन्ड में कदम रखते ही पुरानी यादें उसके जेहन में ताजा होने

लगीं। झाड़-झंखाड़ बन चुकी घास पर चलता हुआ वह पिछवाड़े के कम्पाउन्ड में पहुंचा।

हर तरफ मुकम्मल सन्नाटा था। हवेली दिन में भी भुतहा लग रही थी।

पिछवाड़े से हवेली में दाखिल होने का एक खुफिया रास्ता था जिसे मोती बरसों से जानता था। वह रास्ता उसने एक बार रानी से लुका-छुपी खेलते वक्त तलाश किया था।

पिछवाड़े की सीढ़ियों के नीचे बेसमेंट का एक रोशनदान था जो अपने फ्रेम समेत वहां से अलग हो जाता था।

मोती ने उसे जंगली घास से अटा हुआ पाया।

घास हटाकर उसने फ्रेम को बाहर खींचा। फ्रेम अपने स्थान से अलग हो गया। उस रास्ते से वह हवेली की बेसमेंट कूद गया।

बेसमेंट में अन्धेरा था। अन्धेरे में टटोल-टटोलकर चलता हुआ वह आगे बढ़ा। अन्धेरे में ही सीढ़ियां तय करता वह ग्राउंड फ्लोर पर पहुंचा।

फिर वह मन्त्रमुग्ध-सा चलता ऊपर उस कमरे में पहुंच जो कभी उसका बैडरूम हुआ करता था।

कमरा एकदम खाली पड़ा था।

वह मन-ही-मन कल्पना करने लगा कि कमरा अभी भी पहले की तरह सजा हुआ था, वह उसी में अभी भी रहता था, रानी नीचे महाराज के साथ किचन में थी, उसके डैडी किसी भी क्षण वहां पहुंचने वाले थे और उसे और रानी को लेकर गुड़गांव जाने वाले थे जहां कि कभी ''नशेमन'' तैयार होना था।

पता नहीं कितनी ही देर वह यूं ही सपनों में खोया रहा।

एकाएक उसे अपने पीछे हल्की-सी आहट मिली।

वह घूमा।

दरवाजे पर चौखट थामे एक आदमी खड़ा था और अपलक उसे देख रहा था।

मोती ने उसे फौरन पहचान लिया।

उसके तोते की चोंच जैसी नाक को तो उसने खासतौर से पहचाना।

वह वही आदमी था जो दीवाली की रात को उसके डैडी को अपने साथ ले गया था।

''हल्लो!''

वह मुस्कराता हुआ मोती की तरफ बढ़ा।

मन-ही-मन मोती उस शख्स से बहुत डर रहा था लेकिन प्रत्यक्षत: वह निडर दिखने की कोशिश कर रहा था।

वह मोती के करीब पहुंचा।

''मुझे पहचाना?'' – वह बोला।

''न . . . नहीं।'' – मोती बोला।

''झूठ मत बोलो। जो जुबान कह रही है, वो तुम्हारी आंखें नहीं कह रहीं। तुम्हारी आंखें कह रही हैं कि तुमने मुझे पहचाना है। है न?''

मोती ने सहमति में सिर हिलाया।

''गुड! कौन हूं मैं?''

''तुम दीवाली की रात को यहां आये थे।''

''हां। मैंने ही तुम्हारे बाप की यहां से सुरक्षित निकल जाने में मदद की थी।''

''मेरे डैडी कैसे हैं?''

''एकदम ठीक। एकदम सुरक्षित।''

''कहां हैं?''

''जहां भी हैं, तुम्हें बहुत याद करते हैं।''

''वो मुझे अपने पास बुलाने वाले थे?''

''बुलायेंगे। जरूर बुलायेंगे। लेकिन अभी नहीं। अभी तुम्हें बुलाने में खतरा है। तुम्हारे पीछे लगकर तुम्हारे डैडी के दुश्मन उस तक पहुंच सकते हैं। तुम चाहते हो कि ऐसा हो?''

मोती ने जोर से इनकार में सिर हिलाया।

''नाओ, दैट्स ए गुड ब्वाय। अब एक बात बताओ।''

''क्या?''

''तुमने मरे बारे में कभी किसी को कुछ बताया तो नहीं?''

''किसको?''

''किसी को भी! पुलिस को? भट्टाचार्य को? अपने अंकल या आंटी को? कोतवाल को? किसी को भी?''

''नहीं।''

''क्या नहीं?''

''मैंने किसी को कुछ नहीं बताया।''

''क्यों नहीं बताया?''

''क्योंकि मैंने अपने डैडी से वादा किया था कि मैं किसी को कुछ नहीं बताऊंगा।''

''शाबाश! अपना यह वादा आगे भी तोड़ तो नहीं दोगे?''

''हरगिज नहीं।''

''गुड! मैं यही जानने के लिये आया था कि कहीं तुम किसी को मेरे बारे में कुछ कह देने का इरादा तो नहीं रखते!''

एकाएक एक क्लिक की आवाज हुई और उसके हाथ में एक कमानीदार चाकू प्रकट हुआ। उसने चाकू मोती की आंखों के सामने लहराया।

मोती पसीने से नहा गया। उसकी ज़ुबान उसके मुंह में सूख कर चमड़ा हो गयी।

''यह क्या है?'' – वह आदमी बड़े क्रूर स्वर में बोला।

''च.. चा-चाकू।'' – मोती बोला।

''ठीक पहचाना लेकिन यह सब्जी काटने के काम नहीं आता, यह मुझे धोखा देने वालों का पेट काटने के काम आता है। चाकू पेट के अन्दर। आंतें बाहर। क्या समझे?''

मोती खामोश रहा।

''अगर तुमने वादाखिलाफी की, अगर तुमने मुझे धोखा दिया, अगर तुमने मेरे बारे में अपनी ज़ुबान खोली तो'' – वह एक क्षण ठिठका – ''तो क्या बताने की

जरूर है कि यह चाकू तुम्हारी क्या गत बनायेगा?''

मोती ने जोर से इनकार में सिर हिलाया।

''गुड ब्वाय!'' – फिर उसका स्वर तनिक नम्र पड़ा – ''देखो, मुझे यह मालूम तक नहीं है कि आज की तारीख में तुम्हारा बाप कहां है। मैंने सिर्फ यहां से निकल चलने में उसकी मदद की थी। आगे उसने क्या किया, मुझे खबर नहीं। समझे?''

मोती ने सहमति में सिर हिलाया।

''वैसे तो पुलिस को मेरी खबर हरगिज भी नहीं लग सकती लेकिन फिर भी मैं नहीं चाहता कि पुलिस मेरे पीछे लगे। इसलिये मैं तुम्हें वार्निंग दे रहा हूं। मेरे बारे में तुम्हारी जुबान से एक लफ्ज भी निकला तो मैं फिर तुम्हारे पास पहुंच जाऊंगा, मैं तुम्हें पाताल से भी खोज निकालूंगा और इसी चाकू से तुम्हारा पेट फाड़कर आंतें बाहर निकाल दूंगा।''

''मैं किसी को कुछ नहीं कहूंगा। मैंने अपने डैडी से वादा किया था कि . . .''

''मेरे से भी वादा कर। कसम खा कि जिन्दगी में कभी मेरी बाबत अपनी जुबान नहीं खोलेगा।''

''मैं कसम खाता हूं।''

''अगर तूने अपनी कसम तोड़ी तो याद रख, यह बात मुझे मालूम हुए बिना नहीं रहेगी। आज से दस, पन्द्रह या बीस साल बाद भी अगर तूने अपनी यह कसम तोड़ी तो मुझे खबर लग जायेगी। तू मुझे नहीं देख पायेगा लेकिन मैं हमेशा तेरे आस-पास ही होऊंगा। तेरे आस-पास ही होऊंगा मैं।'' – एकाएक उसने चाकू का फल धीरे से मोती की गर्दन पर फेरा – ''अब बोल, क्या कसम खायी है तूने?''

''यही'' – मोती घिघियाया – ''कि मैं तुम्हारे बारे में कभी किसी को कुछ नहीं कहूंगा। मैं कभी अपनी जुबान नहीं खोलूंगा। मैं कसम खाता हूं।''

''शाबाश!''

फिर अजनबी ने बड़े नाटकीय ढंग से चाकू बन्द किया और वहां से विदा हो गया।

मोती बुत बना यथास्थान खड़ा रहा।

फिर वह जहां खड़ा था, वहीं बैठ गया।

उसका शरीर पत्ते की तरह कांप रहा था। उसने कसकर अपनी आंखें बन्द कर लीं और जो बात उसने अपनी जुबान पर न लाने की कसम खायी थी, उसे अपने जेहन से निकालने की कोशिश करने लगा।

निश्चय ही वह अजनबी बहुत खतरनाक आदमी था। वह वाकई उसे जान से मार सकता था।

उसके बारे में सब कुछ भूल जाने में ही उसका कल्याण था।

तभी नीचे से हवेली का प्रवेश द्वार खुलने की आवाज आयी।

नीचे किसी के भारी कदम इमारत के फर्श पर पड़ रहे थे। कोई हवेली के ग्राउन्ड फ्लोर के कमरों में विचार रहा था। भय से जड़ हुआ मोती जोर से सांस लेने से भी डर रहा था। पता नहीं नीचे कौन था? कहीं वह अजनबी ही तो वापिस नहीं आ गया था? वह मन-ही-मन भगवान से प्रार्थना कर रहा था कि नीचे जो कोई भी हो, ऊपर न आये।

लेकिन उसकी वह प्रर्थना कुबूल न हुई।

उसके कमरे के दरवाजे पर एक आदमी प्रकट हुआ।

मोती घबराकर उठ खड़ा हुआ।

''अरे?'' – उस आदमी के मुंह से आश्चर्य-भरी सिसकारी निकली – ''तुम यहां कैसे पहुंचे?''

वह एक ठिगने कद का भारी-भरकम आदमी था। उसका चेहरा भारी था, नाक पकौड़े जैसी थी और होंठ बहुत मोटे थे। कपड़े वह निहायत शानदार पहने था।

उसने कमरे के भीतर कदम रखा।

''तुम भीतर कैसे घुसे?'' – वह बोला – ''बाहर मेन डोर को तो ताला लगा हुआ था?'' – वह मोती के करीब पहुंचा – ''बेटा! तबीयत तो ठीक है तेरी?''

''ठ-ठीक . . . ठीक है।'' – मोती हकलाया।

''लगती तो नहीं! पत्ते की तरह तू कांप रहा है। हवास तेरे उड़े हुए हैं।'' – उसने

मोती का माथा छुआ – ''बुखार तो नहीं लगता तुझे! किसी ने मारा है क्या?''

''न-नहीं।''

''नाम क्या है तेरा?''

''मोती। मोती आवतरमानी।''

''आवतरमानी! तेरी उस आदमी से कोई रिश्तेदारी तो नहीं जो कभी यहां इस हवेली में रहा करता था?''

''वे मेरे डैडी थे।''

''ओह! अब कहां रहता है तू?''

''रूपनगर। अपनी आंटी के पास।''

''यहां कैसे आया?''

''पैदल चलकर।''

''इतनी दूर से तू पैदल चलकर यहां आया?''

''हां।''

''भीतर कैसे घुसा?''

मोती ने बताया।

तब मोती को सूझा कि जरूर वह तोते की चोंच जैसी नाक वाला आदमी बेसमैन्ट के रोशनदान वाले रास्ते से ही उसके पीछे इमारत में घुसा था और उसी रास्ते वहां से विदा हुआ था।

''ओह!'' – वह आदमी तनिक हंसा और फिर बोला – ''मेरा नाम राज बुन्देला है। मैं प्रापटी डीलर हूं। यह जगह बिकाऊ है। इसलिए कोर्ट के रिसीवर से चाबी हासिल करके मैं इसका मुआयना करने चला आया था।''

मोती खामोश रहा।

''चलो, तुम्हें घर छोड़ आऊं।'' – एकाएक वह बदले स्वर में बोला – ''तुम्हारी आंटी तुम्हारी फिक्र कर रही होगी।''

मोती ने जोर से इनकार में सिर हिलाया।

''मतलब?'' – बुन्देला सकपकाया – ''तुम घर नहीं जाना चाहते?''

''नहीं।''

''क्यों?''

''घर में कलह फैली हुई है। अंकल घर छोड़कर चले गये हैं। आन्टी मुझे मारती है। वह एक बोतल में से निकालकर कोई पानी जैसे रंग की चीज पीती है और फिर मुझे बहुत मारती है।''

''जिन पीती है वो? पियक्कड़ है तेरी आंटी? नशा करती है?''

मोती ने सन्दिग्ध-भाव से सहमति में सिर हिलाया।

''और वो नशे में पीटती है तुझे?''

''हां। बहुत मारती है। नोचती भी है।''

''क्यों?''

''पता नहीं। शायद चुड़ैल है मेरी आन्टी। आज तो वह मुझे और ज्यादा मारेगी।''

''क्यों?''

''मैं उसे बिना बताये घर से जो भाग आया हूं!''

''कुछ खाया?''

''नहीं।''

''एक बजने को है। भूख नहीं लगी तुझे?''

मोती खामोश रहा लेकिन उसके चेहरे पर बड़े दयनीय भाव आये।

बुन्देला को बच्चे पर बहुत तरस आया।

''तू मेरे घर चल।'' – वह बोला।

''जी!''

''पहले तू मेरे साथ मेरे घर चलेगा और मेरे बीवी बच्चों के साथ लंच करेगा। फिर मैं खुद तुझे रूपनगर तेरी आंटी के पास छोड़ आऊंगा। ओके?''

मोती का सिर अपने आप ही सहमति में हिल गया।

बुन्देला मैटकाफ रोड की एक विशाल कोठी में रहता था उसके चारों बच्चे उम्र में मोती से बड़े थे और उसकी पत्नी बहुत ही खुशमिजाज और ममतामयी थी। वहां

हर कोई मोती से इतने प्यार से पेश आया कि एकबारगी तो वह तोते की चोच जैसी नाक वाले अजनबी और उसके खतरनाक चाकू को भी भूल गया।

एक लम्बे अरसे के बाद मोती को निहायत लजीज खाना भर-पेट खाने को मिला।

लंच के बाद वह बुन्देला के बच्चों के साथ कैरम खेलता रहा।

फिर अन्त में जब बुन्देला ने कहा कि अब उसे अपने घर चलना चाहिये था तो मोती को बहुत मायूसी हुई। उसे यूं लगा जैसे उसे राजमहल को छोड़कर मरघट में जाने के लिये कहा जा रहा हो।

रास्ते में बुन्देला ने कार में अपनी बगल में बैठे मोती से पूछा – ''बड़े होकर तुम क्या बनना चाहते हो?''

''धनवान।'' – मोती ने नि:संकोच उत्तर दिया।

बुन्देला हड़बड़ाकर उसे देखने लगा। प्रत्यक्षत: उसे मोती से ऐसे उत्तर की आशा नहीं थी। वह तो सोच रहा था कि मोती कहेगा कि वह डाक्टर या वकील या इंजीनियर या कलाकार वगैरह कुछ बनना चाहता था।

''बड़े होकर तुम धनवान बनना चाहते हो?''

''हां। अपने डैडी से भी ज्यादा।''

''ख्वाहिश तो जोरदार है लेकिन बनोगे कैसे धनवान?''

''यह कोई बहुत मुश्किल काम नहीं। आपको सिर्फ दूसरों को रास्ता दिखाना होता है कि पैसा कैसे हासिल किया जाता है, फिर आपको पैसा अपने आप हासिल हो जाता है।''

''अच्छा! किसने कहा ऐसा?''

''मेरे डैडी ने।''

''बेटा, सबक तो गलत नहीं दिया तेरे बाप ने तुझे लेकिन खुद तेरे बाप ने इस सबक का बहुत बेजा इस्तेमाल किया था। जो पैसा उसने लोगों के लिये कमाया, वह भी उसने खुद हड़प लिया। खैर।''

उसने कार को रूपनगर उसकी आंटी के बंगले के आगे ले जाकर रोका।

मोती ने कार से बाहर निकलने का उपक्रम न किया।

बच्चे के भय को समझकर बुन्देला बोला – ''चल, तुझे मैं भीतर छोड़कर आता हूं।''

मोती के चेहरे पर आश्वासन के भाव आये।

आंटी सोफिया के मुंह खोलते ही जिन का भभूका बुन्देला के चेहरे से टकराया, अलबत्ता सूरत से वह पूरी तरह से होशो-हवास में लग रही थी।

''आपकी बड़ी मेहरबानी, भाई साहब'' – मोती के सिर पर प्रत्यक्षण: दुलार-भरा हाथ फेरती सोफिया बोली – ''जो आप ने बच्चे को घर तक पहुंचाया। मैं तो फिक्र से अधमरी हुई जा रही थी। जरूर इसने आपको मेरे बारे में बहुत उल्टी-सीधी बातें कही होंगी। कहा होगा कि आन्टी मारती है, भूखा रखती है और . . .''

''नहीं, बहन जी'' – बुन्देला ने सरासर झूठ बोला – ''इसने तो ऐसा एक लफ्ज भी जुबान से नहीं निकाला था!''

मोती हैरानी से बुन्देला का मुंह देखने लगा।

सोफिया भी हैराना हुए बिना न रह सकी।

बुन्देला ने तनिक उचककर भीतर बैठक में निगाह डाली।

बैठक में अव्यवस्था का बोलबाला था। एक मेज पर एक जिन की बोतल और गिलास पड़ा था। प्रत्यक्षण: सोफिया पीते-पीते ही उठकर दरवाजा खोलने आयी थी।

''बहन जी'' – बुन्देला बोला – ''बच्चा कुछ परेशान है।''

''जी हां।'' – सोफिया बाली – ''अभी यहां एडजस्ट जो नहीं कर पा रहा यह अपने आपको! इसका बाप बहुत रईस आदमी था। यह ऐशो-इशरत में पला है। हमारे यहां का साथ रहन-सहन भी तो इसकी परेशानी का बायस है! अपने बाप के घर जैसी ऐश तो इसे हम यहां मुहैया नहीं करा सकते न! अलबत्ता ऐश की कमी प्यार से पूरी करने की कोशिश हम बराबर करते हैं। लेकिन लगता है कि इसे हमारे प्यार की कद्र नहीं।'' – मोती को कुछ करने की नीयत से मुंह खोलता पाकर

सोफिया ने होले से उसकी बांह मरोड़ी जो कि मोती के लिये वार्निंग थी कि उसने चुप रहना था – ''आज मेरे हसबैंड घर पर नहीं हैं, होते तो वे जरा बेहतर तरीके से आपके शुक्रगुजार होते कि आपने बच्चे को घर पहुंचाया।''

''शुक्रिया की कोई बात नहीं।'' – बुन्देला बोला – ''बच्चे को घर पहुंचाना मेरा फर्ज था'' – वह मोती से सम्बोधित हुआ – ''हम फिर मिलेंगे। शायद कभी तुम मुझे भी रास्ता दिखा सको कि पैसा कैसे हासिल किया जाता है।''

''मतलब?'' – सोफिया तीखे स्वर में बोली।

''कुछ नहीं'' – बुन्देला जल्दी से बोला – ''नमस्ते, बहन जी।''

''नमस्ते।''

बुन्देला वहां से विदा हो गया।

''ठहर जा, कमीने!'' – दांत पीसती सोफिया मोती को भीतर घसीटती हुई बोली – ''आज तेरी खैर नहीं।''

फिर वह उसे बताने लगी कि वह उसे कौन-कौन-सी सजायें देने वाली थी।

''अभी अपने कमरे में जा के मर'' – वह मोती को गलियारे में धक्का देती बोली – ''बाद में आती हूं मैं तेरी खबर लेने।''

उसने भड़ाक से बैठक का गलियारे की तरफ का दरवाजा बन्द कर लिया और अपनी जिन की बोतल के हवाले हो गयी।

मोती सीधा अपने कमरे में न गया। वह पहले अंकल ग्रैगरी के कमरे में पहुंचा। वहां उसने अंकल की राइटिंग टेबल का ऊपरला दराज खोला।

अंकल के कथनानुसार भीतर पिस्तौल मौजूद थी।

मोती ने पिस्तौल निकाल ली।

वह अपने कमरे में पहुंचा। उसने दरवाजे की भीतर से चिटकनी चढ़ा ली।

वह अपने पलंग पर चढ़ गया। उसने पिस्तौल अपने दोनों हाथों में थाम ली और प्रतीक्षा करने लगा।

आज आन्टी सोफिया का जुल्म सहने का उसका कोई इरादा रहीं था। आज उसने जुल्म की मुखालफत करने की मन-ही-मन कसम खाई हुई थी।

कोई आधे घण्टे बाद सोफिया उसके कमरे के बन्द दरवाजे पर पहुंची। दरवाजे को भीतर से बन्द पाकर वह आग-बगूला हो उठी।

''मोती!'' – वह दहाड़ी – ''दरवाजा खोल, कमीने!''

''दफा हो जा।'' – मोती चिल्लाया।

''मैं कहती हूं दरवाजा खोल वर्ना मार-मारके चमड़ी उधेड़ दूंगी।''

''मेरे पास पिस्तौल है। अभी की अभी यहां से दफा हो जा नहीं तो मैं गोली चला दूंगा।''

''कमीने! तेरी यह मजाल..''

''अभी गयी नहीं?''

''दरवाजा खोलता है या मैं . . .''

''ठीक है। यह ले फिर।''

जैसे उसने अंकल ग्रैगरी को कहते सुना था, वैसे ही उसने पिस्तौल का रुख दरवाजे की तरफ किया और घोड़ा खींच दिया।

□□

''डाकिया आ गया।'' – कोई बोला।

सबकी निगाह दरवाजे की तरफ उठ गयी।

एक पोस्टमैन ने भीतर कदम रखा।

उसने एक मनीआर्डर फार्म मोती की तरफ बढ़ाया।

कुछ रिपोर्टरों ने फटाफट तस्वीरें खींचीं।

मोती ने देखा, इस बार फार्म पर श्रीनगर का पता लिखा था। लेकिन वह जानता था कि वह पता नकली था। सीबीआई वाले हर साल वो पता चैक करते थे जो कि भेजने वाले के नाम के साथ मनीआर्डर फार्म पर लिखा होता था लेकिन पता हमेशा फर्जी निकलता था।

उसने फार्म पर प्राप्ति के साइन करके उसे वापिस पोस्टमैन की तरफ बढाया तो सीबीआई के एक आदमी ने फार्म को रास्ते में ही थाम लिया।

''इश पर'' – सूरज जोशी बोला – ''आपके पिता के शाइन हैं?''

''लगता तो ऐसा ही है!'' – मोती बोला।

''लगता है, क्या मतलब? आप अपने पिता के शाइन नहीं पहचानते?''

''आप भूल रहे हैं कि सत्रह साल पहले जब मैं अपने पिता के साथ रहता था, तब मेरी उम्र साइन पहचानने की नहीं थी।''

''हम पहचानते हैं'' – एक सीबीआई वाला बोला – ''ये साइन गोपाल आवतरमानी के ही हैं। इससे पहले हम सोलह बार, सोलह मनीआर्डर फार्मों पर यही साइन देख चुके हैं।''

पोस्टमैन ने सौ-सौ के बीस नोट गिनकर मोती को सौंपे।

''यह शिलशिला कब तक चलेगा?'' – सूरज जोशी बोला।

''क्या पता कब तक चलेगा?'' – मोती बोला।

''आपको उम्मीद है कि मनीआर्डर की जगह कभी खुद आपके पिता आपशे मिलने आयेंगे या आपको रुपये के शाथ-शाथ अपनी कुशल क्षेम का कोई शन्देशा भी भेजेंगे?''

''नहीं।''

''क्यों?''

''क्योंकि अगर ऐसा कुछ उन्होंने करना होता तो वे कब का कर चुके होते।''

''आप इश रकम का क्या करते हैं?''

''गऊशाला में चन्दा दे देता हूं।''

''आप मजाक कर रहे हैं।''

''मैं हकीकत बयान कर रहा हूं। जब तक मुझे यह गारन्टी नहीं हो जाती कि यह रुपया मेरे पिता ही मुझे भेजते हैं, तब तक मै इस रुपये से कोई वास्ता नहीं रखना चाहता।''

''अब तक आप बत्तीश हजार रुपया गऊशाला को चन्दा दे चुके हैं?''

''हां।''

''ऐशी कोई गारन्टी आप क्यों चाहते हैं? आपके पिता के अलावा और कौन आपको यूं रुपया भेजेगा? क्यों भेजेगा?''

''इस सवाल का जवाब मेरे पास नहीं।''

''बहरहाल जन्म दिन मुबारक हो।''

''शुक्रिया।''

लंच में मोती राज बुन्देला से मैसोनिक क्लब में मिलने वाला था। उसके ऑफिस से सब लोग विदा हो गये तो वह वहां के लिये रवाना हो गया।

वह दिन हमेशा ही उसकी पुरानी यादों को तरोताजा कर देता था। हमेशा ही अपने पिता के गायब होने के बाद के दिनों की न्यूज रील सी उसके जेहन पर चलने लगती थी। उस क्षण भी वह यही सोच रहा था कि अगर इत्तफाक से उजाड़ पड़ी हवेली में उसकी मुलाकात राज बुन्देला से न हो गई होती तो उसकी आने वाली जिन्दगी का ऊंट पता नहीं किस करवट बैठता।

आंटी सोफिया के घर में अपने अंकल की पिस्तौल से जो गोली उस ने चलाई थी, वह उसकी निहायत दुखदाई और दीनहीन जिन्दगी क एक भारी ''टर्निंग प्वायन्ट'' साबित हुआ था। तब हालात बिगड़ने की जगह सुधरने लगे थे और सुधरते ही चले गये थे। घोड़ा खींचते ही झटके से पिस्तौल उसके हाथ से छूट गयी थी और गोली कमरे की छत से जाकर टकराई थी। आतंकित सोफिया ने फौरन पुलिस का फोन कर दिया था। पुलिस दरवाजा तोड़ कर मोती के कमरे में घुसी थी और मोती को पकड़कर ले गयी थी।

बाद में कोर्ट ने आंटी सोफिया को मोती की सरपरस्ती के नाकाबिल समझा था और राज बुन्देला की दरख्वास्त पर उसे मोती का सरपरस्त नियुक्त किया था।

मोती राज बुन्देला के परिवार का अंग बन गया।

सत्तरह सालों में बुन्देला के परिवार मे कई परिवर्तन आये। उसकी पत्नी का स्वर्गवास हो गया। उसकी दो लड़कियां ब्याही गयीं, उसके दो लड़कों में से एक की शादी हो गयी, और दोनों पिता का बिजनेस सम्भालने लगे। बुन्देला खुद

बिजनेस से लगभग रिटायर हो गया। बुन्देला के लड़के ग्रेटर कैलाश की एक शानदार कोठी में रहते थे लेकिन बुन्देला अब भी मैटकाफ रोड वाले अपने मुतवातर जर्जर होते चले जा रहे मकान में ही रहता था। वह अपनी जिन्दगी की आखिरी सांस वहीं लेने का ख्वाहिशमन्द था।

मोती मैसोनिक क्लब पहुंचा।

पिछले सत्तरह सालों में राज बुन्देला बहुत बूढ़ा हो गया था लेकिन कपड़े वह अभी भी शानदार पहनता था और खुशमिजाज वह अभी भी पहले जैसा ही था।

''क्या हुआ?'' – उसने पूछा।

''इस बार'' – मोती बोला – ''मनीआर्डर श्रीनगर से आया था।''

''बहुत लोग पहुंचे होंगे हमेशा की तरह?''

''हां।''

''इस बार कुछ पता चला?''

''सवाल ही नहीं पैदा होता।''

''रुपया गऊशाला में दे आये?''

''हां। फौरन। यह अच्छी पट्टी पढाई आपने मुझे कि रुपया अगर मेरा बाप नहीं भेजता था तो उसे मुझे अपने इस्तेमाल में नहीं लाना चाहिये था।''

''बेटा, लोग जादू टोना कर देते हैं।''

''यूं मनीआर्डर से रुपया भेजकर?''

''हां।''

''मैं ऐसी बातों को नहीं मानता।''

''नहीं मानते तो बन्द कर दो गऊशाला को चन्दा देना।''

''अब क्या फर्क पड़ता है! आज दो हजार रुपये मेरे लिये मामूली रकम है जिसे चन्दे में देना मैं अफोर्ड कर सकता हूं। मैंने तो आपकी बात दस साल की उम्र में भी, तब भी, मानी थी जब कि यह मेरे लिये बहुत बड़ी रकम थी।''

''मेरी बात मान के पछता रहे हो?''

''तौबा! बात तो कहां से कहां घसीट ले जाते हो, बुन्देला साहब।''

''प्रैस वाले बहुत आये थे?'' – बुन्देला ने बात बदली।

''हां।''

''क्या पूछा उन्होंने?''

''वही जो हमेशा पूछते थे। मैंने भी वही जवाब दिये जो हमेशा देता था। मसलन मुझे नहीं मालूम कि मेरे पिता जिन्दा हैं या नहीं। जब से वे गायब हुए हैं, तब से मेरा उनसे कैसा भी कोई सम्पर्क स्थापित नहीं हुआ है और यह कि जो कोई भी मुझे वह मनीआर्डर भेजता था वह या तो मनीआर्डर भेजना बन्द कर दे और या सामने आये।''

''यह प्रैस में छपेगा?''

''हां।''

''तुम प्रैस वालों को खामखाह मुंह लगाते हो। ऐसे बुरी पब्लिसिटी होती है और धन्धा बिगड़ता है।''

''बुन्देला साहब, प्रैस वालों से परहेज करने से हकीकत तो नहीं बदल सकती! मैं प्रैस वालों से परहेज करूंगा तो वे तरह-तरह की अफवाहें फैलायेंगे और इस बात को बल देंगे कि मैं जानबूझ कर कुछ छुपा रहा हूं। वैसा होना बिजनेस के लिए ज्यादा नुकसानदेह साबित हो सकता है। मनीआर्डर की बाबत अब तो दो-तीन ही सम्भावनायें हैं– जैसे शायद मेरा बाप ही मनीआर्डर भेजता हो, जैसे उसने अपनी मौत से पहले मेरे नाम कोई ऐसा फिक्स्ड डिपाजिट करवाया हो, या किसी ऐसे ट्रस्ट फंड का इन्तजाम किया हो जिसके माध्यम से बधाई के तौर पर अपने जन्मदिन पर मुझे हर साल दो हजार रुपये मिलते रहें। मेरी प्रैस से असहयोग की भावना होगी तो वे सैकड़ों अटकलें लगायेंगे जो कि मुझे जी भरके बदनाम करेंगी। अब आप बताइये, तब धन्धा ज्यादा बिगड़ेगा या अब ज्यादा बिगड़ रहा है?''

बुन्देला खामोश रहा। उसने खामोशी में ही एक सिगार सुलगाया।

''आवतरमानी एस्टेट एजेन्सी का क्या हाल है?'' – कुछ क्षण बाद उसने पूछा – ''कैसा चल रहा है तुम्हारा धन्धा?''

''इस सवाल का जवाब आप को मालूम है, बुन्देला साहब। धन्धा चल कहां

रहा है! अभी तो सरक भी नहीं रहा।''

''गोपाल टावर में पैसा लगाने में किसी की दिलचस्पी नहीं?''

''कतई नहीं।''

''यानी कि तंग हो आजकल?''

''हां। तंग भी और परेशान भी।''

''तुम्हारे इस प्रोजेक्ट में मैं और ग्रैगरी तुम्हारी कोई मदद कर सकते हैं?''

''मुझे आपकी या अंकल ग्रैगरी की और मदद कबूल नहीं। आप लोग पहले ही मेरी बहुत मदद कर चुके हैं।''

''लेकिन . . .''

''वक्त बदलेगा, बुन्देला साहब।'' – मोती दृढ स्वर में बोला – ''बहुत जल्द बदलेगा और मेरे हक में बदलेगा। एक न एक दिन लोगों को यह अहसास होकर रहेगा कि ज़रूरी नहीं कि चोर का बेटा चोर हो। मैं लोगों को साबित करके दिखाऊंगा कि मैं अपने बाप जैसा धोखेबाज बिजनेसमैन या चोर या चीट या क्रुक नहीं। आज लोग मेरे साथ अपने पैसे को रिस्क में नहीं डालना चाहते लेकिन हमेशा यह हालत नहीं होगी।''

''इमारत बननी शुरू हो जाने पर तो उन्हें यह बात सूझनी चाहिये थी कि तुम एक फेयर बिजनेसमैन हो!''

''नहीं सूझती उन्हें। इसलिए नहीं सूझती क्योंकि वे जानते है कि अभी तक गोपाल टावर की जितनी उसारी हुई है, वह आपके और अंकल ग्रेगरी के पैसे से हुई है। और आप दोनों ने पैसा अपने एक अजीज़ पर मेहरबानी करने के लिए खर्च किया है, न कि बिजनेस में लगाया है।''

''हमने तुम पर कोई मेहरबानी नहीं की। हमने एक बढ़िया डील में अपना पैसा इनवैस्ट किया है। हमें अपनी रकम डूबने का अन्देशा होता तो तुम हमसे एक काला पैसा न हासिल कर सके होते।''

''यह बात किसी दिन और लोगों की भी समझ में आयेगी। जरूर-जरूर समझ में आयेगी।''

''वह दिन आने तक तुम्हारे दाने बिक जायेंगे।''

''वह दिन बहुत जल्द आयेगा।''

''बहुत जल्द न आया तो?''

मोती चुप हो गया।

''देखो। हकीकत को समझो। हकीकत यह है कि मैं और ग्रैगरी जितना रुपया सहूलियत से गोपाल टावर में लगा सकते थे, लगा चुके हैं। जमीन के बदले में तुम बैंक से पहले ही इतना कर्जा ले चुके हो कि और कर्जा नहीं मिल सकता। और कर्जा तभी मिल सकता है जबकि गोपाल टावर कम से कम पांच छः मंजिल त्रो और ऊंचा उठे और इतनी उसारी के लिए जो मोटी रकम एकमुश्त दरकार है, वह तुम्हें कहीं से हासिल नहीं हो रही। तुम्हारी खातिर हमने बहुत लोगों को समझाने की कोशिश की है कि लड़का कम उम्र जरूर है लेकिन रीयल एस्टेट के धन्धों को बड़े बड़े सूरमाओं से ज्यादा समझता है। लोगों को हम इस मामले में आवश्वस्त कर भी लेते हैं लेकिन उनका एक एतराज हम दूर नहीं कर सकते। उनको तुम्हारे से सबसे बड़ा एतराज यह है कि तुम गोपाल आवतरमानी के लड़के हो।''

''चोर का बेटा चोर नहीं होता।'' – मोती आवेशपूर्ण स्वर में बोला।

''नहीं होता होगा। यह बात तुम हजार बार दोहरा चुके हो। मुझे तुम्हारी बात से इत्तफाक है लेकिन इसका क्या किया जाये कि लोगों को नहीं है।''

मोती ने बेचैनी से पहलू बदला।

''फिर यह दो हजार रुपये सालाना का मनीआर्डर भी तुम्हारा इमेज बिगाड़ रहा है।''

''वो कैसे?''

''मनीआर्डर साबित करता है कि तुम्हारा बाप जिन्दा है। और कौन भेजेगा तुम्हें मनीआर्डर? लोग कहते हैं कि तुम्हारा बाप किसी भी दिन वापिस यहां आ धमकेगा और फिर या तो जेल जाकर तुम्हें बदनाम कर देगा और जेल से बच गया तो वो वही करामातें करके गोपाल टावर का बंटाधार कर देगा जो कि उसने फरार होने से पहले इलैक्ट्रा कारपोरेशन के साथ की थीं।''

''यानी कि आज की तारीख में मेरा इकलौता गुनाह यह है कि मैं गोपाल

आवतरमानी का बेटा हूं।''

''यही समझ लो।''

मोती ने बुरा-सा मुंह बनाया।

''बरखुरदार, आज की तारीख में गोपाल टावर खड़ा होने का अपना सपना साकार करने के तुम्हारे पास दो ही रास्ते हैं। या तो कम से कम पचास लाख रुपये की एकमुश्त रकम कहीं से मुहैया करके दिखाओ . . .''

''नामुमकिन।''

'' . . .और या यह साबित करके दिखाओ कि तुम्हारा बाप कब का मर चुका है और तुम बाप के नक्शेकदमों पर चलने वाली औलाद नहीं हो।''

''यह और भी मुश्किल काम है।''

''या फिर गोपाल टावर का खयाल छोड़ दो। उसे उसकी मौजूदा हालत में बेच दो और दूसरा धन्धा सोचो।''

''यह तो मैं मरता मर जाऊं तो भी नहीं करूंगा।''

बुन्देला ने बड़े बेसब्रेपन से सिगार का एक लम्बा कश लगाया।

कई क्षण खामोशी रही।

''एक बात मैं भूल गया।'' – एकाएक बुन्देला बोला।

''क्या?'' – मोती तनिक सकपका कर बोला।

''हैपी बर्थ डे। मैनी हैपी रिटर्न्स आफ दि डे।''

''थैंक्यू।''

''और यह मेरी तरफ से एक छोटा-सा तोहफा कबूल करो।'' – बुन्देला ने एक छोटी सी प्लास्टिक की डिबिया उसे थमा दी।

''यह क्या है?'' – मोती उत्सुक भाव से बोला।

''खोलकर देखो।''

मोती ने डिबिया खोली।

वह एक सोने की चेन थी जिसके साथ झूले लाल की छवि वाला एक मैडल लटका हुआ था।

तुरन्त मोती ने बड़े कृतज्ञ भाव से वृद्ध की तरफ देखा।

''जब से मैं तुम्हें जानता हूं'' – बुन्देला बोला – ''तभी से ऐसी चेन मैं तुम्हारे गले में देखता आ रहा था। पिछले सप्ताह जब तुमने कहा कि बदमाशों ने तुम्हें रास्ते में पकड़ लिया था और तुम्हारा बटुआ छीन लिया था और तुम्हारी चेन झटक ली थी तो मैंने सोचा कि तुम्हें ऐसी चेन बनवाकर दूं।''

''शुक्रिया। शुक्रिया। इससे बेहतर तोहफा आज की तारीख में मेरे लिए कोई नहीं हो सकता था।''

''जानकर खुशी हुई।''

''वह पहली चेन जानते हैं मुझे किसने दी थी?''

''नहीं।''

''मेरे बाप ने। वह कहता था कि इससे मेरी तकदीर जाग जायेगी?''

''जागी?''

''पहले तो ऐसा कुछ नहीं हुआ था लेकिन बाद में लगा कि जागी।''

''बाद में कब?''

''जब मेरी तकदीर ने मुझे आप से मिलाया।''

रात के दस बजे मोती ''रैड रोज'' पहुंचा।

वहां वह राज बुन्देला के लड़कों के घर से आया था जहां कि उसके लिए बर्थ डे पार्टी का इन्तजाम किया गया था। जो गिने चुने लोग उस पार्टी में शामिल थे, उनमें बुन्देला की दोनों विवाहित लड़कियां और उनके पति भी थे।

और था अंकल ग्रैगरी जो कि अपनी लेटेस्ट गर्लफ्रेंड के साथ वहां पहुंचा था।

उसकी गर्लफ्रेंड एक तीस के पेटे में पहुंची हुई औरत थी।

आन्टी सोफिया से तलाक के बाद से ऐसी कोई दो दर्जन गर्लफ्रेंड अंकल ग्रैगरी पाल चुका था।

मोती अपने डिस्कोथेक में दाखिल हुआ।

भीतर कोई खास भीड़ अभी तक नहीं हुई थी।

उसे देखते ही फ्लोर मैनेजर उसके करीब पहुंचा।

वह एक होटल मैनेजमैंट का डिप्लोमा किये, थामस नाम का मलयाली क्रिश्चियन युवक था।

''हैपी बर्थ डे, सर।'' – वह बोला।

''थैंक्यू।'' – मोती बोला – ''क्या खबर है?''

''दो खबर हैं। एक तो बुरी है, दूसरी पता नहीं अच्छी है कि बुरी। मेरे खयाल से तो अच्छी ही होगी।''

''पहले अच्छी ही सुनाओ।''

''यहां सुजाता आयी थी। आपको पूछ रही थी।''

''सुजाता? मैं किसी सुजाता को नहीं जानता।''

''वो जानती हैं आपको। दोपहर से तीन फेरे लगा गयी है क्लब के। अभी शायद फिर भी आये। यहां नहीं आयेगी तो फिर घर पहुंचेगी।''

''अच्छा!''

''जी हां। मरी जा रही थी आपसे मिलने के लिए।''

''देखने में कैसे थी?''

''एक दम फर्स्ट क्लास। सब नट बोल्ट अपनी अपनी जगह निहायत मजबूती से, निहायत खूबसूरती से कसे हुए। हाई क्लास पॉलिश। बढ़िया फिनिश। बहुत ज्यादा माइलेज देने वाली।''

''थामस!''

''सर?''

''यह तुमने लड़की का जिक्र किया है या नई मारुती का?''

''जिक्र तो लड़की का किया है, बॉस। दरअसल बढ़िया औरत और बढ़िया कार की खसूसियात एक ही होती हैं। दोनों कीमती। दोनों में चमक दमक का रौब। दोनों में नयी की कद्र। दोनों मुश्किल से हासिल होने वाली।''

मोती हंसा।

थामस भी बड़े शिष्ट भाव से हंसा।

''अब बुरी खबर भी सुना डालो।'' – मोती बोला।

''हमारी ''अम्मा'' नौकरी छोड़ रही है।''

मोती की निगाह स्वयंमेव ही कैशियर के पिंजरे में बैठी युवती की ओर उठ गयी। युवती का नाम अम्बिका था। कैश संभालने के अलावा उसका काम वहां के महिला स्टाफ को संम्भालना भी होता था इसलिए वह ''अम्मा'' कहलाती थी। वहां वेटिंग भी लड़किया करती थीं इसलिए महिला स्टाफ की वहां बहुतायत थी।

''क्यों?''

''शादी कर रही है और शादी के बाद यह शहर छोड़ कर जा रही है।''

''ठीक है। जल्दी ही हम कोई नई ''अम्मा'' तलाश कर लेगे।''

''जल्दी नहीं सर, बहुत जल्दी। फौरन। आनन-फानन।''

''मतलब?''

''वह कल से ही यहां नहीं आने वाली।''

''ऐसा कैसे हो सकता है? इतनी जल्दी . . .''

''सर, उसने हाथ जोड़कर दरख्वास्त की है।''

''अच्छा! फिर तो उसकी दरख्वास्त कबूल करनी ही पड़ेगी।''

''वह आपकी बहुत शुक्रगुजार होगी।''

''कल ही क्या इन्तजाम करोगे कैशियर का?''

''कल मैं खुद कैशियर की जगह बैठ जाऊंगा।''

''गुड।''

मोती अशोक विहार में डीडीए के एक एमआईजी के किराये के फ्लैट में अकेला रहता था। अपने दूसरी मंजिल पर स्थित उस फ्लैट की एक खिड़की में से उस रात एक बार उसने जब बाहर झांका तो उसे ऐसा लगा जैसे नीचे सुनसान सड़क के पार एक लैम्प पोस्ट के नीचे तोते को चोंच जैसी नाक वाला वह अजनबी खड़ा था जो सत्तरह साल पहले दीवाली की रात को उसके बाप को अपने साथ ले गया था

और जो बाद में एक बार हवेली में आकर मोती को धमका कर गया था कि अगर उसने उसके बारे में अपनी जुबान खोली तो वह चाकू से उसका पेट फाड़ देगा।

उसके देखते-देखते ही वह आदमी वहां से चल दिया और उसकी निगाहों से ओझल हो गया।

पता नहीं वह वही आदमी था भी या नहीं।

ऐसा पहली बार नहीं हुआ था जबकि उसे लगा था कि वह आदमी अभी भी उसके पीछे लगा हुआ था लेकिन हमेशा उसे ऐसा लगा ही था, दो तीन बार जब उसने चुपचाप ऐसे किसी आदमी का पीछा किया था तो वह कोई और ही निकला था।

मोती अपनी राइटिंग टेबल के आगे जा बैठा। उसके एक दराज में से उसने वह नोट बुक निकाली, बचपन में जिस पर उसने शीर्षक लिखा था – मेरे पिता के साथ विश्वासघात।

आज उस कापी में लिखी बातें पढ़कर उसे संकोच होता था, शर्म आती थी। आज वह महसूस करता था कि उसके बाप के साथ लोगों ने जो व्यवहार किया था, वह जायज था और वास्तव में वह उसी व्यवहार के काबिल था। अब उसे किसी से शिकायत नहीं थी, तम्हाणे तक से भी नहीं। लेकिन उस तोते की चोंच जैसी नाक वाले से उसे आज भी नफरत थी जिसने उसे चाकू दिखाकर धमकाया था।

वह कापी के पन्ने पलटने लगा। कहीं-कहीं से वह उसे पढ़ता भी गया। उसमें लिखी बातें वह सैकड़ों बार पढ़ चुका था और वे सब उसे जुबानी याद थीं, उसे यह तक याद था कि कौन से पृष्ठ पर कौन सी बात थी।

जैसे जब आन्टी सोफिया ने उसे हीरों के साथ खेलते देखा था। जैसे जब उसका बाप उस अजनबी के साथ दीवाली की रात को हवेली से कूच कर गया था और आज तक वापिस नहीं लौटा था। जैसे जब हवेली पर पुलिस चढ़ दौड़ी थी और आन्टी सोफिया उसे अपने साथ ले गयी थी। जैसे जब रानी . . .

एकाएक उसके विचारों को झटका लगा।

कहां थी रानी?

किस हालत में थी वह आजकल?

कालबैल की आवाज सुनकर वह एकाएक अपने भूत के अंधेरे कुयें में से उबरा।

उसने आगे बढ़कर दरवाजा खोला।

उसे चौखट पर एक निहायत शानदार युवती खड़ी दिखाई दी।

''हल्लो!'' – वह बोली।

''हल्लो।'' – मोती बोला।

''मे आई कम इन?''

मोती एक क्षण के लिये हिचकिचाया और फिर दरवाजे पर से हट गया।

वह भीतर दाखिल हुई।

मोती ने दवाजा भिड़का दिया और उसके साथ पीठ लगा कर खड़ा हो गया। वह प्रश्नसूचक नेत्रों से युवती को देखने लगा।

वह एक सोफे पर ढेर हो गयी और बड़े नुमायशी ढंग से यूं लम्बी-लम्बी सांसे लेने लगी जैसे बहुत थक गयी हो। उसकी सांसों के उतार चढाव के साथ उसका उन्नत वक्ष बड़े उत्तेजक ढंग से उठ गिर रहा था।

''मुझे नहीं मालूम था'' – अन्त में वह बोली – ''कि तुम से मिलना राष्ट्रपति से मिलने की कोशिश जितना मुश्किल साबित होने वाला था। आधी रात हो गई तुम्हारी फिराक में।''

''तुम सुजाता हो?'' – मोती बोला।

उसने कुछ क्षण अपलक मोती की तरफ देखा और फिर बोली – ''कैसे जाना?''

''वैसे ही जाना जैसे यह जाना कि एक के बाद दो आता है।''

''अच्छा! इतना आसान काम था यह?''

''हां।''

''तुमने ठीक पहचाना। मैं सुजाता हूं।''

''गुड। अब यह भी बता दो कि तुम्हारा मुझसे मिलना इतनी जरूरी क्यों था

कि आधी रात को तुम्हें यहां आना पड़ा?''

''मेरा मिलना तो कतई जरूरी नहीं। ''

''तो?''

''दरअसल मेरा एम्पालायर, मेरा बॉस, तुमसे मिलना चाहता है।''

''क्यों?''

''यह तो वही बतायेगा।''

''कब?''

''अभी। मैं तुम्हें लेने ही तो आयी हूं!''

''वह खुद क्यों नहीं आ गया यहां?''

''आ सकता होता तो जरूर आ जाता।''

''मतलब?''

''वह बूढ़ा है। ज्यादा चल फिर नहीं सकता। काफी हद तक व्हील चेयर का मोहताज है।''

''ओह!''

''फिर भी अगर वह आ जाता तो हो सकता था कि तुम उसे भगा देते। इसीलिए उसने मुझे भेजा।''

''मुझे फंसाकर लाने के लिये?''

''यही समझ लो।''

''मैं तुम्हें भी तो भगा सकता हूं!''

सोफे पर बैठे-बैठे ही उसने एक तौबाशिकन अंगड़ाई ली, अर्धनिमीलित नेत्रों से मोती की तरफ देखा और अपने मोतियों जैसे सफेद दांतों से अपना निचला होंठ काटती हुई मुस्कराई।

मोती का दिल उखड़ कर मुंह को आने लगा।

''आज तक तो मुझे'' – वह बोली – ''किसी ने भगाया नहीं!''

''मेरी भी ऐसी मजाल नहीं हो सकती।'' – मोती बोला।

वह हंसी, एक क्षण ठिठकी और बोली – ''मेरे बॉस के खुद यहां तुम्हारे पास

न आने की एक और भी वजह है।''

''वह क्या?''

''तुम्हारे शहर के कुछ लोगों से अपनी यहां मौजूदगी को वह अभी राज रखना चाहता है। वह नहीं चाहता कि कुछ खास लोगों को खबर लगे कि वह दिल्ली में था।''

''आई सी। ऐसे रहस्यपूर्ण आदमी से मिलने की तो अब खुद मेरी इच्छा होने लगी है।''

''यह तो और भी अच्छी बात है!''

''लेकिन यह तो तुम ने बताया ही नहीं कि तुम्हारा बास है कौन है? कौन है वो? नाम क्या है उसका?''

''उसका नाम'' – सुजाता बोली – ''शरदेन्दु चक्रवर्ती है।''

अपने बाप के गायब होने के बाद से वह पहला मौका था जबकि मोती की चक्की से मुलाकात हो रही थी। पिछले सत्तरह सालों में उसने शुरू के दस सालों में चक्की का चर्चा जरूर सुना था लेकिन उससे मुलाकात का इत्तफाक कभी नहीं हुआ था। उन दस सालों में से सात साल उसके गबन के इलजाम में जेल में कटे थे। जेल से छूटने पर उसने अपने वकीलों की सहायता से गोपाल आवतरमानी को मृत घोषित करवाने की कोशिश की थी ताकि वह उसकी उस दस लाख की एक बीमा पालिसी का पैसा हासिल कर पाता जिसका कि वह नामिनी था लेकिन बीमा कम्पनी ने उस बात की इस बिना पर मुखालफत की थी कि गोपाल आवतरमानी का गायब होना भी एक षडयंत्र था और बीमा कम्पनी से पैसा हथियाने की चाल थी। ऊपर से अपने बेटे को जो वह दो हजार रुपये का सालना मनीआर्डर भेजता था, वह भी यहां साबित करता था कि वह जिन्दा था। बीमा कम्पनी ने यह दावा भी किया था कि वह देश के विभिन्न शहरों में गाहेबगाहे देखा तक गया था।

चक्की की नामिनेशन जैसी ही बीमा कम्पनी की दूसरी दस लाख की पालिसी मोती के भी नाम थी लेकिन उस मुकद्दमेबाजी में मोती ने कोई हिस्सा नहीं लिया

था। उसके पिता ने कम्पनी को अपने गायब होने तक प्रीमियम की केवल पांच तिमाही किश्तें जमा करवाई थीं जिनकी रकम और बतौर ब्याज कुछ अतिरिक्त धनराशि ''फुल एण्ड फाईनल'' सैटलमैंट के तौर पर मोती को भिजवा दी थी जो कि उसने कबूल कर ली थी। चक्की ने ऐसा कोई सैटलमैंट कबूल नहीं किया था और मुकद्दमेबाजी में पड़ कर दस लाख की पूरी रकम हासिल करनी चाही थी लेकिन एक जाने माने क्रुक और सजायाफ्ता मुजरिम की सरकारी बीमा कम्पनी के आगे पेश नहीं चली थी। अलबत्ता सत्तरह साल के बाद केस अभी भी अदालत में था, अभी भी उसका कोई फैसला नहीं हो पाया था।

दो बातें मोती को चक्की के बारे में खासतौर से याद थीं -

एक तो यह कि वह एक बेईमान आदमी था जिसने उसके बाप के गुनाहों में बराबर की शिरकत की थी और दूसरे यह कि वह हीरों के बारे में जानता था। उसके पिता ने जब उससे हीरों की बाबत बात की थी तो उसने उसे खुद बताया था कि मोती के अलावा चक्की ही एक ऐसा आदमी था जिसे उसके सफेद जूते की एड़ी में छुपे एक करोड़ के हीरों की खबर थी।

यानी कि चक्की से मुलाकात बहुत दिलचस्प साबित होने वाली थी।

यह बात सम्भव नहीं थी कि चक्की उसका हालचाल जानने के लिये उससे मिलना चाहता हो। बात तो जरूर कोई खास ही थी।

वह दरियागंज के एक होटल में ठहरा हुआ था। वह होटल केवल दस बारह कमरों का था और उसकी इमारत एकमंजिला थी। जरूर अपनी व्हील चेयर की वजह से ही चक्की ने रहने के लिये वह होटल चुना था।

सुजाता ने उसे होटल के एक कोने के कमरे का दरवाजा दिखा दिया। उसने खुद उसके साथ भीतर जाने का उपक्रम न किया। उससे साबित होता था कि जरूर वह होटल के किसी अन्य कमरे में ठहरी हुई थी – आधी रात को आखिर वह और कहां जा सकती थी।

मोती कमरे में दाखिल हुआ।

चक्की – उसके बाप का दांया हाथ, उसके बाप का राजदार – कमरे में व्हील

चेयर पर बैठा था। वह बहुत दुबला, बहुत बूढा, हो चुका था। वक्त ने और जेल की लम्बी सजा ने उसका कतई कोई लिहाज नहीं किया मालूम होता था।

''आओ आओ।'' – मोती को देखते ही वह बोला – ''दरवाजा बन्द कर दो और मेरे पास आकर बैठो।''

मोती ने वैसा ही किया।

चक्की कई क्षण अपलक उसकी सूरत को निहारता रहा।

''कद तुमने कदरन लम्बा निकाला है'' – अन्त में वह बोला – ''वर्ना बिल्कुल अपने बाप का नक्शा हो, बेटा। मुझे लग रहा है जैसे मैं कदरन नौजवान गोपाल आवतरमानी को ही एक बार फिर से देख रहा हूं।''

मोती मुस्कुराया। उसने देखा चक्की की व्हील चेयर के पहलू में एक मेज थी जिस पर हाई सोसायटी जिन की एक खुली बोतल आइस बकेट और जिन का आधा भरा गिलास रखा हुआ था।

उसको मेज की तरफ देखता पाकर चक्की बोला – ''अब इस उम्र में नशे बिना नींद नहीं आती, बेटा। अपने लिए पैग बना लो।''

''नहीं।'' – मोती बोला – ''शुक्रिया।''

''क्यों? पीते नहीं हो या इस वक्त नहीं पीना चाहते हो?''

''पीता नहीं हूं।''

''सिगरेट लो।''

''मैं सिगरेट भी नहीं पीता हूं।''

''छोकरियां?''

''छोकरियां तो पीता हूं।''

''शुक्र है।'' – वह जोर से हंसा – ''अपने बाप वाला कोई तो गुण है तुम्हारे में!''

''अवगुण।'' – मोती से संशोधन किया।

वह फिर हंसा और बोला – ''अपना तो बस अब शराब ही आखिरी सहारा है। अब तो मैं टांगों से भी मजबूर हूं। न भी होता तो भी छोकरियां तो अब बाबे के पास गन्ने की तरह सुरक्षित होतीं।''

''यानी कि वो लड़की, जो मुझे बुलाने आयी थी . . .''

''सुजाता!''

''हां, सुजाता। वह तुम्हारे पास एकदम सुरक्षित है?''

''वो सिर्फ मेरी मुलाजिम है और कुछ नहीं। वह मेरे एक दोस्त की लड़की है। इसका बाप मेरे साथ जेल में था। बेचारा जेल में ही मर गया। मैं सुजाता का मुहाफिज न बनता तो वह या यतीमखाने में पहुंचती और या रंडीखाने में।''

''आई सी।''

''भली लड़की है। मेरे बिजनेस में और मेरी लाचारी में मेरी भरपूर मदद करती है।''

''टांगों से लाचार कैसे हो गये?''

''जेल की ही मेहरबानी है। वहीं कुछ हो गया था जिसका कि इलाज हासिल न हुआ और टांगें कमजोर पड़ती चली गयीं। अब तो मैं व्हील चेयर का ही मोहताज हूं।''

''चल बिल्कुल नहीं सकते?''

''चल लेता हूं। छड़ी के सहारे चन्द कदम चल लेता हूं।''

''और आजकल बिजनेस क्या है तुम्हारा?''

उत्तर देने से पहले बूढ़े चेहरे पर बड़ी शैतानी मुस्कराहट आयी।

''ब्रेसियर बेचता हूं।'' – वह बोला – ''लखनऊ में ब्रेसियर बनाने का मेरा छोटा सा कारखाना है।''

''ओह! तो आजकल तुम लखनऊ में बसे हुए हो?''

''हां।''

''धन्धा कैसा चल रहा है?''

''ठीक है। गुजारा हो जाता है। एक सजायाफ्ता मुजरिम के लिए खरा धन्धा जमा पाने में अड़चने जो बहुत होती हैं! बहरहाल गाड़ी चल रही है।''

''दिल्ली कैसे आये? ब्रेसियर बेचने?''

उत्तर देने के स्थान पर उसने हाथ बढाकर अपना जिन का गिलास उठा लिया और उसमें से चुस्की मारने लगा।

''दिल्ली में मेरा पता ठिकाना कैसे मालूम हुआ तुम्हें?'' – मोती ने नया सवाल किया।

''वह जानना क्या मुश्किल था?'' – वह बोला – ''आज के ईवनिंग न्यूज में ही तुम्हारी पूरी लाइफ स्टोरी छपी है।''

''उस नामुराद मनीआर्डर की वजह से।'' – मोती वितृष्णापूर्ण स्वर में बोला – ''आज जन्मदिन जो था मेरा!''

''बधाई हो।''

''शुक्रिया। तुमने मेरे सवाल का जवाब नहीं दिया। अगर तुम दिल्ली ब्रेसियर बेचने आये हो तो मैं उनका ग्राहक नहीं।''

''मैं इसलिए दिल्ली नहीं आया।''

''तो क्या मुझे बताने आये हो कि मेरा बाप कहां है?''

''वह तो खुद मुझे भी मालूम नहीं।''

''तो?''

''मैं हीरों की वजह से यहां आया हूं।''

''हीरे! कौन से हीरे?''

''जानबूझ कर अनजान बनकर मत दिखाओ, बरखुरदार। तुम जानते हो कौन से हीरे। वो हीरे जो तुम्हारे बाप के उस सफेद जूते की एडी में थे जो वह दीवाली की रात की हवेली से कूच रते वक्त पहने हुए था। वो हीरे, सत्तरह साल पहले जिन की कीमत एक करोड़ थी लेकिन आज उसकी कीमत दस करोड़ रुपये होगी। तुम्हारे बाप का वह सफेद जूता सत्तरह साल पहले एक करोड़ का था, आज वह दस करोड़ का है।''

मोती खामोश रहा।

चक्की ने जिन का एक घूंट और पिया और बोला – ''गोपाल ने मुझे खुद बताया था कि तुम्हें हीरों की वाकफियत थी। तुम्हारी वजह से एक बार तुम्हारी आन्टी सोफिया ने भी वे हीरे देख लिये थे लेकिन उसको न उनकी कीमत का अन्दाजा था और न यह मालूम हो सका था कि वे हीरे छुपाये कहां जाते थे। आज

तक मैं उन हीरों की बाबत तुमसे बात करना इसलिए टालता आ रहा था क्योंकि मैं किसी बच्चे से बात नहीं करना चाहता था लेकिन अब तुम जवान हो चुके हो, मर्द बन गये हो, इसलिए अब तुमसे उस बारे में बात की जा सकती है।''

''क्या बात करना चाहते हो तुम उस बारे में?''

''पहले तो यही बताओ कि आज तक तुमने कभी किसी से उन हीरों का जिक्र किया?''

''नहीं। कतई नहीं।''

''यानी कि आज भी मेरे, तुम्हारे और तुम्हारे बाप के सिवाय उन हीरों के बारे में कोई नहीं जानता?''

''आंटी सोफिया जानती है।''

''लेकिन वो सफेद जूते के बारे में नहीं जानती। वो यह नहीं जानती कि जब तुम्हारा बाप हवेली से गया था तो वे हीरे उसके सफेद जूते की एड़ी में थे। उसकी जानकारी बेमानी है।''

''हूं।''

''मैंने अखबारों में पढा था कि तुमने बयान दिया था कि दीवाली की उस रात को अपने बाप की हवेली से रवानगी के वक्त तुम सोये पड़े थे। तुमने न कुछ सुना था और न कुछ देखा था। लेकिन मुझे इस बात पर आज तक विश्वास नहीं हुआ। मुझे विश्वास है कि तुमने जरूर कुछ देखा सुना था लेकिन अपने बाप की सुरक्षा के लिए तुमने अपनी जुबान को ताला लगा लिया था। कहो कि मैं गलत कह रहा हूं।''

मोती को एहसास हुआ कि चक्की कोई विशेष बात जानता था जिसे वह उसे बताये बिना उससे अपने मतलब की जानकारी हासिल करने का इरादा रखता था।

मोती ने उससे एक बिजनेसमैन जैसी सौदेबाजी करने का फैसला किया।

यानी कि जानकारी के बदले में जानकारी।

अब मोती को खामोश रहने की अपनी वह कसम तोड़ना जरूरी लगने लगा जो कि उसने पहले अपने बाप के और बाद में उस शख्स के सामने खायी थी

जिसके साथ कि उसका बाप हवेली से गया था। खामोश रहकर वह नहीं जान सकता था कि चक्की क्या जानता था।

''चक्की'' – प्रत्यक्षत: मोती लापरवाही से बोला – ''आज सत्रह साल बाद इस बात से क्या फर्क पड़ता है कि दीवाली की उस रात को मैंने कुछ देखा, सुना था या नहीं!''

''लेकिन देखा, सुना था तो सही।'' – वह तनिक व्यग्र भाव से बोला।

''शायद।''

''क्या देखा था, क्या सुना था? मुझे बताओ। यह मत भूलो कि तुम्हारा तो बाप भी मुझसे कोई छुपाव नहीं रखता था।''

''आल राइट। सुनो। उस रात मैंने अपने डैडी को अपना सफेद सूट और सफेद जूता पहने और एक ब्रीफकेस उठाये हवेली से बाहर कदम रखते देखा था। उनके साथ एक आदमी था।''

''अच्छा! तुमने उसकी सूरत देखी थी?''

''खूब अच्छी तरह से। उस रात भी और कुछ महीने बाद दोबारा भी। वह मुझे यह धमकी देने के लिये खास तौर से वापिस आया था कि अगर मैंने उसके बारे में अपनी जुबान खोली तो वह चाकू से मेरा पेट फाड़कर मेरी आंते बाहर निकाल देगा। वह धमकी हासिल होने के बाद से आज मैं पहला बार उस शख्स का जिक्र अपनी जुबान पर ला रहा हूं।''

''उसका हुलिया बयान कर सकते हो?'' – अब चक्की बेहद व्यग्र हो उठा था – ''बता सकते हो कि वह देखने में कैसा था?''

''बता सकता हूं।''

''गुड। बताओ।''

मोती ने इनकार में सिर हिलाया।

''मतलब?''

''चक्की, यह बात तुम्हें बता देने के बाद मुझे फिर जिन्दगी में दोबारा कभी तुम्हारे या तुम्हारी उस खूबसूरत मुलाजिमा सुजाता के दर्शन थोड़े ही होंगे!''

चक्की कुछ क्षण अपलक उसे देखता रहा।

''वाह, बरखुरदार!'' – अन्त वह बोला – ''साबित कर दिखाया तुमने कि आखिर हो अपने बाप के ही बेटे।''

मोती खामोश रहा।

''ठीक है।'' – वह निर्णायात्मक स्वर में बोला – ''आज से हम दोनों पार्टनर हुए। फिफ्टी-फिफ्टी के। कमाई में भी और खर्चे में भी।''

''कमाई कौन सी? तुम क्या मुझे अपनी ब्रेसियर बनाने वाली फैक्ट्री में पार्टनर बना रहे हो?''

''उसमें भी बना सकता हूं '' – वह हंसा – ''लेकिन उसमें क्या रखा है? वह तो चिड़िया का चुग्गा है।''

''तो?''

''मैं तुम्हारे बाप के उस माल में तुम्हें अपना पार्टनर बना रहा हूं जिसे हमने बरामद करना है।''

''कैसे?''

''सुनो। हाल ही में मुझे एक बहुत मार्के की चीज हासिल हुई है जो कि हमें तुम्हारे बाप के अंजाम से वाकिफ करा सकती है।''

''ऐसी क्या चीज है?''

''वह चीज एक लिस्ट है। वह चीज सवा दो सौ के करीब आदमियों के नाम और पतों की एक लिस्ट है। कुछ ही अरसा पहले उन सवा दो सौ आदमियों में से एक ने – यह मुझे पता नहीं कि किसने – एक ऐसी चीज बेची है जो कि दीवाली की उस रात को तुम्हारे बाप के पास थी जबकि वह गायब हुआ था।''

''क्या चीज? और वह लिस्ट कहां से हासिल हुई तुम्हें?''

''यह मैं तुम्हे नहीं बता सकता। यह जानकारी वैसे ही मेरे हाथ का तुरुप का पत्ता है जैसे उस आदमी का हुलिया तुम्हारे हाथ का तुरुप का पत्ता है।''

''आई अन्डरस्टैन्ड। अब आगे बढ़ो।''

''आज तक उस लिस्ट का मेरे लिये कोई इस्तेमाल नहीं था क्योंकि मुझ

अपाहिज में सवा दो सौ आदमियों की जांच-पड़ताल करने लायक न तो शक्ति थी और न ही इस काम को अंजाम देने के लिये दरकार रकम। लेकिन अब यह काम हो सकता है।''

''अब कैसे हो सकता है?''

''अब यह काम तुम कर सकते हो। तुम उन सवा दो-सौ आदमियों की जांच-पड़ताल कर सकते हो। उन्हीं में वह आदमी भी होगा जो दीवाली की रात को तुम्हारे बाप को हवेली से ले गया था और जिसका हुलिया तुम मुझे बताना नहीं चाहते। एक बार उस आदमी का पता-ठिकाना मालूम हो जाने पर बाकी काम मैं सम्भाल लूंगा।''

''तुम क्या करोगे?''

''मैं उससे बात करूंगा। मेरी थ्योरी यह है कि दीवाली की उस रात को ही उस आदमी ने तुम्हारे बाप का कत्ल कर दिया था लेकिन उसे हीरों की खबर नहीं थी। जब तुम उस आदमी का अता-पता मालूम करने में कामयाब हो जाओगे तो मैं जाकर उससे पूछूंगा कि उसने तुम्हारे बाप की लाश को कहां ठिकाने लगाया था!''

''तुम पूछोगे'' – मोती व्यंग्यपूर्ण स्वर में बोला – ''और वह बता देगा?''

''खामखाह नहीं बता देगा। मैं उससे यह जानकारी खरीदूंगा। इसका सौदा करूंगा मैं उससे। तुम इस बात की फिक्र मत करो। मुझे उस शख्स की खबर लगने दो, फिर यह जानकारी किसी-न-किसी हाल में मैं उससे हासिल करके रहूंगा।''

''फिर?''

''फिर क्या? फिर कहानी खतम। फिर हम दोनों तुम्हारे बाप की लाश के भग्नावशेष बरामद करेंगे, जूते में से हीरे निकालेंगे और उन्हें आपस में बांट लेंगे।''

''अगर मेरा बाप मर चुका है'' – कई क्षण की खामोशी के बाद मोती बोला – ''तो मेरे जन्मदिन पर दो हजार रुपये का सालाना मनीआर्डर मुझे कौन भेजता है?''

''कोई भी नहीं।'' – वह बड़े इत्मीनान से बोला।

''क्या मतलब?''

''मतलब यह कि मेरे खयाल से तुम्हारे बाप ने अपने गायब होने से बहुत पहले ही कोई ऐसा इन्तजाम किया हुआ था कि तुम्हारे जन्मदिन पर बतौर तोहफा तुम्हें दो हजार रुपया हर साल मिलता रहे। तुम्हारा बाप बहुत बिजी आदमी था, किसी साल तुम्हें वह जन्म-दिन का कोई तोहफा देना भूल न जाये, इसके लिये उसने ऐसा कोई इन्तजाम किया हो सकता था।''

मोती के चेहरे पर आश्वासन के भाव न आये।

''उस आदमी से मेरे बाप का क्या वास्ता था?'' – उसने पूछा – ''जो दीवाली की रात को मेरे बाप को लेने आया था।''

''जरूर वह कोई ऐसा शख्स था जिसकी सेवायें तुम्हारे बाप ने किसी और रूट से मुल्क से बाहर निकलने के लिये प्राप्त की थीं। जरूर गोपाल को ऐन मौके पर शक हो गया था कि मुम्बई से दुबई जाने की कोशिश में वह पकड़ा जा सकता था। हमारे में यह फैसला हुआ था कि अगर वह निर्धारित समय पर मुम्बई न पहुंचे तो मैं अकेला ही दुबई के लिये रवाना हो जाऊं और दुबई में किसी और रास्ते से उसके वहां पहुंचने तक उसका इन्तजार करूं। जरूर स्थिति एकाएक इतनी ज्यादा टाइट हो गयी होगी कि वह न तो अपने प्रोग्राम में तब्दीली की मुझे खबर कर सका और न ही मुझे खतरे की चेतावनी दे सका।''

''उस आदमी ने क्यों किया होगा मेरे डैडी का कत्ल?''

''दौलत की खातिर।''

''दौलत की खातिर? लेकिन तुम तो कहते हो कि हीरों की उसे खबर नहीं थी!''

''उस दौलत की खातिर जो उस ब्रीफकेस में थी जो कि उस रात तुम्हारे बाप के अधिकार में था।''

''ओह! ब्रीफकेस में मौजूद नोटों को तो मैं भूल ही गया था!''

''तुम्हें मालूम था कि उसमें नोट थे?''

''हां। मैंने अपनी आंखों से उस ब्रीफकेस में सौ-सौ के नोटों की गड्डियां देखी

थीं। ब्रीफकेस भरा हुआ था नोटों से। बीस-पच्चीस लाख रुपये से कम रकम तो क्या रही होंगी वो?''

''फिर? किसी का कत्ल करने के लिये इतनी रकम का लालच क्या कम है?''

''नहीं। काफी है। लेकिन यह क्यों नहीं हो सकता कि उसे हीरों की भी खबर हो?''

''क्योंकि हीरों की किसी को आनन-फानन खबर लग पाना मुमकिन नहीं था और उस अजनबी से तुम्हारे बाप के कोई लम्बे ताल्लुकात नहीं रहे हो सकते थे। होते तो मुझे भी उस शख्स की खबर होती। तुम्हारा बाप मुझसे कभी कुछ नहीं छुपाता था। ब्रीफकेस तो वह कभी गलती से उस अजनबी के सामने खोल बैठा होगा और उस अजनबी को उसमें मौजूद दौलत की खबर लग गयी होगी। वे हीरे तो तुम्हारे बाप की पूरी जिन्दगी की जमा पूंजी थी। वह मरता मर जाता, किसी को उनकी खबर न लगने देता। फिर भी अगर यह मान लिया जाये कि किसी अनोखे इत्तफाक से उसे हीरों की खबर लग ही गयी थी तो भी उस अजनबी को तलाश करना कतई बेकार नहीं जाने वाला। हम फिर भी उससे सौदेबाजी कर सकते हैं और उसे उसकी पोल खोल देने की धमकी देकर उससे कुछ माल झटक सकते हैं।''

''यह धमकी चलेगी कैसे? हमारे पास उसके खिलाफ कोई सबूत भी तो होना चाहिये! सिर्फ इस बिना पर कि, मेरे बाप के गायब होने के वक्त वह उसके साथ था या वह वो शख्स था जिसने कोई ऐसी चीज बेची थी जो कि दीवाली की रात को मेरे बाप के अधिकार में थी, उसे हत्यारा साबित नहीं किया जा सकता।''

''दुरुस्त। सबूतों के अभाव की वजह से कानून से वह नहीं डरने वाला लेकिन किसी और से दहशत हो सकती है उसे।''

''और किससे?''

''सकलानी से। उस गैंगस्टर से जिससे तुम्हारे बाप ने तीस लाख रुपये का कर्जा लिया हुआ था। तुम्हारी जानकारी के लिये सकलानी आज भी अपनी रकम की वापिसी का ख्वाहिशमन्द है और आज भी यह जानने के लिये मरा जा रहा है

कि आखिर तुम्हारे बाप को हुआ! तो क्या हुआ। जेल में भी और जेल से बाहर भी उसके आदमी दर्जनों बार यह जानने के लिये मेरे पीछे पड़ चुके हैं कि शायद मुझे गोपाल की कोई जानकारी हो। सकलानी को अगर उस अजनबी की खबर लग जाये जो कि तुम्हारे बाप का कत्ल करके उसका माल हड़प गया था तो वह यही समझेगा कि उस अजनबी ने माल गोपाल आवतरमानी का नहीं, बल्कि सकलानी का हड़पा था। अब सोचो कि सकलानी जैसा खतरनाक गैंगस्टर अपनी रकम की बरामदी के लिये उस अजनबी की क्या गत बनायेगा?''

''यानी कि तुम उसे ब्लैकमेल करोगे?''

''अगर वह हीरे हथिया चुका होगा तो।''

''तुम उस आदमी को ब्लैकमेल करने में मुझे मोहरा बनाना चाहते हो जो कि मेरे बाप का कातिल था?''

''हां। बरखुरदार, मैं जानता हूं ऐसे आदमी से ऐसी रिश्तेदारी से तुम्हें ऐतराज हो सकता है लेकिन यह मत भूलो कि तुम्हारा बाप भी यह चाहता होगा कि उसकी दौलत उसकी औलाद के हाथ लगे। अगर तुम अपने बाप की दौलत का एक अंश भी उस अजनबी से झटक सके तो यह भी एक तरह से तुम्हारे बाप के कत्ल का बदला होगा।''

''हम उस शख्स को सकलानी की या पुलिस की या कोई और धमकी देंगे तो वह हम दोनों का भी कत्ल नहीं कर देगा?''

''वह ऐसा कर सकता है। मैं मानता हूं कि वह सरासर ऐसा कर सकता है इसलिये हमारे लिये यह निहायत जरूरी होगा कि हम बहुत चौकस, बहुत सावधान रहें।''

''हूं।''

''वैसे मुझे उम्मीद यही है कि बात यहां तक नहीं पहुंचेगी। मुझे उम्मीद यही है कि हीरों की उसे खबर नहीं लगी होगी। हीरे आज भी गोपाल की लाश के साथ उसके जूते में दफन होंगे। हम उसे अपने असली उद्देश्य की भनक भी लगने दिये बिना उससे लाश के बारे में पूछेंगे और इस जानकारी की उसे कीमत अदा करेंगे।''

''लेकिन उससे लाश के बारे में पूछने पर हमें कोई वजह भी तो बतानी होगी कि हम क्यों सत्रह सालों के बाद लाश तलाश करने के लिये मरे जा रहे हैं?''

''वजह है।''

''क्या वजह है? अब यह वजह मत बताना कि मरने वाले का बेटा उसकी मिट्टी को विधिवत् ठिकाने लगाना चाहता है।''

''वजह दस-दस लाख रुपयों की वो दो बीमा पालिसियां हैं जो गोपाल ने तुम्हारे और मेरे लिये कारवाई थीं। गोपाल की लाश बरामद हुए बिना वे रकमें हमें मिल जो नहीं सकतीं!''

''मेरे वाली पालिसी का तो सैटलमैन्ट हो चुका है!''

''अच्छा!'' – चक्की के नेत्र सिकुड़े – ''मुझे नहीं मालूम था। लेकिन इससे कोई फर्क नहीं पड़ता। यह बात उसे भी कहां मालूम होगी। मालूम भी होगी तो तुम कह सकते हो कि तुम बीमा कम्पनी पर फिर से दावा करने का इरादा रखते हो। और फिर मेरा क्लेम तो अभी भी कोर्ट में है। मुझे तो जरूरत है ही गोपाल की लाश की बरामदी की। मैं और सुजाता सालों से इसी बहाने गोपाल की लाश की तलाश कर रहे हैं कि वह इन्श्योरेंस क्लेम हासिल करने के लिये जरूरी है। इस बात की तो पुलिस तक को जानकारी है।''

''वह पूछेगा नहीं कि लाश की बरामदी के बाद हम इस बात का क्या जवाब देंगे कि हमें लाश की खबर कैसे लगी?''

''हम कह देंगे कि हमें किसी ने गुमनाम काल करके लाश के बारे में बताया था।''

''पुलिस विश्वास कर लेगी?''

''बरखुरदार, यह बात हमने सचमुच थोड़े ही कहनी है? यह बात तो हमने सिर्फ उस अजनबी की तसल्ली के लिये कहनी है। हकीकतन लाश का अब क्या बचा होगा? हमने लाश को लाश के लिये नहीं, उसके पांव में मौजूद जूते के लिये तलाश करना है जिसमें कि हीरे हैं।''

''सुजाता को हीरों के बारे में मालूम है?''

''नहीं। हर किसी की तरह वह भी यही समझती है कि मैं इंश्योरेंस की वजह से

लाश तलाश कर रहा हूं। एक बात और। अगर तुम सुजाता से मेरी लिस्ट के बारे में कोई जानकारी हासिल करने का खयाल कर रहे हो तो यह खयाल छोड़ देना। वह तुम्हें कुछ नहीं बताने वाली।''

''मेरा ऐसा कोई खयाल नहीं।'' – मोती बोला।

हकीकतन वह यही सोच रहा था।

''तुम कहते हो'' – एक क्षण बाद मोती बोला – ''तुम लाश की जानकारी की उस अजनबी को कीमत अदा करोगे?''

''मैं नहीं'' – वह मुस्कराया – ''हम।''

''मतलब?''

''बरखुरदार, कमाई में मेरा फिफ्टी परसेन्ट का पार्टनर बनने के लिये तुम्हें खर्चे में भी तो मेरा फिफ्टी परसेन्ट का पार्टनर बनना पड़ेगा!''

''आई सी।''

''इस अभियान के लिये हमें कम-से-कम दो लाख रुपये की जरूर पड़ेगी जिसमें से एक लाख मैं दूंगा, एक लाख तुम दोगे। तुम एक लाख रुपये का इन्तजाम कर सकते हो न?''

''इन्तजाम तो कर सकता हूं लेकिन अगर तुम्हारी कत्ल की थ्योरी ही गलत निकली तो? अगर मेरा बाप जिन्दा हुआ तो?''

''तो इससे ज्यादा खुशी की बात क्या हो सकती है? इस मुबारक जानकारी की एक लाख रुपया तो बहुत ही कम कीमत है! फिर हम उस अजनबी से यही पूछ सकते हैं कि आज की तारीख में गोपाल कहां था!''

''तुम्हारे पास हर बात का जवाब है।''

वह मुस्कराया।

''अब इस बात का जवाब दो। मैंने मान लिया कि मेरे बाप का कत्ल हुआ है लेकिन उसके कत्ल में एक से ज्यादा लोगों का भी तो हाथ हो सकता है। दीवाली की रात को वह हवेली से रवाना एक आदमी के साथ हुआ था लेकिन बाद में आगे कहीं चलकर उसे और आदमी भी मिले हो सकते हैं। इस स्थिति में

इस बात की क्या गारन्टी है कि जिस आदमी के साथ मेरा बाप हवेली से विदा हुआ था, वही उसका कातिल भी था? इसी बात की क्या गारन्टी है कि तुम्हारी लिस्ट के जिस आदमी ने मेरे बाप की मिल्कियत कोई चीज बेची थी, वह और वह अजनबी एक ही शख्स हैं? हैं भी तो इस बात की क्या गारन्टी है कि सत्तरह साल बाद उस अजनबी को मैं दोबारा पहचान लूंगा? मैंने दस साल की उम्र में उसकी सूरत देखी थी। दस साल के बच्चे की याददाश्त पर कहां तक निर्भर किया जा सकता है? और फिर सत्तरह साल में तो इनसानी सूरत में जमीन-आसमान का फर्क आ जाता है।''

''कबूल। सब कबूल। कबूल कि हमारी कोशिशें बेकार भी जा सकती हैं लेकिन बरखुरदार, मोटा माल कमाने के लिये रिस्क कौन से धन्धे में नहीं लेना पड़ता? तुम इस अभियान को बिजनेस क्यों नहीं समझते हो? एक ऐसा बिजनेस जिसमें एक लाख रुपये की मामूली रकम और अपना कुछ हफ्तों का टाइम इनवैस्ट करके तुम पांच करोड़ रुपये का मुनाफा कमा सकते हो। आर या पार जैसा कोई फैसला कुछ ही हफ्तों में सामने आ जायेगा। फिर तुम्हें यह जानने के लिये भी तो उत्सुक होना चाहिये कि आखिर तुम्हारे बाप पर क्या बीती! क्या तुम यह सस्पेंस हमेशा के लिये खतम नहीं कर देना चाहते कि तुम्हारा बाप जिन्दा है या मर गया?''

''चाहता हूं।''

''तो फिर?''

मोती सोचने लगा।

''सोच लो। अच्छी तरह सोच लो। तुम्हारी जगह तुम्हारा बाप होता तो इतनी भारी मुनाफे की आफर के हक में फैसला करने में एक क्षण के लिए भी न हिचकता। यह भी सोच लो कि पांच करोड़ रुपये की भारी रकम तुम्हारे कितने काम संवार सकती है। मुझसे यह भी छुपा नहीं है बरखुरदार, कि तुम्हारा वह गोपाल टावर वाला प्रोजेक्ट सिर्फ पैसे के तोड़े की वजह से घोटाले में पड़ा हुआ है। पैसे की तुम्हें भी जरूरत है और मुझे भी। और मौजूदा हालात में

हम दोनों को एक दूसरे की जरूरत है। मेरे पास लिस्ट है और तुम उस आदमी को पहचान सकते हो। एक हाथ ही दूसरे हाथ को धोता है, बरखुरदार।''

''मैं फौरन कोई फैसला नहीं कर सकता।'' – मोती कठिन स्वर में बोला – ''मैं सोच कर जवाब दूंगा।''

''मुझे मंजूर है। फिलहाल मैं तुम्हारे शहर से जा रहा हूं लेकिन कुछ दिन बाद वापिस लौटूंगा। तब मैं तुमसे तुम्हारा जवाब मांगूंगा। अगर तुमने मेरा साथ देना कबूल किया तो तुम्हारे लिस्ट के सवा दो सौ नाम चैक करने के अरसे तक मैं यहीं टिक जाऊंगा। इस काम के लिए तुम्हें कई शहरों में जाना पड़ेगा क्योंकि उस सवा दो सौ नामों के पते पूरे हिन्दोस्तान में बिखरे पड़े हैं। तुम्हारी दिल्ली से एकाएक गैरमौजूदगी किसी के शक का बायस न बने, इसके लिए तुम्हे यह बहाना बनाना होगा कि तुम मेरे ब्रेसियर मैनूफैक्चरिंग बिजनेस में मेरा पार्टनर बनने का इरादा रखते हो और इसलिए इस बिजनेस के स्कोप को समझने के लिए भारत भ्रमण कर रहे हो।''

''अगर मेरा जवाब इन्कार में हुआ तो?''

''तो मैं तो अपनी तलाश जारी रखूंगा ही। लेकिन एक बात का ध्यान रखना।''

''किस बात का?''

''जो कुछ आज मैंने तुम्हें बताया है, उसको आगे किसी को – खासतौर से पुलिस को – बताने की कोशिश न करना। पुलिस ने मेरे से इस बाबत कोई सवाल किया तो मैं साफ मुकर जाऊंगा कि मैंने तुमसे कभी किसी लिस्ट का जिक्र किया था। पुलिस मेरा कुछ बिगाड़ नहीं सकती है। अब मेरा रिकार्ड क्लियर है। मैंने जो अपराध किया था, उसकी सजा मैं भुगत चुका हूं। भविष्य में मुझे कभी कोई अपने पीछे लगा दिखाई दिया तो वह मेरी जानकारी में आये बिना नहीं रहेगा, तो मैं फौरन समझ जाऊंगा कि तुमने पुलिस के सामने या किसी और के सामने अपना मुंह फाड़ा है। तब मजबूरन मुझे उस अजनबी की

तलाश का अपना अभियान छोड़ना पड़ेगा और अपनी वह लिस्ट सकलानी के हाथ बेचनी पड़ेगी। मुझे पूरी उम्मीद है कि सकलानी वह लिस्ट हासिल करके बाग-बाग हो जायेगा। फिर उसे यह भी मालूम हो जायेगा। कि तुम उस अजनबी को पहचानते हो . . .''

''यह तुम बताओगे उसे?''

''. . . और मुझे पूरी उम्मीद है'' – चक्की यूं कहता रहा जैसे उसने मोती का सवाल सुना ही न हो – ''कि सकलानी जैसे खतरनाक गैंगस्टर से भिड़ना तुम हरगिज भी पसन्द नहीं करोगे।''

बाहर मुकम्मल सन्नाटा था। चक्की के कमरे से निकल कर मोती एक क्षण के लिये गलियारे से ठिठका। बगल के कमरे में रोशनी थी और उसका दरवाजा अधखुला था। एक क्षण के लिए उसे उस दरवाजे के पीछे सुजाता की झलक दिखाई दी और फिर दरवाजा बन्द हो गया।

उसने कम्पाउण्ड में कदम रखा और उसके पीछे परले सिरे पर दीवार के करीब खड़ी अपनी कार की तरफ बढ़ा।

एकाएक दाईं ओर के एक घने पेड़ के करीब से उसे हल्की-सी सरसराहट सुनाई दी।

वह सकपकाया और ठिठक कर खड़ा हो गया।

क्या वह कोई हवा का झोंका था या वहां पेड़ के पास कोई था?

था तो इतनी रात गये वहां छुपा खड़ा कोई क्या कर रहा था?

अजनबी की उसे जान से मार डालने की धमकी अभी भी उसके जेहन पर हावी थी लेकिन फिर भी हिम्मत करके वह पेड़ की तरफ बढ़ा।

पेड़ उससे कोई पच्चीस तीस गज दूर था।

वहां था तो कोई नहीं लेकिन उसे लगा कि कुछ क्षण पहले वहां जरूर कोई था। वहां हवा में सिगरेट के धुंये की गंध अभी तक बसी हुई थी।

उसने झुककर नीचे देखा तो उसे वहां की घास कुचली-कुचली सी लगी। पास

ही तीन चार सिगरेट के टुकड़े पड़े थे जिनमें से एक अभी तक बुझा नहीं था और उसमें से अभी भी धुआं उठ रहा था।

उसने सीधा होकर सिर उठाया तो पाया कि उस स्थान के ऐन सामने चक्की के कमरे का दरवाजा था।

जरूर कुछ ही क्षण पहले वहां कोई मौजूद था जो कि उसे सावधानी से पेड़ की तरफ बढ़ता पाकर चुपचाप वहां से खिसक गया था।

क्या वही तोते की चोंच जैसी नाम वाला आदमी?

वही अजनबी?

अगले दो दिनों में मोती ने इस बात की तसदीक कर ली कि लखनऊ में वाकई चक्की की ब्रेसियर मैनुफैक्चरिंग की फैक्ट्री थी और यह कि उन दिनों वह बिजनेस टूर पर लखनऊ से बाहर गया हुआ था।

तीसरे दिन मोती कार द्वारा मेरठ कैन्ट पहुंचा।

वहां तम्हाणे का बहुत बड़ा फार्म और मुर्गीखाना था। अपने उस नये बिजनेस से उसको सात आठ लाख रुपये सालाना की आमदनी थी। उस मामूली स्टंटमैन और उसके पिता के उस मामूली बाडीगार्ड ने पिछले सत्तरह सालों में बहुत तरक्की की थी।

अब वह एक रईस आदमी था और अपने विशाल फार्म हाउस के ही पहलू में बने एक विशाल बंगले में रहता था।

अपने पिता के गायब होने के बाद सालों मोती उस आदमी को नफरत की निगाह से देखता रहा था। लेकिन फिर धीरे-धीरे राज बुन्देला की वजह से तम्हाणे की बाबत उसके खयालात बदलते गये थे। बुन्देला ने कहा था – ''यह सही है कि उसने तुम्हारे बाप के दुश्मनों का साथ देकर उसे धोखा दिया लेकिन वह गरीब आदमी की मजबूरी थी। उसकी गरीबी ने उसे दगाबाज बनाया था। गरीब आदमी अपना ईमान बेचता है तो बाद में जिन्दगी भर अपने आपसे शर्मिन्दा रहता है। इसलिए तम्हाणे से नफरत करने की जगह तुम्हें उस पर तरस खाना चाहिये कि

अपनी गरीबी की जिन्दगी में वह तुम्हारे बाप के दुश्मनों के हाथों बिक जाने का लोभ संवरण न कर सका।''

पिछले छः सात सालों से ऐसा सिलसिला चल रहा था कि तम्हाणे जब भी दिल्ली आता था, मोती से मिले बिना नहीं जाता था और उसके दिल्ली प्रवास के दौरान उसका कम से कम एक डिनर राज बुन्देला के घर जरूर होता था। तब मोती और तम्हाणे दोनों ही इस बात का खास खयाल रखते थे कि बीते वक्त की अप्रिय बातों का जिक्र दोनों के बीच न आने पाये। तम्हाणे पहले ही कई बार जता चुका था कि हवेली के दिनों के दौर की अपनी कुछ हरकतों से वह दिल से शर्मिन्दा था।

मोती वहां एक रिवाल्वर मुहैया करने की नीयत से आया था जिसका, और जिसके लिए कारतूसों का, इन्तजाम तम्हाणे ने फौरन कर दिया था। न मोती ने बताने की कोशिश की थी और न उसने मोती से पूछा था कि रिवाल्वर उसे क्यों चाहिये थी और उसे हासिल करने के लिए वह चालीस मील का फासला तय करके मेरठ क्यों आया था।

''बाई दि वे, तम्हाणे'' – रिवाल्वर हासिल हो जाने के बाद मोती ने पूछा – ''तुम्हें चक्की की याद है?''

''शरदेन्दु चक्रवर्ती?'' – तम्हाणे बोला – ''तुम्हारे डैडी का दायां हाथ? वह चोर?''

''वही।''

''हां, याद है। क्या बात है उसकी?''

''हाल ही में वह मिलने आया था मुझसे। आजकल वह लखनऊ में ब्रेसियर बनाने की फैक्ट्री चला रहा है।''

''यानी कि जेल की हवा खाने के बाद से सुधर गया है!''

''यही समझ लो। वह अपने धन्धे में मुझे पार्टनर बनाना चाहता है।''

''अरे, ऐसा कुछ मत करना। ये लोग सिर्फ जाहिर करते हैं कि वो सुधर गये हैं। असल में सुधरते-वुधरते कुछ नहीं। वो मसल नहीं है कि वन्स ए थीफ आलवेज ए थीफ।''

''अच्छा!''

''हां। वह यहां भी आया था एक बार। साथ में उसके एक नौजवान लड़की थी जो कि टैक्सी में ही बैठी रही थी। छड़ी टेक कर बड़ी मुश्किल से चल पाता था वो।''

''चाहता क्या था?''

''तुम्हारे डैडी की लाश की तलाश थी उसे और समझता था कि मैं उसकी उस बारे में कोई मदद कर सकता था। वह मुझे इस जानकारी की कीमत तक अदा करने के लिए तैयार था। पता नहीं उसने सोच कैसे लिया था कि आवतरमानी साहब की लाश की बाबत मुझे कोई जानकारी हो सकती थी।''

''मेरे डैडी की लाश को तलाश क्यों करना चाहता था वो?''

''उनके बीमे की दस लाख की रकम हासिल करने के लिए।''

मोती को मन-ही-मन तसल्ली हुई कि कम-से-कम उस बारे में चक्की ने उससे झूठ नहीं बोला था।

''मैंने'' – तम्हाणे बोला – ''अखबार में पढ़ा था कि इस बार भी तुम्हें अपने पापा का भेजा दो हजार रुपये का मनीआर्डर मिला था!''

''हां। मिला था। हमेशा की तरह।'' – मोती एक क्षण ठिठका और फिर बोला – ''तुम्हें रानी की कोई खोज खबर है?''

''पहले थी, अब नहीं है। पहले जब तक उसकी मां जिन्दा थी तो वह बड़ोदा में थी। उसकी मां मर गयी थी तो उसने वह शहर छोड़ दिया था। आखिरी बार मुझे उसकी खबर इन्दौर से लगी थी। आजकल तो पता नहीं कहां है वो।''

''ओह!''

उसी शाम को दिल्ली में शंकरराव कोतवाल से उसकी मुलाकात पहले से फिक्स थी।

कोतवाल ग्रेटर कैलाश की एक निहायत आलीशान कोठी में रहता था।

मोती जब कोठी का फाटक खोलकर भीतर दाखिल हो रहा था तो उसने एक

नौजवान युवती को फाटक की तरफ बढ़ते देखा।

मोती को देखकर वह ठिठकी।

मोती उसे देखकर बड़े शिष्ट भाव से मुस्कराया।

उसने एक बार सिर से पांव तक मोती पर निगाह दौड़ाई और फिर बोली – ''तुम्हारी सूरत कुछ पहचानी-पहचानी लग रही है।''

''मुझे भी।'' – मोती बोला।

''मेरा नाम शान्ता है।''

''आप कोतवाल साहब की बेटी तो नहीं?''

''वहीं हूं।''

मोती को सख्त हैरानी हुई। बचपन में निहायत दुबली पतली, मरघिल्ली सी लगने वाली वह लड़की उस वक्त तो ब्यूटी क्वीन मालूम हो रही थी। बहुत शानदार जिस्म निकाला था उसने और चेहरे पर भी हजार वाट के बल्ब जैसी रौनक थी।

''तुम कौन हो?'' – शान्ता ने पूछा।

''बन्दे को'' – मोती तनिक सिर नवाकर बोला – ''मोती कहते हैं।''

''मोती!'' – वह उलझनपूर्ण स्वर में बोली।

''मोती आवतरमानी। कई साल पहले आप एक बार अपने डैडी के साथ हमारे घर आई थीं। राजपुर रोड पर। हवेली में।''

''ओह! तुम वो आवतरमानी हो। अब याद आ गया मुझे। तुम्हारे ही घर में तुम्हारे साथ बहुत बद्तमीजी से पेश आयी थी मैं। नो?''

''नो। ऐसी कोई बात नहीं थी।''

''ऐसा सोचना और कहना तुम्हारी शराफत है। इट इज एक्सपैक्टिड आफ ए जन्टलमैन।''

मोती बड़े शिष्ट भाव से हंसा।

''तब'' – वह संकोचपूर्ण स्वर में बोली – ''मैंने तुम्हें 'दोगला' कहा था।''

''आई डोंट माइन्ड।''

''दैट्स वैरी नाइस आफ यू। वैसे तुम्हारी जानकारी के लिए जब मेरे पापा को

यह बात मालूम हुई थी तो उन्होंने मार मारकर भुस भर दिया था मेरे में।''

''ऐसा तो नहीं करना चाहिए था कोतवाल साहब को।'' – मोती बोला – ''एक तो इसीलिए क्योंकि यह लफ्ज आपने उन्हीं की ज़ुबानी सुना था और दूसरे इसलिए कि बात झूठ तो थी नहीं! दोगला तो हूं ही मैं!''

वह फिर हंसी।

मोती ने एक बार फिर उसकी अत्याधुनिक पोशाक पर निगाह डाली और फिर बोला – ''डिस्को वगैरह का शौक रखती हैं आप?''

''हां'' – वह बोली – ''बहुत ज्यादा। क्यों पूछा?''

''इसलिये कि शायद कभी आप मेरे गरीबखाने पर भी आना पसन्द करें।''

''कहां?''

''शक्तिनगर। रैड रोज।''

''शक्ति नगर! यानी कि यहां के मुकाबले में दिल्ली का दूसरा कोना?''

''फासला तो है लेकिन फिर भी तशरीफ लाइये कभी। आप जैसे शानदार मेहमान का वहां स्वागत करके मुझे दिली खुशी होगी।''

''मैं शानदार हूं?''

''बहुत ज्यादा।''

''जानकर खुशी हुई। इसी बात कर कभी आयेंगे।''

''मोस्ट वैलकम।''

''यहां कैसे आये?''

''कोतवाल साहब से मिलने।''

''ठीक है, मिलो।''

फिर वह हिरनी की तरह कुलांचे भरती फाटक से बाहर निकल गयी।

प्रत्यक्षतः अपने पिता के बिजनेस में उसे रत्ती भर भी दिलचस्पी नहीं थी।

वह आगे बढ़ा।

कालबैल के जवाब मे एक नौकर प्रकट हुआ जो कि उसे कोतवाल की स्टडी में छोड़ गया।

वहां भट्टाचार्य को भी मौजूद पाकर मोती सकपकाया।

मोती ने दोनों का अभिवादन किया।

''बैठो।'' – कोतवाल बोला।

मोती उसकी विशाल टेबल के सामने एक कुर्सी पर बैठ गया।

''तुमने'' – कोतवाल सख्त स्वर में बोला – ''फोन पर कहा था कि तुम दस करोड़ की किसी ऐसी रकम की बाबत मुझ से बात करना चाहते थे जिसे कि तुम इलैक्ट्रा की मिल्कियत मानते हो?''

''जी हां।'' – मोती ने एक अर्थपूर्ण निगाह भट्टाचार्य पर डाली – ''मैं सिर्फ आपसे बात करना चाहता था।''

''यह मुमकिन नहीं। भट्टाचार्य आज भी इलैक्ट्रा का सिक्योरिटी चीफ है। तुम्हारे बाप से ताल्लुक रखती किसी भी बात पर डिसकशन के दौरान मैं इसकी मौजूदगी जरूरी समझता हूं। वैसे भी किसी विटनेस की मौजूदगी के बिना किसी आवतरमानी से बात करने को मैं तैयार नहीं। साहबजादे, जो कहना है, भट्टाचार्य के सामने कहो नहीं तो गुडनाइट।''

''ठीक है'' – मोती निर्णायात्मक स्वर में बोला – ''सुनिये। शुरूआत मैं आप को वो बात बताने से कर रहा हूं, जिसे किसी को न बताने का सत्रह साल पहले मैंने अपने डैडी से वादा किया था। कोतवाल साहब, मैं आपको एक करोड़ के जूते के बारे में बताने जा रहा हूं . . .''

सारी कहानी सुना चुकने के बाद जब मोती खामोश हुआ तो कोतवाल ने प्रश्नसूचक नेत्रों से अपने सिक्योरिटी चीफ की तरफ देखा।

''हीरों वाली बात जंचती तो है!'' – भट्टाचार्य गंभीरता से बोला – ''एक करोड़ के हीरों का अस्तित्व हो तो सकता है!''

''आज सत्ररह साल बाद'' – मोती बोला – ''उन हीरों की कीमत दस करोड़ से कम न होगी।''

''और'' – भट्टाचार्य आगे बढ़ा – ''यह बात भी मेरी जानकारी में है कि

चक्की जब से जेल से निकला है, अपने मालिक की लाश की तलाश में जगह-जगह पूछताछ करता फिर रहा है।''

''हूं।'' – कोतवाल ने हूंकार भरी।

भट्टाचार्य ने बड़े संदिग्ध भाव से मोती की तरफ देखा और बोला – ''बेटा, बहस की खातिर हम मान लेते हैं कि तुम्हारी कहानी सही है। सफेद जूता, हीरे, तुम्हें जान से मार डालने की धमकी देने वाला अजनबी, चक्की की रहस्यभरी लिस्ट, सब सही है। अब लाख रुपये का सवाल यह पैदा होता है कि यह सब तुम हमें क्यों बता रहे हो? पुलिस को क्यों नहीं बताते जा कर?''

''पुलिस के पास जाने में घाटा ही घाटा है। पुलिस चक्की की ज़ुबान तो खुलवा नहीं सकेगी, अलबत्ता उनकी वजह से हीरों के अस्तित्व की जानकारी जरूर सारी दुनिया को हो जायेगी। सारी दुनिया में एक शख्स सकलानी भी है जो वो काम कर सकता है जो पुलिस नहीं कर सकती। सकलानी चक्की की ज़ुबान खुलवा सकता है। फिर लिस्ट उसके हाथ लगना और हीरे उसके हाथ लगना एक ही बात होगी। फिर आपको कभी इलैक्ट्रा की डूबी हुई रकम मुहैया नहीं हो सकेगी और मुझे कभी अपने बाप का अंजाम नहीं मालूम होगा।''

''तुम्हें चक्की की इस थ्योरी से इत्तफाक है कि उस अजनबी ने तुम्हारे बाप के ब्रीफकेस का माल हथियाने के लिये उसका कत्ल किया था?''

''अभी नहीं। अभी तो मुझे इस बात की भी गारन्टी नहीं कि मेरा बाप मर चुका है। लेकिन चक्की की थ्योरी कम-से-कम असम्भव नहीं है। जो वह कहता है, वैसा हुआ जरूर हो सकता है। चक्की की लिस्ट आज की तारीख में मेरे बाप के अंजाम का इकलौता सूत्र है और फिर यह बात भी बेमानी नहीं हो सकती कि चक्की के होटल के कमरे में मेरी उससे इतनी गोपनीय मुलाकात किसी की निगाह में थी। किसी ने जरूर मेरे घर से ही मेरा पीछा किया था। कोतवाल साहब, मेरी धारणा यही है कि चक्की के सूत्र पर काम करके हीरों तक पहुंचा जा सकता है।''

''आई सी।'' – कोतवाल गम्भीरता से बोला।

''हीरे बरामद हो जाने की सूरत में कानूनी तौर पर आप उन पर अपना हक जता सकते हैं?''

''सरासर जता सकते हैं। तुम्हारे बाप ने इलैक्ट्रा का पैसा गबन किया था। उस पैसे से उसने जो कुछ भी खरीदा होगा, वह हमारा है। उसकी पाई-पाई हमारी है। और सच पूछो तो उस माल के हम तलबगार भी हैं। फरार होकर तुम्हारा बाप जो हमारा मुंह चिड़ा गया था, उसकी तलाफी यही है कि वह माल बरामद हो और हमारे हाथ लगे।''

''मैं खुद यही चाहता हूं। इसीलिये तो मैं यहां हाजिर हुआ हूं!''

''तुम क्यों चाहते हो?''

''है कोई वजह।''

''वह वजह मैं सुनना चाहता हूं। आखिर मुझे पता तो लगे कि तुम क्यों इस अभियान में इलैक्ट्रा के अन्डरकवर एजेन्ट बनने को उत्सुक हो?''

मोती हिचकिचाया।

''ओह, कम आन!'' – कोतवाल बेसब्रेपन से बोला।

''हकीकत यह है, कोतवाल साहब'' – मोती तनिक कठिन स्वर में बोला – ''कि मेरा बाप कैसा भी था, आखिर मेरा बाप था और मैं उससे बहुत प्यार करता था। एक जिम्मेदार, फरमाबरदार बेटा होने के नाते मेरा फर्ज बनता है कि मैं पता लगाऊं कि आखिर उसे क्या हुआ था।''

''बस? यही वजह है?''

''एक वजह और भी है जो कि इससे ज्यादा अहम है।''

''वह क्या है?''

''मैंने महसूस किया है कि जब तक लोग मुझे उस आवतरमानी का बेटा समझते रहेंगे जो कि गबन करके फरार हो गया था, तब तक मैं अपनी जिन्दगी में कुछ बनकर नहीं दिखा सकता। मेरे बाप की करतूत मेरी तरक्की के रास्ते में रुकावट है। अब मौजूदा हालात में अगर मेरी कोशिशों से इलैक्ट्रा को उसका माल वापिस हासिल होता है तो अपने बाप की वजह से मुझ पर लगा कलंक किसी हद तक धुल सकता है।''

''भाषण अच्छा दिया। आफर भी बुरी नहीं तुम्हारी। अब लगे हाथों यह भी बता डालो कि हमें क्या करना होगा?''

''आपको हीरों की बरामदी के अभियान में आने वाले खर्चे उठाने होंगे। आखिर मुझे अपना काम धन्धा छोड़कर चक्की की लिस्ट के नामों की फिराक में लगना होगा। मुझे सारे भारत का भ्रमण करना पड़ सकता है जो कि एक खर्चीला काम है।''

''और खर्चा तुम इलैक्ट्रा का कराना चाहते हो?''

''सिर्फ उधार के तौर पर। जैसा कि मैंने आपको बताया है, चक्की ने मुझसे एक लाख रुपये की मांग की है। आप यह एक लाख रुपया मुझे कर्जे के तौर पर दे दीजिये। अगर मैं कामयाब न भी हुआ तो भी मैं आपकी रकम की पाई-पाई आपको लौटाऊंगा। आप मेरे से लाख रुपये का प्रोनोट लिखवा लीजियेगा।''

''साहबजादे'' – कोतवाल धीरे से बोला – ''या तो तुम हद से ज्यादा आशावादी हो और या फिर तुम्हारे भेजे में कोई नुक्स है। तुम समझते हो कि तुम्हारे बाप की करतूत के बावजूद एक और आवतरमानी पर मैं एक लाख रुपये की रकम का भरोसा कर सकता हूं? अभी जो कहानी तुमने हमें सुनायी है, इसकी हर बात ठगी के जाल जैसी है। अपनी कहानी का एक शब्द भी तुम साबित करके नहीं दिखा सकते। तुम्हारी कहानी मेरे खिलाफ कोई षड़यन्त्र भी हो सकता है। इसके पीछे कोई बदले की भावना भी काम कर रही हो सकती है। ''

''बदले की भावना?''

''हां। बदले की भावना। आखिर तुम्हारे बाप को मैंने एक्सपोज किया था। मैंने उसके जेल जाने का सामान किया था।''

''अगर मेरे मन में कोई बदले की भावना होती तो उस पर अमल करने के लिये मैंने सत्रह साल इन्तजार न किया होता।''

''वह इन्जार तुम्हारी मजबूरी थी। सत्रह साल पहले तुम दस साल के बच्चे थे। दस साल का बच्चा बदला लेने के काबिल नहीं होता।''

''लेकिन . . .''

''छोड़ो। बहस में मत पड़ो। तुम्हारे प्रस्ताव पर अमल करने को हम फिर भी तैयार हैं लेकिन वैसे नहीं, जैसे तुम कह रहे हो।''

''तो फिर कैसे?''

''ऐसे माल की बरामदी पर उसकी कीमत के दस प्रतिशत के इनाम का रिवाज है। अगर तुम वह माल बरामद कर दिखाओगे तो उसकी कीमत का दस प्रतिशत तुम्हें मिल जायेगा लेकिन एडवांस में एक काला पैसा नहीं मिलेगा।''

मोती चुप रहा।

''और फिर तुम भी कोई भूखे थोड़े ही मर रहे होगे!''

''आजकल मुझे पैसे का तोड़ा है।''

''तो फिर क्या हुआ? जो शख्स सत्ताइस साल की उम्र में गोपाल टावर नामक करोड़ों के प्रोजेक्ट की नींव रख सकता है, एक लाख रुपये की मामूली रकम का इन्तजाम उसके लिये कोई बड़ी बात नहीं हो सकती। इस रकम का इन्तजाम अपने आप करो तो हम तुम्हारे साथ हैं। चक्की की लिस्ट चैक करते हुए अगर तुम उस अजनबी तक पहुंच गये तो भट्टाचार्य इस बात का पूरा खयाल रखेगा कि तुम कहीं उसके हाथों कत्ल ही न हो जाओ।''

''आगे अगर'' – भट्टाचार्य बोला – ''पुलिस की दख्लअन्दाजी हुई तो वह भी मुझे ही सम्भालनी पड़ेगी।''

''अब बोलो, साहबजादे'' – कोतवाल मोती को घूरता हुआ बोला – ''सौदा मंजूर है तुम्हें? माल बरामद तो तुम इनाम के हकदार। माल बरामद नहीं तो इनाम भी नहीं। अब अगर तुमने इस सौदे से इनकार किया तो मैं समझूंगा कि हकीकतन अपने बाप के लिये तुम्हारे मन में कोई भावना नहीं है। वह वाकेई तुम्हारा भाषण था, प्रचार था कि अपने बाप की करतूतों की वजह से अपने पर लगा कलंक तुम धोना चाहते हो . . .''

''आप मेरी तौहीन कर रहे हैं'' – मोती गुस्से में बोला – ''मैं सच्चे दिल से आपके फायदे की खातिर आप के पास आया हूं और आप मेरी नीयत तक पर शक कर रहे हैं।''

''मैं ऐसा कुछ नहीं कर रहा। मैं सिर्फ तुम्हें इलैक्ट्रा की कोई रकम एडवांस देने से इनकार कर रहा हूं।''

''मैं आपसे कोई खैरात नहीं मांग रहा। मैं आपसे कर्जा मांग रहा हूं जिसका कि मैं प्रोनोट लिख कर देने को तैयार हूं।''

''एक चोर के बेटे के प्रोनोट की मैं दो कौड़ी की कीमत नहीं मानता। साहबजादे, अपनी नेकनीयती साबित करना चाहते हो तो दस प्रतिशत पर काम करना कबूल करो। यह मत भूलो कि तुम्हारा प्रमुख उद्देश्य इलैक्ट्रा का माल इलैक्ट्रा को लौटाकर अपने गुनाहों की तलाफी करना है, न कि कोई कमाई करना। हमारी बात मानकर चलने से तुम्हारे दोनों काम हो सकते हैं।''

''दस प्रतिशत कम है।'' – मोती ने पैंतरा बदला।

''कम है?'' – कोतवाल आंखें निकालता बोला – ''दस प्रतिशत जानते हो कितना होता है! दस लाख रुपया।''

''वह सत्रह साल पहले होता था। हीरों की आज की कीमत का दस प्रतिशत एक करोड़ होता है।''

कोतवाल हड़बड़ाया।

''लेकिन दस प्रतिशत फिर भी कम है। सारा काम मैंने करना है। सारा रिस्क मेरा है। इस अभियान में मेरी जान तक को खतरा है जब कि आपने कुछ भी नहीं करना। आपने सिर्फ घर बैठकर तमाशा देखना है और मेरी कामयाबी का मजा एक उंगली भी हिलाये बिना चखना है।''

''तुम क्या चाहते हो?''

''फिफ्टी-फिफ्टी।''

''इम्पॉसिबल। फिफ्टी पर्सेन्ट इज आउट आफ क्वेश्चन। बड़ी हद पन्द्रह।''

''कोतवाल साहब, सम्भावना तो यह है कि आपको एक पैसा भी नहीं देना पड़ेगा। देना पड़ेगा तो कौन-सा अपने पल्ले से देना पड़ेगा? आप यूं समझिये कि इलैक्ट्रा के लिये एक रुपया कमाकर मैंने एक रुपया हासिल किया।''

''पन्द्रह।''

''चालीस।''

''पन्दरह से ज्यादा हरगिज भी नहीं।''

''चलिये पैंतीस। यह मत भूलिये कि जो रकम मुझे हासिल होगी, उसमें चक्की भी मेरा हिस्सेदार होगा। अगर हीरे बरामद हो गये तो वह तो यही सुनकर आग बगूला हो जायेगा कि हीरे मैं आपको लौटाने का इरादा रखता हूं। यह बात क्योंकि मैं आखिरी क्षण तक उसे नहीं बताने वाला इसलिये यह उसके साथ दगाबाजी होगी और इसकी यही तलाफी मैं पेश कर सकता हूं कि आपसे जो रकम मुझे हासिल हो, उसका कम-से-कम आधा हिस्सा मैं चक्की को दूं।''

''फिर बीस सही।''

''तीस।''

''पच्चीस। फौरन हां करो नहीं तो अपने घर पहुंचो।''

''ओके। डन।''

''यू ड्राइव ए हार्ड बारगेन। लाइक युअर फादर। लाइक फादर, लाइक सन।''

मोती खामोश रहा।

''सौदा तो हो गया'' – कोतवाल के स्वर में एकाएक चेतावनी का पुट आ गया – ''अब एक बात का ध्यान रखना, साहबजादे।''

''किस बात का?''

''यह बात तुमने किसी पर जाहिर नहीं करनी है कि तुम इलैक्ट्रा के लिये काम कर रहे हो। किसी झमेले में फंस जाने पर भी तुमने अपनी जुबान पर मेरा या इलैक्ट्रा का नाम नहीं लाना है। ऐसे किया तो सौदा खत्म समझना।''

''ठीक है।''

''और भट्टाचार्य, तुमने भी इस बात को राज ही रखना है। इलैक्ट्रा में तो क्या, सिक्योरिटी के तुम्हारे महकमे में भी किसी को खबर नहीं लगनी चाहिये कि हीरों की तलाश का कोई अभियान जारी है। अन्डरस्टैण्ड!''

''यस, सर।''

''तुम इलैक्ट्रा के सिक्योरिटी चीफ हो इसलिये अब यह लड़का तुम्हारी

जिम्मेदारी है। यह तुम्हारा अनसैलेरीड अन्डरकवर एजेन्ट है।''

''आई अन्डरस्टैण्ड, सर।''

''गुड। नाओ, लैट्स काल इट ए डे।''

बाहर खड़ी मोती की कार तक भट्टाचार्य उसके साथ आया।

''कभी जासूसी की है?'' – उसने पूछा।

''नहीं।'' – मोती बोला।

''अब तुम्हें ट्रेनिंग देने का तो वक्त नहीं है लेकिन एक बात का फिर भी खयाल रखना। अपने मौजूदा काम की बाबत किसी को, अपने नजदीकी-से-नजदीकी रिश्तेदार तक को, भनक न लगने देना। दुश्मन तक खबर हमेशा किसी तीसरे माध्यम से पहुंचती है। न कोई तीसरा आदमी होगा और न खबर पहुंचेगी। समझे?''

''समझा।''

''दूसरे हमने इकट्ठे देखे जाने से हमेशा परहेज रखना है। कोई बहुत अहम बात हो जाये तो तभी मुझसे मिलने की कोशिश करना, वरना नहीं।''

''बेहतर।''

''लेकिन पाबन्दी सिर्फ मिलने पर है। कम्यूनीकेशन पर नहीं। बकौल कोतवाल तुम मेरी जिम्मेदारी हो, इसलिये तुम्हारी हर मूवमेन्ट की मुझे खबर रहनी चाहिये। खास तौर से चक्की की लिस्ट के बारे में तो मुझे हर बात फौरन मालूम होना चाहिये। मैं यह जानने को बहुत उत्सुक हूं कि चक्की को वह लिस्ट कब मिली, कहां से मिली और वह कौन-सी चीज थी जो कभी तुम्हारे बाप के अधिकार में थी और जिसे उस लिस्ट के किसी व्यक्ति ने हाल ही में फरोख्त किया था।''

''मैं सम्पर्क कैसे स्थापित करूंगा तुमसे?''

''टेलीफोन पर'' – उसने एक कागज पर एक टेलीफोन नम्बर लिखकर उसे मोती को दिया – ''इस नम्बर पर कभी भी फोन करोगे तो जवाब जरूर मिलेगा। अगर मेरी जगह कोई और बोले तो उसे सिर्फ अपना टेलीफोन नम्बर बता देना।

बड़ी हद पन्द्रह मिनट में उस नम्बर पर तुम्हें मेरा फोन आ जायेगा। किसी वजह से मैं फोन न कर सका तो माथुर नाम का मेरा असिस्टेण्ट फोन करेगा।''

''वही जो मेरे बर्थ डे वाले दिन मेरे आफिस में आया था?''

''वही। उसे तुम कोई भी मैसेज दे सकते हो। सिर्फ हीरों के बारे में तुमने उसे नहीं बताना है।''

''ठीक है।''

''और कोशिश करना कि एक टेलीफोन से एक से ज्यादा बार फोन न करना पड़े।''

''यह मुश्किल होगा।''

''लेकिन नामुमकिन नहीं।''

''ठीक है।''

''और उस अजनबी का, उस शख्स का जो दीवाली की रात को तुम्हारे बाप को हवेली से ले गया था, मुकम्मल हुलिया तुमने मुझे लिखकर देना है। हुलिया लिखकर एक लिफाफे में बन्द करना और उसे डाक से मेरे आफिस के पते पर भेज देना। हमारे पास तुम्हारे बाप से सम्बन्धित हर शख्स का रिकार्ड है। हम वह रिकार्ड निकालेंगे। हो सकता है कि वह हुलिया हमारे रिकार्ड में ही हमें मिल जाये।''

''अच्छा! मेरे बाप से सम्बन्धित हर शख्स का रिकार्ड तुम्हारे पास है?''

''हां।''

''क्या रानी का भी?''

''कौन रानी? वह तुम्हारे बाप की रखैल?''

रखैल शब्द पर मोती को गुस्सा तो बहुत आया लेकिन उसने हामी भरी।

''हां, है'' – वह बोला – ''सबका रिकार्ड है हमारे पास। दरअसल हम हर दूसरे-तीसरे साल उन तमाम लोगों को जो कि तुम्हारे बाप के ताल्लुक में थे, यह देखने को चैक करते रहते है कि कहीं एकाएक किसी के पास कोई अप्रत्याशित दौलत तो नहीं आ गयी है!''

''आई सी। तुम बता सकते हो कि रानी आजकल कहां है?''

''मैं मालूम करके बताऊंगा।''

''शुक्रिया।''

''एक बात और।''

''क्या?''

''खामखाह हीरो बनने की कोशिश मत करना।''

''मतलब?''

''अगर तुम उस अजनबी को तलाश कर लो, उसे पहचान लो, तो खुद ही उससे निपटने मत बैठ जाना। यह काम एक प्रोफेशनल को, यानी कि मुझे हैंडल करने देना। न तुम खुद उससे कोई सौदेबाजी करना और न चक्की को करने देना। उसकी खबर तुम फौरन मुझे करना।। फिर मैं सम्भालूंगा उसे।''

''कैसे?''

''ऐसे कामों के सिक्केबन्द तरीके इस्तेमाल करके। उसकी निगरानी करवा के। उसकी बातें वगैरह सुनने के लिये इलैक्ट्रॉनिक माइक इस्तेमाल करके।''

''यही सब कुछ तुमने मेरे बाप के खिलाफ किया था?''

''दुरुस्त। ये सब सावधानियां जरूरी होंगीं, बेटा। अगर वह शख्स वाकेई तुम्हारे बाप का हत्यारा हुआ तो वह बहुत खतरनाक साबित हो सकता है। ''

''इसी बात पर एक बात मैं भी कहना चाहता हूं। ''

''क्या?''

''अपनी ऐसी कोई उस्तादी चक्की के साथ दिखाने की कोशिश मत करना। तुमने उसके पीछे अपने आदमी लगाये या माइक्रोफोन जैसी किसी चीज का कोई इस्तेमाल करने की कोशिश की और उसे खबर लग गयी – जो कि वह कहता है कि वह इतना सावधान है कि उसे लग के रहेगी – तो वह अपनी लिस्ट के साथ कहीं गायब हो जायेगा और हम हाथ मलते रह जायेगें।''

''ऐसा नहीं होगा। लेकिन ऐसा करने से तुम मुझे इसलिये तो नहीं रोक रहे हो कि कहीं तुम्हारी और चक्की की पोल न खुल जाये! ''

''हमारी कौन-सी पोल है?''

''कोतवाल ने तुम्हारी कहानी को ठगी के जाल का दर्जा दिया था। तुम्हारा उससे सौदा हो चुकने के बावजूद मुझे लगता है कि यह ठगी का जाल हो सकता है।''

''वो कैसे?''

''मुमकिन है कि या तो तुमने और चक्की ने हीरे पहले ही तलाश कर लिये हों और या तुम्हें मालूम हो कि वे कहां हैं। मुमकिन है उन हीरों को खुद ठिकाने लगाने में तुम्हें दहशत हो रही हो इसलिये तुमने कोतवाल को उनकी कीमत के पच्चीस प्रतीशत पर पटाया हो जो कि तुम्हें बिना रिस्क के हासिल हो सकता है।''

''भट्टाचार्य साहब, ऐसी किसी फीस की राय मेरी नहीं, कोतवाल की थी। मैं तो वहां एक लाख रुपये का कर्जा हासिल करने पहुंचा था।''

''लेकिन साथ ही तुम्हें यह भी मालूम था कि कोतवाल किसी आवतरमानी का फूटी कौड़ी का एतबार नहीं करने वाला था। पर्सेन्टेज की बात वह न चलाता तो तुम चला देते।''

''नानसेंस।''

भट्टाचार्य ने बहस न की। एकाएक वह अपलक मोती को देखने लगा।

''क्या देख रहे हो?'' – मोती विचलित स्वर में बोला।

''देख रहा हूं कि तुम वही दस साल के बच्चे हो जिसने मुझसे और इन्स्पेक्टर चौधरी से इतनी कामयाबी से झूठ बोला था। उस अजनबी वाली बात अगर तुमने हमें सत्रह साल पहले बताई होती तो केस कब का हल हो चुका होता।''

''अपनी उसी गलती को तो अब मैं दुरुस्त करने की कोशिश कर रहा हूं।''

''लेकिन उस वक्त तुमने झूठ क्यों बोला था?''

''क्योंकि मैंने अपने बाप से वादा किया था कि मैं किसी को कुछ नहीं बताऊंगा। एक नौजवान आदमी के मुकाबले में एक दस साल के बच्चे की अपने वादे से ज्यादा निष्ठा होती है। ऊपर से तब तुम सब लोग मुझे अपने बाप के दुश्मन लगते थे जो कि उसे नुकसान पहुंचाना चाहते थे।''

''हूं'' – वह एक क्षण ठिठका और बोला – ''अब एक आखिरी बात। जो

आदमी दीवाली की रात को तुम्हारे बाप को अपने साथ लेकर गया था, उसका जिक्र हम लोगों के बीच बार-बार आयेगा इसलिये हमें उसका कोई नाम मुकर्रर कर लेना चाहिये। यह उसे बार-बार ''अजनबी, अजनबी'' कहने से अच्छा होगा।''

''तोताराम?'' – मोती अजनबी की तोते की चोंच जैसी नाक को याद करता बोला।

''क्या?'' – भट्टाचार्य हड़बड़ाया।

''उस अजनबी का नाम हम तोताराम रख लेते हैं।''

''ओह! ठीक है। तोताराम ही सही।''

अंकल ग्रैगरी ने अपने बाइफोकल्स में से मोती को घूरा।

''एक लाख रुपया!'' – वह बोला – ''किसलिये?''

''मुझे जरूरत है।'' – मोती बड़ी सादगी से बोला।

''जरूरत तो हुई लेकिन किसलिये?''

''धन्धे के लिये ही और किसलिये?''

''कैसा धन्धा?''

''ज्यादा सवाल मत करो, अंकल। मैं आपसे एक लाख रुपये का कर्जा मांग रहा हूं जिसके बदले में आपको अपना प्रोनोट लिखकर देने को तैयार हूं। पैसा देना हो तो दो वर्ना साफ मना करो।''

वैसे तो ग्रैगरी उन दिनों एक सिनेमा का भी मालिक था लेकिन शेयर मार्केट से ही वह इतना रुपया कमा चुका था और कमा रहा था कि एक लाख की रकम उसके लिये मामूली बात थी।

''बरखुरदार'' – ग्रैगरी तनिक हत्प्रभ स्वर में बोला – ''इतनी तो हामी भरो कि यह लाख रुपया तुम्हें एक ऐसे काम के लिये चाहिये जिससे उस एक नम्बर के हरामी चक्रवती का भी रिश्ता है।''

''आपको कैसे मालूम?'' – मोती सकपकाया।

''वह तुम्हें तलाश कर रहा है। आज दोपहर को उसका यहां फोन आया था। कह रहा था कि तुम उसकी ब्रेसियर फैक्ट्री में पार्टनर बनने के उसके प्रस्ताव पर विचार कर रहे थे और वह जानना चाहता था कि तुमने क्या फैसला किया था। वह तुम्हारा फैसला सुनने के लिये ही शहर में रुका हुआ है।''

''ओह!''

''चक्की का चक्कर इस बात से भी साबित होता है कि तुम रुपया मांगने मेरे पास आये, बुन्देला के पास नहीं गये। चक्की के नाम पर वह तुम्हें कभी रुपया न देता और ऊपर से उपदेश देता कि . . .''

''आप भी दे रहे हैं, या नहीं?''

''मैं तो दूंगा ही, बेटा! तुम इतने फैवरेट भतीजे जो ही मेरे!''

''कब दोगे?''

''चैक अभी ले जाओ। सुबह भुनवा लेना।''

''शुक्रिया।''

''लेकिन एक बात कान खोलकर सुन लो। यह मत समझना कि मुझे इस ब्रेसियर फैक्ट्री वाली कहानी पर विश्वास हो गया है। कुछ साल पहले, जब तुम बंगलौर गये हुए थे, चक्की दिल्ली आया था और मेरे से और बुन्देला से मिला था। वह हमसे पूछ रहा था कि क्या कभी तुमने हमारे सामने दीवाली की उस रात का जिक्र किया था जबकि गोपाल हवेली से गायब हुआ था। किया था तो क्या तुमने गोपाल के साथ किसी आदमी को देखा था।''

''अच्छा! फिर क्या हुआ था?''

''कुछ भी नहीं हुआ था। बुन्देला उसके ऐसा सवाल पूछने पर ही ताव खा गया था और उसने उसे डांटकर भगा दिया था।''

''यह बात आपने मुझे पहले तो कभी बताई नहीं!''

''बुन्देला ने मना किया था। वे तुम्हारे पढ़ाई के दिन थे। वह कहता था तुम खामखाह डिस्टर्ब होवोगे।''

मोती खामोश रहा।

''मैं चैक लाता हूं।''

मोती ने सहमति में सिर हिलाया।

अपने फ्लैट पर पहुंचे उसे दस मिनट भी नहीं हुए थे कि चक्की का फोन आ गया।

''क्या जवाब है तुम्हारा?'' – उसने पूछा।

''जवाब तो हां ही है लेकिन मेरे खयाल से . . .''

''खयाल फिर कभी। इस वक्त खयाल सुनने का महौल नहीं। रकम का इन्तजाम हुआ?''

''हो गया। अभी मेरे पास चैक है जो कि कल भुनेगा।''

''ठीक है। मैं कल फिर सम्पर्क स्थापित करूंगा तुमसे। कल तुम मुझे रकम दोगे और शुरुआत के तौर पर मैं तुम्हें लिस्ट के कुछ नाम बता दूंगा। वे नाम दिल्ली के आस-पास रहते लोगों के ही होगे। क्या पता यहीं हमारा काम बन जाये और तुम लम्बे सफर से बच जाओ।''

''तुम मुझे ''कुछ'' नाम बताओगे?''

''और क्या सारी लिस्ट तुम्हारे हवाले कर दूंगा?''

''लेकिन . . .''

चक्की ने लाइन काट दी।

मोती की निगाह कार के रियरव्यू मिरर पर थी। शहर की हद में दाखिल होते समय उसे गारन्टी थी कि कोई उसका पीछा नहीं कर रहा था।

पिछले एक सप्ताह से वह दिल्ली से दो-ढाई सौ मील के घेरे में स्थित शहरों में चक्की की लिस्ट के नामों को चैक कर रहा था। अब तक वह कोई दो-दर्जन लोगों को चैक कर चुका था और उसे गारन्टी थी कि उनमें से कोई तोताराम नहीं था।

एक सप्ताह पहले दिल्ली के एक अन्य होटल के कमरे में वह चक्की से मिला था। उसने चक्की को एक लाख रुपये के सौ-सौ के नोट सौंप दिये थे। उतनी ही रकम चक्की ने अपने पास से निकाली थी और फिर दो लाख रुपयों को अपनी

मनी बैल्ट में छुपाकर बैल्ट को कपड़ों के नीचे पेट पर बांध लिया था। मोती ने यूं रकम रखने को असुरक्षित माना था लेकिन चक्की का कहना था कि सौदेबाजी के लिये रकम का ऐसी जगह होना जरूरी था जहां से कि वह फौरन बरामद की जा सकती हो। आखिर उनके तोताराम तक पहुंचने से पहले तोताराम भी तो उन तक पहुंच सकता था।

मोती ने उसे यह भी बताया था कि उनकी पिछली मुलाकात के समय वे किसी की निगाहों में थे और किसी ने चक्की के होटल तक मोती का पीछा किया था। उस खबर से चक्की बहुत विचलित हुआ। उसने कबूल किया कि एक बार उसे भी ऐसा लगा चुका था कि जैसे किसी ने उसकी गैरहाजिरी में बड़ी चतुराई से उसके सामान की तलाशी ली हो। वैसे उनकी निगरानी करता पाया गया शख्स कोई पुलिस का आदमी या कोई इलैकट्रा का जासूस भी हो सकता था लेकिन वह तोताराम भी हो सकता था।

तब चक्की पहले से एक हजार गुणा ज्यादा सावधान हो गया।

उसने तुरन्त वह होटल छोड़ दिया और एक अन्य होटल में इस गारन्टी के साथ पहुंचा कि किसी ने हरगिज भी वहां तक उसका पीछा नहीं किया था। उसने कहा कि भविष्य में केवल टेलीफोन द्वारा ही सम्पर्क रखा जाये और एक टेलीफोन से एक से ज्यादा बार फोन न किया जाये।

यानी कि ऐन वही बात चक्की ने कही जो कि भट्टाचार्य ने भी कही थी।

अब मोती एक ऐसा मिडलमैन बन गया, पब्लिक फोनों पर भागे फिर-फिरकर जिसने लिस्ट के नामों की जो जानकारी चक्की से हासिल करनी थी, वह फौरन हाथ-के-हाथ भट्टाचार्य को पहुंचानी थी। भट्टाचार्य इस बात से सन्तुष्ट नहीं था कि मोती चक्की से सारी लिस्ट निकलवाने में कामयाब नहीं हो सका था। न ही मोती यह मालूम कर पाने में सफल हो सका था कि चक्की को वह लिस्ट कहां से हासिल हुई थी और उसके बाप से हासिल हुई वह कौन-सी चीज थी जो हाल ही में तोताराम ने किसी को बेची थी।

चक्की ने यह सब उसे बताने से तो साफ इनकार कर ही दिया, ऊपर से उसने

यह घपला और कर दिया कि वह सकलानी के पास गया तो उससे यह पूछने कि क्या उसे आवतरमानी की कोई नई खबर लगी थी और बता उसे यह आया कि उन दिनों वह और आवतरमानी का बेटा उसकी लाश को तलाश करने में लगे हुए थे।

मोती को बहुत गुस्सा आया।

चक्की ने ऐसा करने की वजह यह बताई कि उस खतरनाक गैंगस्टर को अगर यह बात किसी अन्य साधन से मालूम होती तो वह उनके पीछे पड़ सकता था। चक्की के वह बात खुद बता देने पर वह ऐसा नहीं करने वाला था। उस सूरत में वह चुपचाप नतीजे का इन्तजार करता।

अब मोती आगरा में दाखिल हो रहा था जहां कि चक्की की लिस्ट के दो नाम रहते थे।

और, बतौर भट्टाचार्य, जहां आजकल रानी भी रहती थी।

वह ''क्वीन्स'' नाम का एक मिडल क्लास बार और रेस्टोरेन्ट था।

मोती ने भीतर कदम रखा।

वह एक बहुत बड़ा हाल था जिसके एक सिरे पर बार था और बाकी हाल में मेजें बिछी हुई थीं। एक और बूथों की कतार थी। बार में उस वक्त काफी भीड़ थी और वातावरण में रिकार्डिड म्यूजिक गूंज रहा था।

मोती सीधा बार पर पहुंचा।

बार के पहलू में ही कैशियर का पिंजरा था जिसके भीतर उसे रानी बैठी दिखाई दी।

सत्रह साल बाद वह रानी को पहली बार देख रहा था।

उस वक्त वह जरूर चालीस के पेटे में थी। लेकिन मोती को आज भी वह उतनी ही शानदार औरत लग रही थी जैसी वह उसे अपने बाप के जमाने में हवेली में लगा करती थी। बहुत गौर से देखने पर ही उस पर उम्र की मार के कोई आसार दिखाई देते थे। वह बड़े मशीनी अन्दाज से अपना काम कर रही थी।

मोती पिंजरे के पास पहुंचा।

रानी ने तब भी सिर न उठाया।

''हल्लो!'' – वह मीठे स्वर में बोला।

उसने सिर उठाकर लापरवाही से उसकी तरफ देखा।

''यस!'' – वह भावहीन स्वर में बोली।

''मुझे पहचाना नहीं?''

''नहीं। और तुमने भी मुझे गलत पहचाना मालूम होता है। मैं . . .''

''बचपन में जिस औरत की मैं गोद में खेला करता था, उसे पहचानने में भूल भला मैं कैसे कर सकता हूं!''

वह चौंकी। उसने गौर से मोती की सूरत देखी।

''हे भगवान!'' – फिर वह हकबकाकर बोली – ''मोती! मोती हो तुम?''

मोती ने मुस्कराते हुए हौले से सिर नवाया।

रानी उसे एक बूथ में ले आयी।

उसकी आंखें नम थीं और वह अपलक मोती को देख रही थी।

''कैसे जवान निकले हो!'' – वह भावविह्लल स्वर में बोली – ''रमानी साहब से तुम्हारी शक्ल जरूर मिलती है लेकिन तुम तो उनसे कहीं ज्यादा खूबसूरत निकले हो! कितना अच्छा कद निकाला है! रमानी साहब आज तुम्हें देख पाते तो कितने खुश होते! कहा करते थे कि और चाहे कुछ हो लेकिन मोती मेरे जैसा ठिगना न हो। मुझे तो अभी भी विश्वास नहीं हो रहा कि तुम वही मोती हो जो बचपन में मेरी गोद में छुप जाया करता था'' – उसने एक आह भरी – ''सत्रह साल। सत्रह साल गुजर गये। एक जमाना गुजर गया।'' – उसने हौले से अपनी आंखें पोंछीं और फिर बदले स्वर में बोली – ''मेरा पता कैसे मालूम हुआ?''

''किसी ने तुम्हें यहां देखा था'' – मोती बोला – ''वही शख्स इत्तफाक से मुझसे टकरा गया था।''

''ओह! तुम्हारे अंकल आंटी कैसे हैं?''

''अंकल ठीक हैं आन्टी की मैंने पन्द्रह साल से सूरत नहीं देखी। डैडी के गायब होने के कुछ ही महीनों बाद उनमें तलाक हो गया था।''

''ओह!''

''लेकिन तुमने क्या किया? शुरू में एक बार बड़ौदा गयीं तो गायब ही हो गयीं!''

''मैंने शुरू में तुम्हारी मौसी के पते पर तुम्हें चिट्ठी लिखी थी। उसने चिट्ठी बिना खोले ही लौटा दी थी और साथ में लिखा था कि खबरदार जो दोबारा कभी मैंने मोती को चिट्ठी लिखने की कोशिश की।''

''अच्छा! ऐसा किया आन्टी सोफिया ने?''

''मुझे कोई शिकायत नहीं।''

''लेकिन मुझे तो है! मैं आज तक यही सोचता रहा कि कैसी खराब निकली रानी जिसने कभी मेरी खबर लेने की भी कोशिश नहीं की।''

उसकी आंखें फिर नम हो गयीं। उसने कातर भाव से मोती की तरफ देखा।

''नौकरी कैसी चल रही है यहां?'' – मोती ने पूछा।

''ठीक ही चल रही है।'' – रानी बोली।

मोती को वह साफ झूठ बोलती मालूम हुई।

तभी किसी ने केबिन का पर्दा सरकाया।

एक लाल भभूका चेहरे वाले आदमी ने भीतर झांका।

''तुम यहां बैठी हो!'' – वह कठोर स्वर में बोला – ''और मैं तुम्हें सारे बार में तलाश कर रहा हूं।''

''साहब'' – वह विनीत भाव से बोली – ''यह मेरा रिश्तेदार है जो सत्रह साल बाद मुझे आज मिला है इसलिये मैं जरा . . .''

''अपने रिश्तेदारों से अपने वक्त में मिला करो। अब फौरन उठकर खड़ी होवो और जाकर अपनी सीट पर बैठो।''

रानी घबराकर उठ खड़ी हुई।

मोती ने हाथ बढाकर उसकी बांह थामी और उसे जबरन वापिस बिठा दिया।

''यह कहीं नहीं जा रही।'' – मोती कठोर स्वर में बोला।

''क्या मतलब?'' – वह आंखें निकालता बोला।

''इसने अभी, इसी क्षण, नौकरी छोड़ दी है। जाकर कोई और कैशियर ढूंढ लो।''

''ऐसे कैसे नौकरी छोड़ सकती है यह?''

''सकती है क्या मतलब? छोड़ चुकी है यह नौकरी।''

''यूं छोड़कर जाये यह। मैं देखूंगा कैसे यह महीने की तनखाह हासिल करती है मुझसे।''

''बत्ती बनानी आती है?''

''क्या मतलब?''

''इसकी इस महीने की तनखाह की बना लेना। अब यह भी बताऊं कि उस बत्ती का क्या करना है?''

वह कहरभरी निगाहों से मोती को घूरता रहा। मोती की निगाह झुकती न पाकर वह रानी की तरफ मुड़ा – ''ठीक है। तुम्हारी नौकरी खलास। दफा हो जाओ यहां से।''

''तुम मैनेजर हो या मालिक?'' – मोती बोला।

''मैनेजर।'' – उत्तर मिला।

''तुम नौकरी के काबिल नहीं। यह भटियारखाना मेरा होता तो मैं अभी तुम्हें डिसमिस कर देता। यह कोई तरीका है बार के मेहमानों से पेश आने का! अब जाओ जाकर मैडम के लिये और मेरे लिये ड्रिंक लेकर आओ।''

वह हक्का-बक्का सा मोती का मुंह देखने लगा।

''कम आन'' – मोती ने उसकी नाक के सामने चुटकी बजाई – ''स्नैप आउट आफ इट। मूव युअर ऐस एण्ड गैट अस सम सर्विस। गैट गोइन्ग नाओ।''

पिटा-सा मुंह लेकर मैनेजर वहां से विदा हो गया।

''रहती कहां हो?'' – बाद में कार में मोती ने रानी से पूछा।

''करीब ही एक होस्टल है'' – वह बोली – ''उसी के एक कमरे में।''

''मैं तुम्हें वहां छोड़ आता हूं। तुम वहां से अपना तामझाम समेटो, मुझे तुम्हारे

शहर में कुछ काम है, तब तक मैं अपना काम करके आता हूं।''

''लेकिन . . .''

''दिल्ली में आजकल मैं रैडरोज नामक एक डिस्को चलाता हूं। वहां की अम्मा एकाएक नौकरी छोड़ गयी है। तुमने उसकी जगह लेनी है।''

''अम्मा।''

मोती तनिक हंसा।

''रैडरोज में कैशियर का काम डिस्को के महिला स्टाफ को सम्भालना भी होता है। इसलिये वहां वह ''अम्मा'' कहलाती है।''

''तुम मुझे दिल्ली ले जाना चाहते हो?''

''अपने साथ नहीं। मैं तुम्हें गाड़ी पर चढ़ा दूंगा। मैंने अभी कहीं और जाना है।''

''मैं वापिस दिल्ली जाऊं?''

''कोई एतराज?''

''एतराज तो कोई नहीं लेकिन'' – उसने आह भरी – ''पुराने जख्म फिर हरे हो जायेंगे।''

''सब ठीक हो जायेगा।''

''हवेली का आजकल क्या हाल है?''

''हवेली कब की नीलाम हो चुकी है। उसमें आजकल एक सरकारी दफ्तर खुला हुआ है?''

''और हमारा नशेमन?''

''वह तो कभी हमारा न बन सका। लेकिन अभी भी वह प्रापर्टी यूं ही पड़ी है। सत्रह साल में उसे किसी और ने भी नहीं खरीदा है।''

''ओह!'' – रानी सपनों में खो गयी – ''क्या दिन थे? क्या दिन थे?''

रानी उसे अपने होस्टल तक लायी। वह एक घटिया-सा होस्टल था जिसके एक फटीचर से कमरे में रानी रहती थी। उसने मोती को अपने कमरे में ले जाने की बात पर बहुत आना-कानी की थी लेकिन मोती नहीं माना था।

कमरा देखकर ही उसे लगा था कि वह उसकी उम्मीद से ज्यादा दीन-हीन दशा में रहती थी।

फिर वह खामोशी से एक सूटकेस में अपना सामान भरने लगी।

''कभी तम्हाणे मिला?'' – एकाएक मोती ने पूछा।

''बहुत अरसा पहले एक बार बड़ोदा में मिला था।'' – रानी बोली।

''क्या चाहता था?''

''शादी करना चाहता था मुझसे'' – उसके स्वर में वितृष्णा का पुट आ गया – ''कहता था वह मुझसे मुहब्बत करता था।''

''तुमने इनकार कर दिया?''

''और क्या करती? मैं तुम्हारे डैडी के अलावा किसी से . . .''

वह एकाएक खामोश हो गयी।

''और क्या कहता था, तम्हाणे?''

''वह नशे में था और नशे में उसने एक बड़ी खतरनाक बात कबूल की थी।''

''क्या?''

''यह कि उसने रमानी साहब को धोखा दिया था। फिल्म की लोकेशन शूटिंग दिखाने के लिये जब वह तुम्हें जयपुर अपने साथ लेकर गया था तो वहां भट्टाचार्य का एक आदमी उसे मिला था। बाद में उसी ने तम्हाणे को रिश्वत देकर इस बात के लिये तैयार किया था कि वह कोई ऐसा इन्तजाम करे जिससे कि वे लोग हवेली में घुसकर वहां का टेलीफोन टेप कर सकें और रमानी साहब की स्टडी में कहीं माइक्रोफोन फिट कर सकें।''

''वह काम मेरे सामने हुआ था। तब सिर्फ मुझे मालूम नहीं था कि असल में क्या हो रहा था। वैसे हैरानी है कि तम्हाणे ने अपना यह गुनाह मेरे सामने कभी कबूल न किया।''

''वह मिलता है तुमसे?''

''अक्सर। आजकल वह मेरठ रहता है और खूब पैसे वाला आदमी है। आजकल वो मेरा दोस्त है। और खैरख्वाह भी। मेरे बाप के साथ उसने जो किया

सो किया लेकिन मेरे साथ वह हमेशा बड़ी शराफत और प्रेमभाव से पेश आता है।''

''तुम आगरे कैसे आये?''

''बिजनेस के लिये। आर्डर हासिल करने के लिये।''

''किस चीज का आर्डर?''

''ब्रेसियर का।''

''तुम ब्रेसियर मैनूफैक्चरर भी हो?''

''मैं नहीं। चक्की है। मैं उसका पार्टनर बनने जा रहा हूं।''

''तुम उस चोर के पार्टनर बनने वाले हो?''

''वह कभी मेरे बाप का दायां हाथ था।''

''इसलिये था क्योंकि – गुस्ताखी की माफी देना – तुम्हारा बाप भी चोर था। यह बात मुझे बहुत देर बाद मालूम हुई थी और मुझे अफसोस हुआ था। मोती, अगर तुम्हारे में जरा भी अक्ल है तो मुझे उम्मीद है कि तुम उस आदमी से कोई रिश्ता नहीं रखोगे।''

''चक्की पहले चोर था। लेकिन अपने कुकर्मों की सजा वह काट चुका है। अब वह सुधर चुका है और ईमानदारी की रोटी कमा रहा है। फिलहाल मैं उसके धन्धे को सिर्फ स्टडी करने निकला हूं। धन्धा मुझे जंचेगा तो ही मैं उसमें उसका पार्टनर बनूंगा।''

वह खामोश रही। अब वह मोती के लिये वैसे ही फिक्रमन्द दिखाई दे रही थी, जैसे किसी मां को अपनी औलाद के लिये होना चाहिये। प्रत्यक्षत: उसे चक्की की मोती से रिश्तेदारी पसन्द नहीं थी।

''एक बात बताओ'' – कुछ क्षण बाद वह बड़े संकोचपूर्ण स्वर में बोली – ''कभी अपने डैडी की कोई खबर मिली?''

''सिवाय उस सालाना मनीआर्डर के'' – मोती बोला – ''जो वे मुझे हर जन्मदिन पर भेजते हैं, और जिसके बारे में तुमने अखबारों में अक्सर पढ़ा होगा, मुझे डैडी की कोई खबर नहीं। तुम्हें?''

''मुझे तो उनकी कतई कोई खबर नहीं लेकिन मैं हर क्षण भगवान से यही प्रार्थना करती हूं कि वे जहां भी हों, सही-सलामत हों।''

''डैडी ने वादा किया था कि वे हम दोनों को बहुत जल्द बुला भेजेंगे। मुझे तो शायद वे आन्टी सोफिया को सौंपकर निश्चिन्त हो गये थे लेकिन तुम्हें तो बुलाया होता उन्होंने! जाने से पहले इस बाबत तुम्हारे से भी कोई बात की होगी उन्होंने।''

''की थी'' – वह धीरे से बोली – ''रमानी साहब मुझे दुबई बुलाकर मुझसे शादी करना चाहते थे। मिसेज आवतरमानी बनना मेरी जिन्दगी की बहुत बड़ी अभिलाषा थी जो वे पूरी कर सकते थे लेकिन मोती, तब मुझे एक फरार अपराधी की बीवी बनना कबूल नहीं हुआ था। मैंने उनसे बहुत फरियाद की थी कि वे फरार न हों, यहीं अपना अंजाम भुगत लें और नये सिरे से अपनी जिन्दगी शुरू करें लेकिन वे नहीं माने थे। ऊपर से उन्हें पूरी गारन्टी थी कि जुबानी मैं कुछ भी कहूं लेकिन जब वे मुझे बुलायेंगे तो मैं जरूर जाऊंगी उनके पास। लेकिन'' – उसने असहाय भाव से गरदन हिलाई – ''उन्होंने तो मुझे बुलाया ही नहीं। अपनी नई दुनिया में शायद वे ऐसे रच बस गये कि उन्हें कभी मेरी याद ही न आयी। रमानी साहब ने तो हर किसी से दगा किया। अपने दायें हाथ चक्की तक को नहीं बख्शा उन्होंने। उसे भी डबलक्रॉस किया उन्होंने। उन्हीं की करतूतों की वजह से वह जेल गया था। मोती, इसीलिये तो मैं चाहती हूं कि तुम चक्की से कोई रिश्ता न रखो। तुम्हारे बाप का बदला वह तुमसे उतारने की कोशिश कर सकता है।''

''तुम्हारी कभी चक्की से मुलाकात हुई?''

''एक बार हुई थी। तब वह ताजा-ताजा जेल से छूटा था। तब वह चलने-फिरने से लाचार था। एक नौजवान लड़की उसकी व्हील चेयर ठेलती हुई उसे मेरे पास लायी थी।''

''क्या कहता था वो?''

''वह मुझे रमानी साहब की किसी ऐसी दौलत की कहानी सुना रहा था जिसे कि वह तलाश कर रहा था और जिसकी तलाश में अगर मैं उसकी मदद करती तो जिसमें वह मुझे भी हिस्सा देने को तैयार था। वह रमानी साहब से मेरे ताल्लुकात

से वाकिफ था इसलिये उम्मीद कर रहा था कि वे जरूर मुझसे सम्पर्क बनाये हुए होंगे।''

''जबकि हकीकतन ऐसी बात नहीं?''

उसने इनकार में सिर हिलाया।

''तुमने चक्की को क्या जवाब दिया?''

''वही जो हकीकत थी। मुझे न रमानी साहब की कोई खबर थी और न उनकी करोड़ रुपये की किसी दौलत की।''

''उसे विश्वास हो गया था?''

''हो ही गया होगा जो वह दोबारा कभी लौटकर मेरे पास न आया।''

''आई सी।''

''एक बात मैं तुम्हें और बताती हूं जो मैंने आज तक कभी किसी को नहीं बताई।''

''वह क्या?''

''वो सकलानी नाम का गैंगस्टर भी उस दौलत की फिराक में है।''

''तुम्हें कैसे मालूम?''

''सकलानी के आदमी बड़ौदा में एक बार मुझे दिन-दहाड़े सरेआम, राह चलते उठाकर ले गये थे।''

''अरे!''

''मैं सच कह रही हूं। उन्होंने मुझे एक तहखाने में बन्द कर दिया था और'' – उसके शरीर ने जोर की झुरझुरी ली – ''मेरे साथ बहुत बुरा व्यवहार किया था। मैं रमानी साहब की स्त्री जो समझी जाती थी। वे तो जैसे रमानी साहब की हरकतों का बदला मुझसे उतारने को आमदा थे।''

''वे चाहते क्या थे?''

''वही जो चक्की चाहता था। रमानी साहब या उनकी किसी दौलत की जानकारी। जो कि मुझे थी नहीं।''

''फिर उन्होंने तुम्हें छोड़ दिया था?''

''तब तो छोड़ दिया था लेकिन अभी भी उन बदमाशों का साल में एक फेरा मेरे पास लगता है। अभी भी पहले वे अपने जुल्म का एक ट्रेलर मुझे दिखाते हैं और फिर पूछते हैं कि क्या रमानी साहब की मेरे पास कोई खबर आयी!''

''उनका ऐसा आखिरी फेरा कब लगा था तुम्हारे पास?''

''कोई छ: महीने पहले।''

''कहां?''

''यहीं। मोती, मैंने कई शहर बदले उनसे पीछा छुड़ाने के लिये लेकिन मैं कहीं भी क्यों न जाऊं, उन हरामजादों को मेरी खबर लग जाती है।''

''सकलानी बड़ा साधनसम्पन्न दादा है। उसने जरूर तुम्हारी स्थायी निगरानी का इन्तजाम किया हुआ होगा।''

वह खामोश रही।

''दिल्ली जाने से तुम इसलिये तो नहीं हिचक रही थीं क्योंकि वहां सकलानी रहता है?''

''नहीं, नहीं'' – वह जल्दी से बोली – ''वो बात नहीं। सच पूछो तो सकलानी के सालाना जुल्म की मैं इतनी आदी हो चुकी हूं कि अब मुझे उससे डर नहीं लगता।''

''आई सी।''

''अब तुम नीचे जाकर बैठो। मैं जरा कपड़े बदल लूं।''

मोती ने सहमति में सिर हिलाया और उठ खड़ा हुआ।

नीचे एक डायनिंग हाल था जिसमें उसकी बाहर सड़क की ओर खुलने वाली शीशे की विशाल खिड़की के सामने वह एक कुर्सी पर जा बैठा।

रानी ने चक्की की कहानी के एक और पहलू की तसदीक कर दी थी।

सकलानी आज भी उसके बाप की फिराक में था।

अनायास ही मोती की निगाह बाहर सड़क की ओर उठ गयी।

सड़क के पार के फुटपाथ पर से एक आदमी टहलता हुआ-सा गुजर रहा था। मोती बड़े भावहीन ढंग से उसकी तरफ देख रहा था।

एकाएक वह आदमी ठिठका। वह कुछ क्षण ठिठका खड़ा रहा, कि उसने घूमकर होस्टल की दिशा में देखा। उसकी निगाह डायनिंग हाल की शीशे की खिड़की पर टिक गयी। एक क्षण को जैसे मोती की निगाह उस आदमी की निगाह से लॉक हो गयी।

वह आदमी मुस्कराया।

एकाएक मोती के सारे शरीर से ठण्डक की लहर दौड़ गयी।

वह तोताराम था।

भय से मोती के पेट में मरोड़ उठने लगे। उसके सारे शरीर को जैसे लकवा मार गया। वह हक्का-बक्का-सा बन्द खिड़की से पार फुटपाथ पर खड़े तोताराम को देखता रहा।

फिर तोताराम की मुस्कराहट और मुखर हुई। उसका दायां हाथ ऊपर उठा। मोती को पहले लगा जैसे वह उसका अभिवादन करने जा रहा हो लेकिन उसने ऐसा नहीं किया। उसका वह हाथ उसके कन्धे तक उठा। फिर उसने उस हाथ की पहली उंगली को अपनी गर्दन पर दायें-बायें फिराया।

फिर फिराया।

इशारा स्पष्ट था।

वह मोती की गर्दन रेत देने का इशारा कर रहा था।

फिर जैसे एकाएक वह ठिठका था, वैसे ही एकाएक घूमा और फुटपाथ पर आगे बढ़ गया।

तब जैसे मोती किसी सम्मोहन से मुक्त हुआ।

वह डायनिंग हाल की मेज कुर्सियों के उलझता तूफानी रफ्तार से बाहर को लपका।

जब तक वह सड़क पर पहुंचा तब तक तोतराम का दूर-दूर तक नामोनिशान न था।

□□

कार माथुर चला रहा था। जिस ढंग से वह कार चला रहा था, उससे यह असम्भव लगता था कि कोई उसका पीछा कर रहा हो और उसे उसकी खबर न लगे।

कार में उसके साथ मौजूद मोती को मानना पड़ा कि वह बेहद दक्ष ड्राइवर था।

वह आगरे में मोती के तोताराम से साक्षात्कार से अगला दिन था।

माथुर को जब पूरी तसल्ली हो गयी कि कोई तोताराम या कोई और राम उसके पीछे नहीं लगा हुआ था, तभी उसने भट्टाचार्य की कोठी का रुख किया।

भट्टाचार्य की कोठी राजपुर रोड़ पर ही थी।

उसकी कोठी तक पहुंचने की प्रक्रिया में कार हवेली के आगे से भी गुजरी।

हवेली गैरों के हाथ पहुंच चुकी थी, यह सोच कर ही मोती का मन मसोस गया।

भट्टाचार्य उन्हें कोठी की स्टडी में मिला।

मोती ने उसे सारी दास्तान सुनाई जो कि उसने बहुत गम्भीरता से सुनी।

''यानी कि'' – अन्त में वह बोला – ''बात तो कुछ बनी नहीं ऊपर से घोटाला अलग से हो गया।''

''इसमें मैं क्या कर सकता हूं?'' – मोती बोला।

''कुछ तो कर सकते हो, बेटा। इतने समझदार नौजवान हो तुम। अभी तक तो तुम चक्की जैसे अपाहिज बुढ़ऊ को ही शीशे में न उतार सके। तुम उससे लिस्ट की बाबत पूरी जानकारी निकलवा सकोगे, तभी तो हम तोताराम की तलाश में तुम्हारी कोई मदद कर सकेंगे।''

''मैं कोई मदारी नहीं हूं।'' – मोती तनिक गुस्से में बोला – ''और न ही कोई जेम्स बांड या शरलाक होम्ज।''

''वो तो मैं जानता हूं कि तुम नहीं हो . . . तो आगरे में तो तोताराम ने एक तरह से तुम्हें दर्शन ही दिये मुस्कराते हुए!''

''हां।''

''उसने ऐसा क्यों किया?''

''क्यों किया?''

''मतलब साफ है। वह देखना चाहता था कि सत्तरह सालों के बाद तुम उसे पहचान भी पाते हो या नहीं! उसने देखा कि तुमने उसे पहचान लिया है तो वह तुम्हारा गला काट देने की खामोश धमकी तुम्हें देकर वहां से खिसक गया।''

''तुम्हारे खयाल से वह जानता होगा कि मैं और चक्की किस फिराक में हैं?''

''जरूर जानता होगा वर्ना वह शहर-शहर तुम्हारे पीछे क्यों लगा फिरता? तुमने खुद ही बताया है कि चक्की कहता है कि एक बार किसी ने बड़ी चतुराई से उसके सामान की तलाशी ली थी। ऐसा तोताराम के सिवाय और कौन कर सकता था? और अगर यह काम उसने किया था तो फिर निश्चय ही वह भी लिस्ट की फिराक में है। उस लिस्ट की फिराक में उसका होना आगे यह साबित करता है कि जरूर उस लिस्ट में उसका नाम है।''

''यानी कि अपनी हिफाजत के लिए वह लिस्ट हथियाना चाहता है।''

''जाहिर है।''

''अगर ऐसी बात है तो वह चक्की को पकड़ कर जबरन उससे लिस्ट क्यों नहीं हथिया लेता?''

''अगर वह ऐसा नहीं कर रहा तो जरूर इसकी कोई वजह होगी। मुमकिन है वह बाद में ऐसा करे। मेरी राय में तुम्हें चक्की को सावधान कर देना चाहिए।''

मोती खामोश रहा।

''तुम सफर में कोई सावधानी बरतते हो या नहीं कि कोई तुम्हारा पीछा न कर रहा हो?''

''बरतता हूं लेकिन इतनी नहीं जितनी माथुर ने मुझे आज यहां लाते वक्त बरती।''

''आगे से तुम्हें भरपूर सावधानी बरतनी होगी। जिस ढंग से उसने आगरे में तुम्हें दर्शन दिए है, उससे तो लगता है कि तुम हमेशा ही उसकी निगाह में थे।''

''मैं भविष्य में खयाल रखूंगा। अब जब कि तोताराम जान चुका है कि मैं उसे पहचान सकता हूं तो अब उसका अगला कदम क्या होगा?''

''उसके सामने चार रास्ते हैं।''

''कौन-कौन से?''

''नम्बर एक।'' – भट्टाचार्य उंगलियों पर गिनता हुआ बोला – ''इससे पहले कि तुम उस तक पहुंचो, वह तुम्हारे तक पहुंच जाये। लेकिन इसकी सम्भावना मुझे कम लगती है। उसने अगर ऐसा करना होता तो आगरे में ही कर लिया होता। नम्बर दो, वह गायब हो जाये और ढूंढ़े न मिले। लेकिन गायब हो जाने वाली किस्म का शख्स वह लगता नहीं। उसकी ऐसी नीयत होती तो वह आगरे में तुम्हारे सामने पड़ने का रिस्क ही न उठाता। नम्बर तीन, वह इस उम्मीद में खामोश बैठा रहे कि उसका नाम लिस्ट में नहीं होगा। नम्बर चार, वह किसी प्रकार लिस्ट हथिया ले और फिर तुम तीनों का – तुम्हारा, चक्की का और उसकी सहेली सुजाता का – कत्ल कर दे।''

''वह एक साथ तीन कत्ल करने पर आमादा हो सकता है?''

''वह क्या कर सकता है और क्या नहीं कर सकता, मैं नहीं जानता। मैं सिर्फ सम्भावना बता रहा हूं। मैं सिर्फ यह बता रहा हूं कि मौजूदा हालात में उसके सामने कौन-कौन से रास्ते हैं। लेकिन एक बात पक्की है। अगर वह कत्ल करेगा तो तुम तीनों का करेगा। किसी एक का कत्ल करके खामोश बैठ जाने से उसका मतलब हल नहीं होता। तुम तीनों में से वह जिसे भी छोड़ देगा, वही घबराकर पुलिस के पास पहुंच सकता है। लिस्ट पुलिस के हाथ पहुंच जाने पर उसका फंसना अवश्यम्भावी होगा क्योंकि पुलिस जैसी देशव्यापी संस्था के लिए सवा दो सौ आदमियों को चैक करना मामूली बात होगी। बाई दि वे, तुमने तोताराम को देखा था, इस खबर का चक्की पर क्या असर हुआ था?''

''वह बहुत खुश हुआ था। कहता था कि इसी से साबित होता है कि हम सही राह पर हैं।''

''वह है कहां?''

मोती केवल मुस्कराया।

''मैं उसी की भलाई के लिए उसका पता जानना चाहता हूं, बेटा। उसके सिर

पर मौत मंडरा रही है। हम उसका पता जानते होंगे तो हम उससे दूर रहकर उसकी निगरानी कर सकेंगे। इस तरह वक्त आने पर हम उसे और उसकी सहेली को मौत से बचा सकते हैं।''

''मैंने तुम्हें चक्की का पता बताया तो वह फौरन समझ जायेगा कि मैं तुम लोगों से मिला हुआ हूं।''

''उसे कुछ पता नहीं लगेगा।''

''मैं रिस्क नहीं लेना चाहता।''

''मर्जी तुम्हारी। अब तुम्हारा अगला प्रोग्राम क्या है?''

''वह मुझे राजस्थान भेज रहा है। मैं परसों रवाना हो रहा हूं।''

''कार पर ही?''

''हां। कार पर जाना जरूरी है। जो नाम वह मुझे बता रहा है, वे सारे राजस्थान में बिखरे हुए हैं। कार पर जाना ही सुविधाजनक है।''

''आई सी।''

''वह कहता है कि जब तक मैं उदयपुर पहुंचूंगा, तब तक वह मुझे और नाम भेज देगा। कह रहा है कि इस बार वह मुझे एक सरपराइज भी देगा। पता नहीं क्या सरपराइज देगा वह मुझे।''

''हम अपना कोई आदमी तुम्हारे साथ भेजें? तुम्हें पता नहीं लगेगा कि वह तुम्हारे साथ है लेकिन वह तुम्हारे साथ होगा और वक्त पर काम आयेगा।''

''न।'' – मोती इनकार में सिर हिलाता बोला – ''हो सकता है चक्की ने भी मेरी निगरानी का कोई इन्तजाम किया हुआ हो। अगर उसे तुम्हारे आदमी की खबर लग गयी और वह लिस्ट समेत गायब हो गया तो सब किया धरा मिट्टी में मिल जायेगा।''

''हूं।''

''मेरी गैरहाजिरी में तोताराम के बारे में तुम लोगों ने भी कोई रिसर्च की या नहीं?''

''हमने बहुत रिसर्च की है। हमने तमाम पुराने रिकार्ड टटोले हैं और हर उस

आदमी से बात की है जिसने कभी तुम्हारे बाप के केस पर काम किया था। तुम्हारा बताया तोताराम का हुलिया बहुत काम आया है। दो जनों से उसकी शिनाख्त हुई है। वह दो बार तुम्हारे बाप के करीब देखा गया था। पहली बार मुम्बई में जबकि वह एक फिल्म फाइनांस करने के चक्कर में वहां गया था और जब वह तम्हाणे को बतौर बाडीगार्ड एंगेज करके लाया था। तब वहां तुम्हारे बाप के होटल के बार में तोताराम उससे मिला था और कोई दस मिनट दोनों में वार्तालाप हुआ था।''

''और दूसरी बार?''

''दूसरी बार यहां दिल्ली में ही इलैक्ट्रा के आफिस में। तुम्हारे बाप के गायब होने के कुछ दिन पहले वह इलैक्ट्रा में तुम्हारे बाप से मिलने आया था। तुम्हारे बाप की प्राइवेट सैक्रेट्री हमारी तरफ मिली हुई है। वह अभी भी इलैक्ट्रा की मुलाजमत में है। उसी से हमें यह बात मालूम हुई है।''

''आई सी।''

''इस दूसरी मुलाकात की रिपोर्ट तभी मुझ तक पहुंची थी लेकिन तब मैं उसे सकलानी का कोई ऐसा आदमी समझा था जो कि रुपये का तकाजा करने तुम्हारे बाप के पास पहुंचा था। लेकिन अब लगता है कि यह तोताराम चक्की से भी ज्यादा तुम्हारे बाप के कन्फीडेंस में था। तभी तो उसने चक्की के साथ फरार होने की ऐसी योजना बनाई जिस पर अमल करने का उसका कोई इरादा नहीं था। फरार होने की असल योजना तो उसने चक्की तक को भुलावे में रखकर तोताराम से बनाई थी।''

मोती खामोश रहा।

बड़े दुख के साथ वह सोच रहा था कि क्या उसका बाप वाकई इतना बड़ा धूर्त था जितना कि हर कोई उसे साबित करने की कोशिश कर रहा था।

शाम को मोती अपने डिस्कोथेक रैड रोज पहुंचा।

फ्लोर मैनेजर थामस उसे प्रवेश द्वार के समीप ही मिल गया।

''क्या खबर है?'' – मोती ने अपना परम्परागत सवाल किया।

''बहुत लोगों को आपकी तलाश है, सर।'' – थामस बोला।

''मसलन?''

''एक तो राज बुन्देला साहब ही आपको कई बार पूछ चुके हैं। कई बार फोन आ चुका है उनका। दोपहर को वे खुद भी यहां आये थे।''

''चाहते क्या थे?''

''यह तो उन्होंने मुझे नहीं बताया लेकिन काफी उत्तेजित मालूम होते थे।''

यानी कि मोती के लाख छुपाकर रखने के बावजूद बुन्देला को उसकी चक्की से गंठजोड़ की खबर लग गयी थी।

''और कौन आया था?'' – प्रत्यक्षत: वह बोला।

''दो बड़े खतरनाक दादा लगने वाले आदमी आये थे।''

''उन्हें निकाल बाहर करना था।''

''उनकी शक्लें ही ऐसी थीं, बॉस, वैसे वे बड़ी शराफत से पेश आ रहे थे।''

''क्या चाहते थे?''

''आप ही को पूछ रहे थे वे भी। आपके इन्तजार में कुछ देर रुके थे और फिर यह कहकर चले गये थे कि दोबारा लौट कर आयेंगे।''

''हूं। सुनो। मैं परसों कुछ दिनों के लिए राजस्थान के दौरे पर जा रहा हूं। लेकिन कोई पूछे तो तुम कहना कि मैं पहले ही जा चुका हूं। मैं आज ही अपना फ्लैट छोड़ दूंगा और परसों तक के लिए किसी होटल में चला जाऊंगा। होटल का पता तुम्हें मैं बता दूंगा लेकिन वह पता तुमने बुन्देला साहब को और उन दो दादाओं जैसे किसी आदमी को हरगिज नहीं बताना है। खुद अपना जजमैंट इस्तेमाल करना और उसी को वह पता बताना जिसे बताना निहायत जरूरी हो। औके?''

''यस, सर।''

मोती की निगाह कैशियर के पिंजरे की तरफ उठी जहां कि रानी बैठी थी।

''हमारी नयी ''अम्मा'' का क्या हाल है?'' – उसने पूछा।

''बढिया। काम का उसे पहले से ही तजुर्बा मालूम होता है। लड़कियां भी उससे बहुत खुश हैं।''

''गुड। तुम्हें तम्हाणे नाम के मेरे दोस्त की याद है? वो जो मेरठ से आया करता है?''

''जी हां, याद है।''

''वह कुछ दिन के लिए दिल्ली आ रहा है। अपने दिल्ली प्रवास के दौरान यहां भी वह अक्सर आयेगा। वह रानी को देखेगा तो उससे बातचीत करने की कोशिश जरूर करेगा। रानी उसे पसन्द नहीं करती। मेरी गैरहाजिरी में तुमने इस बात का खास खयाल रखना है कि उन दोनों की मुलाकात की वजह से यहां कोई अप्रिय घटना न घटने पाये।''

''राइट सर।''

''एक बात और मेरी गैरहाजिरी में तुमने यह इन्तजाम भी करना है कि डिस्को बन्द होने पर हर रात को कोई रानी को उसके घर छोड़ने उसके साथ जाये। और अगर वे दोनों दादे यहां वापिस आकर रानी से जरा भी बातचीत करने की कोशिश करें तो रानी को पांच हजार रुपये देकर चण्डीगढ़ भेज देना। उसे कह देना कि वह वहां के एरोमा होटल में ठहरे और जब तक मैं उससे सम्पर्क स्थापित न करूं, वह वहीं रहे। समझ गये?''

''यस, सर।''

रात को मोती कनाट प्लेस के एक होटल में चला गया। वहां से उसने थामस को फोन करके अपना ठिकाना बता दिया और उसे खासतौर से कहा कि अगर चक्की उसे पूछे तो वह उससे वहां फोन करा दे।

उसे थामस से मालूम हुआ कि दोनों दादे वहां फिर आये थे लेकिन उन्होंने रानी की तरफ झांक कर भी नहीं देखा था। उन्होंने फिर मोती को ही पूछा था और थामस ने उन्हें बता दिया था कि वह राजस्थान के दौरे पर रवाना हो चुका था।

चक्की का फोन तो वहां न आया लेकिन अगली सुबह वहां अंकल ग्रैगरी का फोन आया।

''तुमने कल का ईवनिंग न्यूज देखा?'' – वह बोला।

''नहीं।'' – मोती बोला – ''मैं ईवनिंग न्यूज नहीं पढता। कोई खास खबर छपी है उसमें?''

''हां, तुम्हारे लिए तो खास ही है!''

''क्या खबर है?''

''खबर का खुलासा यह है कि इलैक्ट्रा कारपोरेशन के भूतपूर्व चेयरमैन और मैनेजिंग डायरेक्टर गोपाल यशवन्तराय आवतरमानी – जो कि पिछले सत्तरह साल से गायब है – का लड़का अपने पिता के एक पुराने जोड़ीदार के साथ मिलकर अपने पिता की लाश तलाश करने की कोशिश इसलिये कर रहा है ताकि वह उसके बीमे की दस लाख की रकम क्लेम कर सके।''

''आई सी। तो अखबार में भी छप गया यह!''

''बरखुरदार, जो लाख रुपया तुमने मुझे बिना कोई वजह बताये मुझसे लिया था, वह कहीं इसी अभियान के लिए तो नहीं था?''

''आपको अपने रुपये की फिक्र पड़ गयी है क्या? वापिस हासिल करना चाहते हैं आप उसे?''

''अरे नहीं, मैं तो तुम्हें यह बताना चाहता था कि अब यह बात बुन्देला से भी छुपी नहीं रहेगी। अखबार में जो छप गयी है! वह खुद नहीं पढ़ेगा तो कोई और उसका जिक्र कर देगा। बुन्देला को तो मालूम है कि तुम तो अपना इन्श्योरेंस क्लेम कब का सैटल कर चुके हो। फिर वह सोचेगा नहीं कि यह झूठ तुमने क्यों बोला?''

''जरूर सोचेंगे बुन्देला साहब।''

''और फिर वह तुम्हारी फिक्र करेगा।''

''शर्तिया करेंगे। इसीलिए आप मुझ पर एक मेहरबानी कीजिये।''

''क्या?''

''आप उन्हें समझा दीजिये कि वे मेरी फिक्र न करें।''

''यह बात तुम खुद क्यों नहीं करते?''

''क्योंकि मैं उनसे झूठ नहीं बोल सकता। और असली वजह अभी मैं उन्हें बताना नहीं चाहता। अंकल, आप ही मुझ पर मेहरबानी कीजिए।''

''मैं कोशिश करूंगा लेकिन मुझे अपनी कामयाबी पर शक है।''

सम्बन्ध विच्छेद हो गया।

दोपहर को चक्की वहां पहुंचा। बड़ी मुश्किल से छड़ी टेकता हुआ वह मोती के कमरे में दाखिल हुआ और आते ही एक कुर्सी पर ढेर हो गया।

वह कुछ क्षण हांफता रहा और फिर बोला – ''कोई ड्रिंक व्रिंक रखते हो?''

''मैं पीता नहीं हूं।'' – मोती बोला।

''मेहमानों के लिए तो रखा करो!''

''मेहमानों के लिए घर पर रखता हूं।''

उसने एक आह सी भरी और फिर अपनी जेब से एक मैटल की चपटी फ्लास्क निकाली।

''एक गिलास तो दे सकते हो या वह भी नहीं?''

मोती ने एक गिलास और पानी का जग लाकर उसके सामने रख दिया।

फ्लास्क में से तरल पदार्थ चक्की ने गिलास में डाला।

वह जिन थी।

एक पैग पी चुकने के बाद ही उसकी जान में जान आयी।

''कल का ईवनिंग न्यूज देखा?'' – फिर उसने पूछा।

''देखा नहीं।'' – मोती बोला – ''लेकिन हमारी बाबत जो खबर उसमें छपी है उसक़ी खबर मुझे है।''

''वह हमारे बहुत फायदे की खबर है।'' – वह मुदित भाव से बोला – ''वह खबर उस बन्दे तक भी जरूर पहुंचेगी जिसकी कि हमें तलाश है। अब उसे तसल्ली हो जायेगी कि हम उसका कोई अहित करने के लिए उसे तलाश नहीं कर रहे। अब यह भी हो सकता है कि वही हमसे सम्पर्क स्थापित करने की कोशिश करे।''

''तुम इस बार मुझे कोई सरपराइज देने की बात कर रहे थे?''

''हां।''

''क्या सरपराइज दोगे?''

''बरखुरदार, अपने राजस्थान के दौरे पर तुम अकेले नहीं जाओगे।''

''कोई साथ जायेगा मेरे?''

''हां।''

''कौन? तुम?''

''मैं जा सकता तो बात ही क्या थी?''

''तो फिर और कौन? साफ बोलो। खामख्वाह मिस्ट्री मत झाड़ो।''

''सुजाता।''

''सुजाता!''

''उसके साथ की वजह से तुम्हारा दिल तो लगा ही रहेगा, वैसे भी वह तुम्हारे बहुत काम आयेगी। कोई-कोई जानकारी ऐसी भी होती है जिसे मर्द हासिल नहीं कर सकता लेकिन नौजवान लड़की हासिल कर सकती है। वैसे भी वह बेचारी मुझ अपाहिज के साथ बन्धी बन्धी बहुत बोर हो चुकी है।''

''तो तुम उसकी तफरीह के लिए उसे मेरे साथ भेजना चाहते हो?''

''तफरीह भी और बिजनेस भी। एक पंथ दो काज।''

''हम क्या बताएंगे अपने आपको? भाई बहन? मियां बीवी?''

''नहीं।''

''तो?''

''तुम बिजनेस एग्जीक्यूटिव। वह तुम्हारी सैक्रेट्री। वैसे आपसी रजामन्दगी से अगर तुम दोनों में कोई और रिश्ता स्थापित होता है तो मुझे उससे कोई सरोकार नहीं। लिस्ट के कुछ नाम उसे मालूम होंगे जो कि वह समय-समय पर तुम्हें बताती रहेगी। उदयपुर पहुंचने पर वह मुझे फोन करेगी – उसे मालूम है कि उसने कहां फोन करना है – तब मैं उसे और नाम बता दूंगा।''

''हूं।''

''तुमने यह समझदारी की जो अपना फ्लैट छोड़कर यहां आ गये।''

''तुम्हारे पीछे लग कर कोई मेरे इस ठिकाने को जान तो नहीं गया?''

''नहीं। मैं बहुत सावधानी से यहां पहुंचा हूं।''

''वैसे मेरे यहां आने की वजह कुछ और थी।''

''क्या?''

मोती ने उसे पूछते रैड रोज में पहुंचे दो दादाओं के बारे में उसे बताया।

''वे दादे'' – चक्की चिन्तित भाव से बोला – ''सकलानी के अलावा और किसी के नहीं हो सकते। लेकिन मैं तो सकलानी को पहले ही सब कुछ बता चुका हूं!''

''शायद वह ''सब कुछ'' से ज्यादा कुछ जानने का ख्वाहिशमन्द है। तुम उसे फोन करके पूछ क्यों नहीं लेते कि वह और क्या जानना चाहता है?''

''नहीं, नहीं। अब जरूरत नहीं। तुम और सुजाता तो दिल्ली से जा ही रहे हो। मैं भी जाकर ऐसी जगह छुप रहा हूं जहां मुझे कोई तलाश नहीं कर पायेगा। अब मुझे सकलानी की फिक्र करने की जरूरत नहीं।''

''एक बात बताओ। मैं तुम्हें तुम्हारे भरोसे के काबिल शख्स कब लगूंगा?''

''मतलब?''

''मतलब क्या तुमसे छुपा है? क्या यह सच नहीं है कि सुजाता को तुम मेरे साथ इसलिए चिपका रहे हो ताकि वह मेरी निगरानी करती रहे?''

वह खामोश रहा।

''मैं अपनी जान खतरे में डाल रहा हूं, मैं अपना पल्ले का पैसा खर्च कर रहा हूं, और क्या करना होगा मुझे तुम्हारे भरोसे का आदमी बनने के लिए? क्यों तुम मुझे नहीं बताते हो कि लिस्ट तुम्हें कहां से हासिल हुई और मेरे पिता की कौन सी चीज किसी ने बेची थी? तुम तो मुझे अपना पता तक बताने को तैयार नहीं। ऐसे कैसे चलेगा?''

''ऐसे ही चलेगा।'' – वह सख्ती से बोला।

''मैं ऐसे काम नहीं करूंगा।''

''तुम करोगे। अब बीच रास्ते में पहुंच कर तुम वापिस नहीं लौट सकते। जो सीक्रेसी मैं बरत रहा हूं, वह मैं आत्मरक्षा के लिए जरूरी समझता हूं। तुम उस

अजनबी को तलाश करके दिखाओ, फिर मैं तुम्हें सब कुछ बताऊंगा।''

''लेकिन तुम्हारा यूं सीक्रेसी झाड़ना मूर्खता है, खुद तुम्हारे लिए खतरनाक है। मैं और सुजाता तुमसे दूर होंगे तो वह आदमी चुपचाप आकर तुम्हारा गला काट जायेगा।''

''वह मेरा पता कभी नहीं मालूम कर पायेगा। कर भी लेगा तो मैं सावधान रहूंगा।''

''तुम एक अपाहिज आदमी हो। उस खतरनाक आदमी के खिलाफ क्या सावधानी बरत सकते हो?''

''मेरे पास आटोमैटिक रिवाल्वर है।''

''सजायाफ्ता मुजरिम होने की वजह से जिसका लाइसेंस तुम्हारे पास शर्तिया नहीं होगा। वह अकेली रिवाल्वर ही तुम्हें मुसीबत में फंसा देने के लिए काफी होगी।''

''बरखुरदार, कानूनी तौर से मर जाने से गैरकानूनी तौर से जिन्दा रहना कहीं अच्छा है। उस रिवाल्वर की वजह से अपनी जान से हाथ धोये बिना कोई अवांछित व्यक्ति मेरे पास नहीं फटक सकेगा। मैं हर क्षण तैयार और सावधान रहूंगा।''

''लेकिन . . .''

''और फिर अगर तुम इतने ही फिक्रमन्द हो मेरी सलामती के लिए तो तुम उस आदमी का हुलिया बता क्यों नहीं देते हो? तब मुझे कम-से-कम यह तो पता होगा कि मुझे किससे सावधान रहना है। तब अपने दुश्मन को पहचान तो सकूंगा मैं!''

मोती ने तुरन्त निर्णय लिया। उसे लगा कि उन हालात में तोताराम का हुलिया छुपाकर रखने के मुकाबले में चक्की का जिन्दा रहना कहीं ज्यादा जरूरी था।

''सुन लो।'' – वह बोला – ''वह चौड़े कन्धों वाला, गठीले बदन वाला आदमी है लेकिन मोटा नहीं है। उसकी आंखें छोटी हैं, जबड़े मजबूत हैं, होंठ पतले हैं और नाक तोते की चोंच की तरह मुड़ी हुई है। उम्र में इस वक्त वह पचास से ऊपर होगा और . . .''

तभी दरवाजे पर दस्तक पड़ी।

''सुजाता आयी होगी।'' – चक्की बोला – ''उसने मेरा सामान मेरे नये ठिकाने पर पहुंचा कर यहां आना था। लेकिन'' – उसने अपनी कलाई घड़ी पर निगाह डाली – ''इतनी जल्दी कैसे आ गई?''

''शायद कोई और आया हो।'' – मोती ने कहा और फिर दरवाजे की ओर मुंह करके उच्च स्वर में बोला – ''कौन है?''

''मोती!'' – बाहर से एक स्त्री स्वर सुनाई दिया – ''मोती भीतर है न तू?''

''तुम कौन हो?''

''बेटा, आवाज नहीं पहचानते मेरी? मैं तुम्हारी आंटी सोफिया हूं।''

आंटी सोफिया बुढ़ापे में रेत का बोरा बनकर रह गयी थी। उसकी शराबखोरी की आदत और बुढ़ापे की मार ने मिलकर उसे खंडहर बना दिया था। उसका रूपनगर वाला बंगला छोड़ने के बाद से मोती उसे पहली बार देख रहा था। वैसे अंकल ग्रैगरी से उसे मालूम होता रहता था कि वह अभी भी उसी बंगले में रहती थी और पी पीकर जान देने पर आमादा थी।

''हल्लो, माई डियर।'' – वह मोती को गले लगाती बोली – ''एण्ड हल्लो मिस्टर चक्रवर्ती। फैंसी मीटिंग यू हेयर।''

चक्की ने बुरा-सा मुंह बनाते हुए उसका अभिवादन किया।

मोती ने नोट किया कि वह उस वक्त भी जिन पिये थी। अपनी बगल में उसने एक गोल लपेटा हुआ अखबार दबाया हुआ था।

''आन्टी'' – मोती बोला – ''आप यहां कैसे पहुंच गयीं?''

''रैड रोज से तुम्हारा पता मालूम करके आयी हूं।'' – वह एक कुर्सी पर ढेर होती बोली।

''वहां किसने बताया मेरा पता?''

''थामस नाम के उस फैंसी छोकरे ने।''

''लेकिन मैंने तो उसे कहा था कि वह . . .''

''किसी को भी तुम्हारा पता न बताये। है न?''

''हां।''

''मैंने उसे समझाया था कि मैं तुम्हारी आंटी थी। तुम्हारी मां की सगी बहन को ''किसी'' का दर्जा थोड़े ही दे सकता था वह छोकरा? बोलो, दे सकता था?''

मोती खामोश रहा।

''सुना है अब तुमने कोई नया धन्धा पकड़ लिया है। चक्रवर्त्ती की'' – उसने चक्की की तरफ इशारा किया – ''ब्रेसियर मैनूफैक्चरिंग फैक्ट्री में तुम इसके पार्टनर हो गये हो!''

''यह किससे सुना है?''

''यह क्या कोई सीक्रेट है?''

''सीक्रेट तो नहीं है लेकिन . . .''

वह हंसने लगी।

''हंस क्यों रही हो?'' – मोती बोला।

''मोती! मेरे बच्चे! तू समझता है तू अपनी आन्टी को बेवकूफ बना सकता है?''

''मैंने क्या बेवकूफ बनाया है तुम्हें?''

''बनाया नहीं है लेकिन कोशिश कर रहे हो। बेटा, चक्रवर्ती से तुम्हारी पार्टनरशिप कपड़ों की नहीं हीरों की है, यह और कोई समझे न समझे, तुम्हारी आंटी बाखूबी समझती है। तुम गोपाल के हीरों की फिराक में हो। या फिर उस शख्स की फिराक में हो जिसके पास वह हीरे हैं।''

''नानसेंस।'' – मोती बुरा सा मुंह बनाकर बोला।

''यह अखबार में जो छपा है'' – उसने अभी तक अपनी बगल में दबा अखबार निकालकर मोती के सामने लहराया – ''क्या यह भी नानसेंस है? तुम तो सालों पहले अपना इश्योरेन्स क्लेम सैटल कर चुके हो, तो अब कौन से क्लेम के लिए तुम्हें गोपाल की लाश की तलाश है?''

मोती चुप रहा।

''तुम्हें उन हीरों की वजह से अपने बाप की लाश की तलाश है जिनके साथ

मैंने तुम्हें बचपन में खेलते देखा था। वे हीरे या तो अभी भी तुम्हारे बाप की लाश के साथ मौजूद हैं और या फिर उसके हत्यारे के पास हैं। तुम चक्रवर्ती की ब्रेसियर फैक्ट्री का माल नहीं बेच रहे, बल्कि गोपाल के हत्यारे को तलाश कर रहे हो ताकि अगर हीरे उसके पास हों तो तुम उसे ब्लैकमेल करके उससे सारे नहीं तो कुछ प्रतिशत हीरे झटक सको। और अगर हीरे अभी भी गोपाल की लाश के ही साथ कहीं दफन हैं तो तुम उससे लाश का पता मालूम कर सको।''

''यह झूठ है।''

''ओके। झूठ है यह। अब मैं यही झूठ लेकर दिल्ली के सारे अखबार के दफ्तरों के चक्कर लगाना शुरू करती हूं। हीरों की कहानी अखबार में छपने से तुम्हें तो कोई फर्क नहीं पड़ेगा न? झूठ जो ठहरा यह!''

मोती ने असहाय भाव से चक्की की तरफ देखा।

''तुम चाहती क्या हो?'' – चक्की बोला।

''जो खिचड़ी तुम दोनों पका रहे हो, उसमें मैं भी हिस्सा चाहती हूं।'' – सोफिया बोली – ''आखिर सत्तरह साल मैंने हीरों की बाबत अपनी जुबान बन्द रखी है। तुम दोनों ने मुझे भी अपने में शामिल नहीं किया तो मैं हीरों का ऐसा ढोल पीटूंगी कि . . .''

''इसकी जरूरत नहीं पड़ेगी, मैडम।'' – चक्की जल्दी से बोला।

''तो मैं तुम्हारी खिचड़ी में अपने आपको शरीक समझूं?''

''यकीनन। खिचड़ी में ही क्यों?'' – उसने उसे अपनी मैटल की फ्लास्क दिखाई – ''हर चीज में।''

''यह क्या है?'' – वह सन्दिग्ध भाव से बोली।

''जिन! बहुत उम्दा! बहुत जानदार! मोती, जरा अपनी आंटी के लिए एक गिलास तो लाना।''

''तुम बहुत खूबसूरत हो।''

सुजाता ने बड़े भावहीन ढंग से मोती की तरफ देखा।

दिल्ली से रवाना हुए उन्हें एक हफ्ता हो चुका था और उस वक्त वे बीकानेर के एक होटल के डायनिंग हाल में से डिनर लेकर निकल रहे थे।

''वाकई?'' – वह बोली।

''हां।'' – मोती बोला।

''क्या खूबसूरत है मुझमें? मेरी सूरत? मेरी फिगर? मेरी परसनैलिटी? या चक्रवर्ती साहब की लिस्ट की बाबत मेरी जानकारी?''

''तुम समझ रही हो कि उस लिस्ट की वजह से मैं तुम्हारी तारीफ कर रहा हूं?''

''ऐसा नहीं है तो बड़ी खुशी की बात है। है तो जान लो कि मस्का मारकर तुम मुझसे लिस्ट की कोई जानकारी हासिल नहीं कर सकोगे।''

मोती ने एक गहरी सांस छोड़ी और असहाय भाव से गर्दन हिलाई।

''तुम बहुत चालाक आदमी हो।'' – वह बोली।

''क्या चालाकी देखी तुमने मेरी?'' – मोती तनिक उखड़े स्वर में बोला।

''मुझे लगता है'' – वह उसकी बात को अनसुना करती बोली – ''कि चक्रवर्ती साहब ने तुम्हारे से गंठजोड़ करके भारी गलती की है। तुममें कोई ऐसी बात है जिस पर मैं उंगली तो नहीं रख सकती लेकिन जो मुझे बताती है कि जिस अभियान पर हम निकले हैं, अगर हम उसमें कामयाब हो गये तो तुम जरूर उन्हें धोखा दोगे।''

''तुम मुझे गलत समझ रही हो।''

''और तुम्हारी उस पियक्कड़ आंटी को भी अपना पार्टनर बना लेना तो मैं उनकी बहुत बड़ी हिमाकत मानती हूं। मुझे तो उसमें तुम्हारी ही कोई चाल मालूम होती है।''

''लेकिन . . .''

''छोड़ो। कल हमने किस वक्त रवाना होना है?''

''सुबह सबेरे पांच बजे।''

''वह काली एम्बैसेडर, जो तुम समझते थे कि हमारे पीछे लगी हुई थी, दोबारा तो दिखाई दी नहीं!''

''जरूर वह मेरा वहम होगा।''

उसके चेहरे पर आश्वासन के भाव न आये।

पिछले दो दिनों में मोती महसूस कर रहा था कि सुजाता भयभीत थी लेकिन वह अपनी मनोदशा को भरसक छुपाने की कोशिश करती थी।

''तुम डरती हो?''

''क . . . क्या?'' – वह हड़बड़ाकर बोली।

''मैंने पूछा है तुम डरती हो?''

''किससे?''

''उस आदमी से जिसे हम तलाश करने निकले हैं!''

''नहीं तो!'' – वह खोखले स्वर में बोली – ''आखिर हम दो हैं। वो अकेला हम दो जनों का क्या बिगाड़ सकता है?''

वह आगे बढ़ी।

''तुम अपने कमरे में अकेली होवोगी।'' – मोती अर्थपूर्ण स्वर में बोला।

''मतलब?''

''तनहाई बहुत डराने वाली चीज होती है। उससे बचने का मैं तुम्हें एक बड़ा अच्छा तरीका बता सकता हूं।''

''क्या?''

''आज रात मेरे साथ सो कर देखो।''

उसने उत्तर न दिया। वह कुछ क्षण अपलक उसकी तरफ देखती रही और फिर उसे ''गुडनाइट'' तक कहे बिना अपने कमरे की तरफ बढ़ गयी।

अगले दिन वे जैसलमेर के लिये रवाना होने वाले थे।

दिल्ली में आन्टी सोफिया ने उन लोगों का आसानी से पीछा नहीं छोड़ दिया था। उसकी तभी तसल्ली हुई थी जबकि चक्की ने उसे भी हीरों की बरामदी में पार्टनर कबलू कर लिया था। उसे यह बताकर, कि उसने और मोती ने उस अभियान में एक-एक लाख रुपये की पूंजी लगाई हुई थी, वह सोफिया से नकद पचास हजार रुपये ऐंठने में भी कामयाब हो गया था जो कि सोफिया भगवान जाने

कहां से लाई थी। वे पचास हजार रुपये भी चक्की की मनी बैल्ट में बाकी रकम के साथ जमा हो गये थे। सोफिया को यूं शीशे में उतारने में उस जिन का भी बड़ा हाथ था जो कि पहले से ही नशा किये हुए सोफिया को चक्की ने पिलाई थी। बहरहाल वह पचास हजार रुपये पल्ले से लगाकर दस करोड़ के हीरों के बीस प्रतिशत की भागीदार बन गयी थी। बाद में नशा उतरने पर अगर उसे कोई पछतावा हुआ था या अपनी पल्ले की रकम की फिक्र हुई थी तो तब तक चक्की दिल्ली से गायब हो चुका था और मोती अपने दौरे पर रवाना हो चुका था।

सोफिया की कथित भागीदारी की खबर मोती ने भट्टाचार्य को दी थी। भट्टाचार्य बहुत चिन्तित हुआ था। बकौल उसके वह निहायत गैरजिम्मेदार औरत कभी भी नशे की तरंग में किसी के सामने मुंह फाड़ सकती थी और अपने को पचास हजार रुपयों से ठगी जा चुकी मानकर चक्की और मोती की शिकायत लेकर पुलिस तक के पास पहुंच सकती थी।

लेकिन अब जो होना था, वो हो चुका था।

उस रात भी मोती सुजाता के नौजवान जिस्म के सपने लेता अकेला ही सोया।

वैसी पत्थर जैसी बेहिस औरत उसने पहले कभी नहीं देखी थी।

वैसे बहुत पत्थर उसने पिघलाये थे लेकिन वह पत्थर उससे नहीं पिघल रहा था।

सुबह मोती कार चला रहा था और सुजाता उसकी बगल की सीट पर अधलेटी-सी बैठी ऊंघ रही थी। वह एक सादी फ्राक पहने थी जिसमें वह बहुत कमसिन लग रही थी। अपने सिर पर वह एक गोल्फ कैप पहने थी जिसमें उसका खूबसूरत चेहरा और भी खूबसूरत लग रहा था।

सड़क रेगिस्तान के बीच में गुजर रही थी। दोनों तरफ रेत-ही-रेत थी।

''कैसा है नजारा?'' – मोती बोला।

''घटिया'' – वह बोली – ''बेकार! भुतहा!''

''राजस्थान के रेगिस्तान तो बड़े रोमान्टिक माने जाते हैं! लोग दूर-दूर से देखने आते हैं।''

''अक्ल के अन्धे कहीं भी पाये जा सकते हैं। दूर भी और करीब भी।''

''एक बात पूछूं?''

''पूछो।''

''बतौर मर्द क्या मैं वाकई किसी काम का नहीं?''

''यह तुम इसलिये पूछ रहे हो क्योंकि मैं रात तुम्हारे बिस्तर में गुजारना कबूल नहीं करती?''

''यह बात नहीं'' – मोती हड़बड़ाकर बोला – ''वैसा तो मैं सिर्फ फर्ज के तौर पर कह रहा था।''

''फर्ज के तौर पर?''

''हां। औरतों को ऐसा इशारा न मिले तो वे इसे अपनी तौहीन जो मानती हैं! औरत को इस बात में अपनी शान जो मालूम होती है कि कोई उससे प्रणय निवेदन करे और वह उसे ठुकरा दे!''

''मैं वैसी औरत नहीं।''

''जानकर खुशी हुई। अब भविष्य में कोई ऐसी बात मैं तुम्हें नहीं कहूंगा।''

''भविष्य किसने देखा है? कल को कुछ भी हो सकता है।''

''ओह! तो तुम चाहती हो कि मैं अपने तोते जैसी रट इस उम्मीद में जारी रखूं कि कभी तुम्हारी न हां में भी बदलेगी।''

''क्या हर्ज है?''

''हर्ज तो कोई नहीं!''

''फिर?''

''ठीक है। ऐसे ही सही। अब एक बात और कहूं?''

''कहो।''

''मुझे साफ दिखाई दे रहा है कि मेरे साथ आकर तुम राजी नहीं हो। तुम भयभीत भी हो लेकिन किसी मुलाहजे में फंसकर, चक्की की खातिर, तुम इनकार नहीं कर सकी हो मेरे साथ आने से। कहो कि मैं गलत कह रहा हूं!''

''तुम ठीक कह रहे हो।''

''क्या मुलाहजा है तुम्हारा चक्की से? कैसे फंस गयीं तुम बुढऊ के साथ?''

''मुझ पर उनके बहुत अहसान हैं? चक्रवर्ती साहब ने मुझे बहुत जलालत की जिन्दगी से बचाया है। वे न होते तो मैं या तो जेल में सड़ रही होती और या किसी थर्ड क्लास कोठे पर बैठी हुई होती। तुमने ठीक पहचाना है, मैं वाकई बहुत भयभीत हूं लेकिन मैं बुज़ुर्गवार का कहा नहीं मोड़ सकती।''

''तुम्हारा बाप वाकेई चक्की के साथ जेल में था?''

''हां। जेल में ही मरा था वो। मां मेरी वेश्या थी। और कोई तरीका जो नहीं था उसके पास अपना और मेरा पेट पालने का! फिर मेरी मां के ही किसी ग्राहक ने चाकू से उसका पेट फाड़ डाला था और वह मर गयी थी। तब मैं पन्द्रह साल की थी। मेरे सिर से मां का साया उठते ही जिन लोगों के बीच हम रहते थे, वे भूखे भेड़ियों की तरह मुझ पर झपट पड़ने को आमादा थे। ऐसे माहौल में खुदाई फरिश्ते की तरह मेरा मुहाफिज बनकर अपने जेल के दिवगंत साथी के परिवार को तलाश करते हुए चक्रवर्ती साहब मेरे पास पहुंचे थे और मैं अपने एक निहायत खतरनाक अंजाम से बची थी।''

''चक्की के जेल से छूटने के वक्त से ही तुम उसके साथ हो?''

''हां।''

''ठीक निभती है तुम दोनों की?''

''क्यों न निभती? हम दोनों को ही एक-दूसरे की जरूरत जो थी! उन्हें अपाहिज होने की वजह से किसी का सहारा चाहिये था और मुझ अनाथ को किसी ऐसे शख्स की सरपरस्ती चाहिये थी जो कि मेरा जिस्म नोचने को तत्पर भेड़ियों से मुझे बचा सकता।''

''वो खुद नहीं बना भेड़िया?''

''नहीं बना। इसलिये नहीं क्योंकि वह बहुत शरीफ है और अपने दोस्त की बेटी को अपनी बेटी के समान मानता है बल्कि इसलिये कि भेड़िया बनना उसके बस की बात नहीं।''

''चाहता तो बहुत होगा भेड़िया बनना!''

''चाहता कौन नहीं! तुम नहीं चाहते?''

''भेड़िया नहीं बनना चाहता मैं। ऐसी कोई मर्जी होती मेरी तो अब तक कब का हजम कर गया होता मैं तुम्हें।''

वह हंसी।

''उसके साथ ऐसे कब तक जिन्दगी कटेगी तुम्हारी?''

''फिलहाल तो कट ही रही है।''

''तुम्हें कोई शिकायत नहीं अपनी मौजूदा जिन्दगी से?''

''फिलहाल तो नहीं है। सिवाय इस मौजूदा अभियान के। मैं डरपोक नहीं हूं लेकिन फिर भी बहुत भयभीत हूं। मुझे हर क्षण यही लगता है कि मैं किसी बहुत भारी खतरे में गहरी, और गहरी, धंसती चली जा रही हूं।''

''चक्की तुमसे छुपाता तो कुछ नहीं होगा?''

''नहीं छुपाता।''

''फिर तो उसने तुम्हें यह भी बताया होगा कि जिस आदमी को हम तलाश कर रहे हैं, हमारा उसे ब्लैकमेल करने का भी इरादा है?''

''मुझे मालूम है। लेकिन अगर तुम्हारे डैडी की लाश ही मिल गयी तो हो सकता है, ऐसी नौबत न आये।''

''लाश की तलाश चक्की तुम्हारे साथ भी तो करता रहा था?''

''हां। पूछताछ तो करते ही थे! लेकिन ज्यादा होशियारी उन्हें लिस्ट हासिल होने के बाद से ही आयी है। तब से पहले मुझे उनके कामयाब होने की कोई उम्मीद नहीं थी।''

''अब है?''

''हां। अब तो है। तुम्हारी वजह से है। लेकिन दरअसल भयभीत मैं इस बात से हूं कि अगर वह आदमी तुम्हारे डैडी का हत्यारा है तो वह हमारी भी हत्या करने की कोशिश कर सकता है।''

''सच पूछो तो इस बात की दहशत तो मुझे भी है।''

''अगर हम उसे तलाश करने में कामयाब हो गये तो वह हमसे वैसी कोई

सौदेबाजी करने को तैयार हो जायेगा जैसी कि चक्रवर्ती साहब उम्मीद कर रहे हैं?''

''हो भी सकता है, नहीं भी हो सकता है। अभी क्या कहा जा सकता है।''

सुजाता फिर न बोली।

मोती भी खामोशी से कार चलाता रहा।

तीन घंटे की लगातार ड्राइव के बाद वे सजनगढ़ नामक एक कस्बे में पहुंचे जहां कि उन्होंने आमलेट और चाय का नाश्ता किया।

एक घन्टे बाद वे फिर आगे बढ़ चले।

अभी वे कस्बे से दस मील ही बाहर आये थे कि एकाएक कार का इंजन खड़खड़ करने लगा।

मोती ने कार को सड़क के किनारे लगाकर रोका।

उसने आगे जाकर उसका हुड उठाया तो भीतर से धुंये का गुबार-सा उठा।

उसने गाड़ी का और मुआयना किया तो पाया कि रेडीयेटर लीक कर रहा था।

''क्या हुआ?'' – सुजाता ने पूछा।

''रेडियेटर के पाइप में छेद हो गया है। पानी न होने की वजह से गाड़ी बहुत गर्म हो गयी है।''

''तो?''

''पाइप नया लाना होगा। पानी भी लाना होगा।''

''गाड़ी घुमाकर वापिस उस कस्बे में ले चलो जहां हमने ब्रेकफास्ट किया था।''

''गाड़ी अब नहीं चलने की।''

''तो क्या होगा?''

''कस्बे में वापिस पैदल जाना पड़ेगा।''

''वो तो मीलों पीछे रह गया है!''

''दस मील।''

''तुम मुझे दस मील पैदल चलाना चाहते हो?''

''और कोई चारा नहीं।''

''मैं नहीं चल सकती।''

''तो तुम यहीं ठहरो, मैं जाता हूं।''

''मैं यहां अकेली ठहरूं?'' – वह घबराकर बोली।

''मजबूरी है।''

''नहीं, नहीं। मुझे अकेली छोड़कर न जाना।''

''फिर कैसे बात बनेगी?''

''कोई और तरकीब सोचो।''

''और तरकीब तो यही है कि यहां इन्तजार करते हैं। कभी न-कभी तो सड़क से कोई और गाड़ी गुजरेगी ही। उसी को रोककर उससे मदद मांगेगे।''

''अगर न गुजरी तो?''

''ऐसा कैसे हो सकता है? मुझे तो अभी ही किसी गाड़ी के इंजन की आवाज़ सुनाई दे रही है।''

दोनों कान लगाकर सुनने लगे।

आवाज कस्बे की तरफ से आ रही थी।

दोनों आशापूर्ण निगाहों से उधर सड़क पर देखने लगे।

कुछ क्षण बाद सड़क पर एक वाहन प्रकट हुआ। वह और करीब पहुंचा तो उन्होंने देखा कि वह एक मैटाडोर थी।

''यह रुकेगा?'' – सुजाता सशंक भाव से बोली।

''उम्मीद तो है।'' – मोती बोला।

वह सड़क के बीच में जा खड़ा हुआ और अपने दोनों हाथ उठाकर मैटाडोर को रुकने का इशारा करने लगा।

वह और समीप पहुंची तो मोती ने देखा कि मैटाडोर में ड्राइवर के अलावा और कोई नहीं था। ड्राइवर एक फौजियों जैसा बड़ा-सा हैट पहने हुए था जिसकी वजह से उसका चेहरा दिखाई नहीं दे रहा था।

मैटाडोर उनकी कार से थोड़ा परे पहुंचकर रुकी। उसकी ड्राइविंग सीट की ओर का दरवाजा खुला और हैट वाला मैटाडोर से बाहर कूदा। वह मैली-सी जींस और

टी शर्ट पहने एक गठीले बदन और चौड़े कन्धों वाला व्यक्ति था। उसके हाथ में एक रायफल थी जिसकी नाल का रुख मोती की तरफ था।

आशंका से मोती की सांस सूखने लगी।

रायफल वाले ने बड़े ड्रामेटिक अन्दाज से अपना हैट अपने माथे से पीछे सरकाया। तब उसकी सूरत पर मोती की निगाह पड़ी।

वह सन्नाटे में आ गया।

वह तोताराम था।

हैट उसने जरूर इसीलिये लगाया था ताकि जब तक वह उसके सिर पर न पहुंच जाये, मोती उसे पहचान न सके।

मोती के सारे शरीर में भय की लहर दौड़ गयी। उस वक्त उसकी मनोदशा वैसी ही थी जैसी तब थी जब वह उसके बचपन में हवेली में मोती से टकराया था। उसे अपने आप पर गुस्सा भी आ रहा था कि वह क्यों इतनी सहूलियत से बेवकूफ बन गया था। जरूर कस्बे में जब वे ब्रेकफास्ट कर रहे थे तो उसी ने उनकी कार के रेडीयेटर के पाइप में छेद कर दिया था ताकि वे कस्बे से बाहर निकलकर उस उजाड़ सड़क पर फंस जाते।

मोती को इस बात का भी अफसोस था कि उसकी रिवाल्वर उस वक्त उसके पास होने की जगह कार में थी।

तोताराम और करीब आया।

''अपने हाथ उठा लो।'' – उसने आदेश दिया।

''जरूर'' – मोती बोला – ''लेकिन रायफल की क्या जरूरत है? हम तुम्हारे दुश्मन नहीं। हम तुमसे बात करना चाहते हैं और . . .''

बाकी के शब्द मोती के मुंह में ही रह गये।

रायफल का कुन्दा उसकी खोपड़ी से टकराया।

प्रहार इतना करारा था कि धूल चाटने से पहले ही वह बेहोश हो चुका था।

उसे होश आया तो उसे सबसे पहले इंजन की आवाज सुनाई दी। उसने आंखें

खोलीं तो पाया कि वह मैटाडोर की एक सीट पर एक पहलू के बल पड़ा था। उसके हाथ-पांव बन्धे हुए थे और मुंह पर भी कपड़ा बन्धा हुआ था। मैटाडोर चल रही थी इसलिये उसका शरीर बुरी तरह से हिचकोले खा रहा था। उसका सिर फोड़े की तरह दुख रहा था।

उसने अपने सामने निगाह दौड़ाई तो अपने ही जैसी हालत में सुजाता को भी पाया। वह बुरी तरह से आतंकित थी और उसकी आंखों से झर-झर आंसू बह रहे थे। उसके पैरों के पास उसका हैंडबैग पड़ा हुआ था। किसी प्रकार हैंडबैग का मुंह खुल गया था और उसके भीतर का सामान, उसकी लिपस्टिक, कम्पैक्ट, धूप का चश्मा वगैरह उससे बाहर उसके सामने छितरा गये थे।

मोती ने मजबूती से अपने आपको काबू में किया और धीरे-धीरे हैंडबैग की तरफ सरकने का उपक्रम करने लगा।

अभी वह मुश्किल से कुछ इंच ही सरक पाया था कि एकाएक मैटाडोर रुक गयी।

एक दरवाजा खुला और बन्द हुआ।

फर्श पर भारी कदमों के पड़ने की आवाज आयी।

मैटाडोर का पिछला दरवाजा खुला।

तोताराम ने स्थिर नेत्रों से दोनों का मुआयना किया।

''नींद खुल गयी तुम्हारी?'' – मोती को अपनी ओर देखता पाकर वह व्यंग्यपूर्ण स्वर में बोला।

जवाब में मोती सिर्फ मुंह से गों गों की आवाज निकाल सका।

उसने रेत के बोरे की तरह सुजाता को उठाया और उसे मैटाडोर से बाहर नीचे जमीन पर डाल दिया।

वह फिर मोती की तरफ आकर्षित हुआ।

''बचपन में मैंने तुम्हें कुछ समझाया था।'' – वह बोला – ''उसे याद रखा होता तो आज तुम्हारी यह गत न बनती।''

उसने आगे हाथ बढ़ा कर मोती के बाल थामे और उसके सिर को जोर से

मैटाडोर की खिड़की के साथ टकराया।

मोती की चेतना फिर लुप्त हो गयी।

अपने सायं-सायं करते सिर को सम्भालते हुए मोती ने फिर आंखें खोलीं। तोताराम का विकराल चेहरा उसे तब भी अपनी आंखों के सामने लहराता दिखाई दिया। अब उसे गारन्टी थी कि वह शख्स मोती के साथ कोई सौदेबाजी करने का ख्वाहिशमन्द नहीं था। उसने मोती को छोड़कर ज्यादा कमजोर कड़ी सुजाता को चुना था। जो वह जानना चाहता था, वह सुजाता से ज्यादा सहूलियत से जान सकता था। एक बार अपना मतलब हल हो जाने के बाद यह निश्चित था कि उसने दोनों का कत्ल कर देना था।

बाहर से सुजाता के बोलने की आवाज आ रही थी। वह बहुत आतंकित भाव से बहुत जल्दी-जल्दी बोल रही थी। वह फरियाद कर रही थी कि तोताराम को चक्की से मिलना चाहिये था। उससे तोताराम को बहुत फायदा पहुंच सकता था। चक्की बहुत पैसे वाला आदमी था . . .

मोती ने देखा सुजाता का खुला हैंडबैग अभी भी उसके सामने पड़ा था। बड़ी कठिनाई से सरकता हुआ वह उसके करीब पहुंचा। किसी प्रकार पांव मारकर उसने सुजाता का धूप का चश्मा नीचे गिरा दिया। फिर उसने खुद को भी सीट से नीचे लुढ़क जाने दिया।

वह मन-ही-मन भगवान से प्रार्थना करने लगा कि उसके धम्म से मैटाडोर के फर्श पर गिरने की आवाज बाहर तोताराम के कानों तक न पहुंची हो।

''नहीं।'' – सुजाता आतंकित भाव से चिल्लाई – ''ऐसा न करना।''

मोती ने चश्मे को अपने जूते के नीचे लिया और जोर से उसे दबाया। चश्मा टूट गया। उसके लैंस का एक बड़ा सा टुकड़ा उसने अपने बन्धे हाथों की उंगलियों में पकड़ लिया। उस टुकड़े को वह अपने टखनों से लिपटी रस्सी के साथ रगड़ने लगा।

रस्सी धीरे-धीरे छिलने लगी।

वह बहुत सब्र का काम था। शीशे पर ज्यादा जोर डालने पर शीशा टूट सकता था और उसके इधर-उधर चलने से उसकी कलाईयां कट सकती थीं।

बाहर से ऐसी आवाज आयी जैसी तोताराम ने सुजाता को थप्पड़ मारा हो।

सुजाता का रोना चिल्लाना तुरन्त बन्द हो गया।

''देख!'' – तोताराम बोला – ''मेरे साथ होशियारी दिखायेगी तो मैं तुम दोनों को जान से मार डालूंगा। अगर अपनी और उस छोकरे की जान बचाना चाहती है तो जो मैं पूछता हूं, उसका सच सच जवाब दे। समझी? मैं खून खराबा पसन्द नहीं करता लेकिन जरूरत पड़ने पर कुछ भी कर सकता हूं। इतनी अक्ल तुझे होनी चाहिए कि तेरा रोना चिल्लाना यहां तेरे किसी काम नहीं आने वाला। तेरी दाद-फरियाद सुनने वाला यहां मीलों दूर तक कोई नहीं। अगर तूने मेरे सवालों का जवाब नहीं दिया तो मैं आज यहां तुझे होली की तरह जला दूंगा। जल के मरना चाहती है तो तेरी मर्जी है वर्ना बता कि उस बुढ़ऊ को मेरी कैसे खबर हुई?''

''ठाकरे के शेयर सर्टिफिकेट की वजह से।'' – सुजाता बोली।

मोती बदस्तूर शीशे के टुकड़े को रस्सियों पर घिस रहा था।

''लिस्ट! बुढ़ऊ को वो कहां से हासिल हुई?''

''अग्रवाल की बहन से। वह अपने क्लायन्टों की लिस्ट बना कर रखता था। एक डायरी में उसने सबके नाम पते लिखे हुए थे। वह डायरी उसकी बहन के पास थी।''

''इस बात को कौन-कौन जानता है?''

रस्सी काफी कट गयी तो उसने उसे शीशे से घिसना बन्द कर दिया। वह अपने टखनों को एक दूसरे से विपरीत दिशा में उमेठने लगा।

''मेरे और चक्रवर्ती साहब के अलावा और कोई नहीं। मोती तक नहीं जानता।''

''उस डायरी की कोई नकल, कोई कापी भी है?''

''नहीं।''

''अब वो डायरी चक्रवर्ती के पास है?''

''हां।''

''कहां रखता है वो उसे?''

''अपनी व्हील चेयर में। व्हील चेयर की सीट के नीचे एक खाना है जिसमें वह उस डायरी को छुपाकर रखता है।''

मोती के टखनों के गिर्द लिपटी रस्सी एकाएक खुल गयी। उसके पांव आजाद हो गये। वह अपने पैरों को जल्दी-जल्दी आगे पीछे चलाता उनमें रक्त का प्रवाह व्यवस्थित करने की कोशिश करने लगा।

अपने पैरों की उंगलियों की मदद से बड़ी मुश्किल से उसने अपने मुंह पर बन्धा कपड़ा खोला।

हाथ उसके अभी भी बन्धे हुए थे।

लेकिन हाथ खोलने के भागीरथ प्रयत्नों में समय नष्ट करना अब उसे न्यायोचित नहीं लग रहा था।

''बुढ़ऊ अब कहां है?''

मोती मैटाडोर के दरवाजे के करीब पहुंचा। उसने दरवाजे को तनिक धक्का दिया तो उसे खुला पाया। उसने दरवाजा थोड़ा-सा खोलकर बाहर झांका।

मैटाडोर जहां खड़ी थी, वहां चारों तरफ ऊंची-ऊंची पथरीली चट्टानें थीं। उससे कोई दस गज दूर एक ठूंठ था जिसके साथ सुजाता बन्धी हुई थी। उसके पैरों के करीब तोताराम उकडू बैठा हुआ था। उसका शरीर तनिक सरका तो मोती ने देखा कि उसने सुजाता के पैरों के साथ सूखी घास फूस और फटे पुराने कपड़ों की कत्तरें बांधी हुई थीं। करीब ही एक पैट्रोल का डिब्बा पड़ा था जो कि उसकी नीयत की साफ चुगली कर रहा था।

''अगर तुमने जवाब नहीं देना'' – तोताराम बोला – ''तो मैं अपना प्रोग्राम शुरू करूं?''

उसने पेट्रोल के डिब्बे की तरफ हाथ बढ़ाया।

''नहीं, नहीं, ऐसा न करना।'' – सुजाता तड़प कर बोली – ''ऐसा न करना।''

''तो जवाब दे। पता बोल बुढ़ऊ का।''

''होटल हंस। सूरज कुण्ड। वहां उसका नाम शरत सान्याल है।''

मोती ने हौले से मैटाडोर से बाहर जमीन पर कदम रखा। समीप ही एक पत्थर पड़ा था जो उसने अपने बंधे हाथों से उठा लिया। फिर वह दबे पांव तोताराम की तरफ बढ़ा।

तभी सुजाता की उस पर निगाह पड़ गयी।

उसके नेत्र फट पड़े।

उसके चेहरे पर एक निगाह पड़ते ही तोताराम सीधा हुआ, वापिस घूमा, उसका हाथ अपनी बैल्ट में खुंसी रिवाल्वर की तरफ बढ़ा।

मोती जान छोड़ कर उसकी तरफ भागा।

यह मोती का दुर्भाग्य था कि उसे आजाद देखकर तोताराम तनिक भी न बौखलाया। अपनी रिवाल्वर से उसने अन्धाधुंध फायर न किया। उसने बड़े इतमीनान से अपना रिवाल्वर वाला हाथ उठाया और सावधानी से उसका निशाना लिया।

साथ ही यह मोती का सौभाग्य था कि रस्सी केवल सुजाता की कमर से लिपटी हुई थी। उसकी टांगे ठूंठ के साथ नहीं बन्धी हुई थीं, इसी बात ने मोती को उसकी निश्चित मौत से बचाया।

सुजाता ने अपनी टांगें सामने को उछाल कर अपने पैरों का प्रहार तोताराम पर किया। तोताराम का सन्तुलन बिगड़ गया और ऐन मौके पर उसकी रिवाल्वर की नाल का रुख आसमान की तरफ हो गया। तभी मोती उसके सिर पर पहुंच गया। हाथ में थामे पत्थर का प्रहार उसने तोताराम के रिवाल्वर वाले हाथ पर किया। तोताराम जोर से चिल्लाया। रिवाल्वर उसके हाथ से निकल गयी।

मोती छिटक कर परे जा गिरी रिवाल्वर की तरफ झपटा। तोताराम ने उसकी कमर में हाथ डालकर उसे वापिस घसीट लिया। दोनों एक दूसरे से गुत्थम-गुत्था हुए जमीन पर लुढ़कने लगे। जब वे स्थिर हुए तो तोताराम मोती के ऊपर था। वह जोर-जोर से मोती के चेहरे पर प्रहार करने लगा। मोती ने अपनी टांगें इकट्ठी की और बड़ी मुश्किल से उसे अपने ऊपर से धकेला।

दोनों फिर रिवाल्वर पर झपटे। तोताराम रिवाल्वर के करीब था लेकिन ज्यों ही उसका हाथ रिवाल्वर तक पहुंचा, मोती ने पांव की ठोकर चलाई। रिवाल्वर उछलकर कई गज दूर जा गिरी। तोताराम रिवाल्वर उठाने के उपक्रम में उकड़ू हो चुका था। लेकिन मोती अपने पैरों पर था इसलिए तोताराम के सीधा होते होते वह रिवाल्वर के पीछे उससे आगे निकल चुका था।

आंधी तूफान की तरफ मोती रिवाल्वर तक पहुंचा। उसने अपने बंधे हाथों से रिवाल्वर उठाई और तोताराम की तरफ घूमा।

तब उसने देखा कि तोताराम उसकी तरह उसके पीछे रिवाल्वर की तरफ भागने की जगह मैटाडोर की तरफ भागा था और इस वक्त वह उसमें से अपनी रायफल निकाल रहा था।

अब दोनों के बीच में साठ सत्तर गज का फासला था।

इतने फासले से बंधे हाथों से तोताराम को रिवाल्वर का निशाना बना पाना असम्भव था जबकि तोताराम बड़ी आसानी से उसे रायफल का निशाना बना सकता था।

गोली चलाने का खयाल छोड़कर वह एक ऊंची चट्टान की ओट लेने के लिए उसकी तरफ लपका।

तभी रायफल का पहला फायर हुआ।

मोती जानता था कि चट्टान की ओट उसके लिए कोई बहुत बड़ी राहत नहीं थी। तोताराम उसके करीब आने के स्थान पर दूर-दूर से ही उसका घेरा काट कर उसके पीछे पहुंच सकता था।

एक गोली उससे सिर्फ एक फुट दूर जमीन से टकराई।

तोताराम ने भी एक चट्टान की ओट ले ली थी जिसके पीछे से उसका सिर और कन्धे कभी-कभी दिखाई दे जाते थे। उस पर फायर करने की कोशिश में मोती का अपनी चट्टान की ओट से निकलना जरूरी थी जैसा करना कि उसकी निश्चित मौत साबित हो सकता था।

आतंकित मोती का दिमाग तेजी से बचाव की कोई तरकीब सोच रहा था।

फिर उसका ध्यान मैटाडोर की तरफ गया।

मैटाडोर उस वक्त ऐसी स्थिति में थी कि वह चट्टान की ओट छोड़े बगैर भी उस पर फायर कर सकता था।

अगर वह मैटाडोर को निष्कृय कर पाता तो तोताराम उस उजाड़ बियाबान जगह पर फंस सकता था जो कि शायद वह न चाहता।

यानी कि वह मैटाडोर की रक्षा करने की कोशिश कर सकता था और इस कोशिश में अपनी चट्टान के पीछे से निकल सकता था।

पूरी सावधानी से मोती ने मैटाडोर पर फायर किया।

गोली एक टन्न की आवाज के साथ मैटाडोर की बॉडी से टकराई।

तोताराम फौरन मोती का इरादा समझ गया। वह मैटाडोर की तरफ भागा। मोती ने उस पर फायर किया लेकिन गोली उसके करीब से भी न गुजरी। अगली गोली चलाने से पहले मोती ठिठका। बंधे हाथों से वह बड़ी कठिनाई से रिवाल्वर का चैम्बर खोल पाया। उसने देखा भीतर केवल तीन गोलियां बाकी थीं। तोताराम को भी निश्चय ही मालूम था कि उसमें पांच गोलियां थी जिनमें से दो वह चला चुका था – आखिर रिवाल्वर उसकी थी। बाकी तीन गोलियां जाया हो जाने के बाद तो वह उसे आकर मच्छर की तरह मसल सकता था।

तोताराम निर्विघ्न मैटाडोर में जा सवार हुआ। मैटाडोर का इंजन जोर से गर्जा। फिर मैटाडोर वहां से भाग निकली।

जब तक वह दृष्टि से ओझल न हो गई, मोती अपनी ओट से बाहर न निकला।

फिर वह सुजाता के पास पहुंचा।

हाथ बंधे होने की वजह से वह बहुत कठिनाई से उसे बन्धनमुक्त कर सका।

फिर सुजाता ने उसके हाथ खोले।

''तुम पैट्रोल का डिब्बा उठा लो।'' – मोती बोला – ''मैं ये सूखी घास फूस और टहनियां और कपड़ों की धज्जियां इकट्ठी करता हूं।''

''लेकिन तुम . . .''

''बहस मत करो। वह यहां से चला नहीं गया होगा। वह आसपास ही कहीं

छुपा होगा। हमने अपनी हिफाजत का कोई इन्तजाम फौरन करना है।''

सुजाता ने आदेश का पालन किया।

अपने नये ताम-झाम के साथ वे अभी चट्टानों की ओट की तरफ बढ़ ही रहे थे कि तोताराम ने फायर किया।

आतंकित सुजाता जोर जोर से रोने लगी।

''रो मत, बेवकूफ!'' – मोती सांप की तरह फुंफकारा – ''पीछे भी मत देख। बस भाग तेजी से। भाग, भाग..''

फिर फायर हुआ।

उनके चट्टानों की ओट में पहुंचने तक तोताराम ने दो फायर और किये।

''हमने यहां आग लगानी है।'' – मोती हांफता हुआ बोला – ''और आग को ज्यादा से ज्यादा भड़काना है। आग से उठता धुंआ आसमान में बहुत ऊपर तक जायेगा। उस धुंये को देखकर कोई यहां तक पहुंच सकता है। यही बात तोताराम को यहां से भगा सकती है वर्ना वह हमें शूट करके ही यहां से हिलेगा। अब तुम और सूखी टहनियां वगैरह जमा करो और . . .''

''वह पहले ही आकर हमें गोली से उड़ा देगा।'' – वह रोती हुई बोली।

''यूं वह यहां नहीं आ सकता। वह जानता है मेरे पास भी हथियार है। वह सीधा हमारे पास नहीं पहुंच सकता।''

''लेकिन . . .''

''बहस मत करो और आग भड़काने का सामान जमा करो।''

उसने ढेर सारी सूखी टहनियों और पत्तियों और कपड़े की कत्तरों पर पैट्रोल पलटा तो तब कहीं जाकर उसे खयाल आया कि माचिस तो उसके पास थी नहीं।

बौखला कर उसने दो पत्थर उठाये और वह उन्हें पैट्रोल से भीगी पत्तियों के ऊपर ले जाकर आपस में रगड़ने लगा।

उसकी तकदीर अच्छी थी जो थोड़े ही प्रयत्नों से पैट्रोल ने आग पकड़ ली।

फिर शीघ्र ही वह भड़क उठी।

''इस पर सूखी टहनियां डालती रहो।'' – वह बोला।

सुजाता को आग और भड़काने के काम में लगाकर वह एक ऊंची चट्टान पर चढ़ गया। वहां से उसने चारों तरफ निगाह दौड़ाई।

कहीं कोई हरकत न थी।

फिर एकाएक दूर कहीं मैटाडोर का इंजन गर्जा। कुछ क्षण बाद उसे धूल उड़ाती मैटाडोर वहां से रुखसत होती दिखाई दी।

मोती की जान में जान आयी।

जीत की खुशी में उसका दिल उछलने लगा।

तोताराम भाग गया था।

''यह कब तक चलेगा?'' – सुजाता ने पूछा।

मोती की घड़ी टूट गयी थी लेकिन उसे अन्दाजा था कि वे कम-से-कम एक घंटे से आग को भड़काये रखे हुए थे। उसने आसमान की तरफ सिर उठाया तो दूर सूरज को ऐन अपने सिर पर पाया।

''जब तक आग और धुआं देख कर कोई यहां पहुंच न जाये।'' – मोती बोला।

''अगर कोई न पहुंचा तो?''

''तो हमें ओट में से निकलकर पैदल चलने का खतरा उठाना होगा। आखिर तोताराम अभी भी हमारे इन्तजार मे कहीं छुपा बैठा हो सकता है।''

''तोताराम!''

''यह मैंने उस आदमी का फर्जी नाम रखा हुआ है।''

''ओह!''

''तुमने उसे चक्की का पता बता दिया है। वह हमारी ताक में यहां नहीं छुपा रहेगा। कभी भी वो दिल्ली दौड़ा जा रहा होगा। हमें उसके सूरज कुंड पहुंच पाने से पहले किसी भी तरह चक्की को वार्निंग देनी है।''

''वह – वह तोताराम – यहां से मैटाडोर पर दिल्ली कोई पलक झपकते थोड़े ही पहुंच जायेगा!''

''वह दिल्ली तक प्लेन द्वारा जा सकता हूं। आगे सूरजकुंड रह ही कितनी दूर जायेगी?''

''हम चक्रवर्ती साहब को वार्निंग कैसे दे सकते हैं।''

''टेलीफोन करके।''

''ओह!''

''तुम तो बहुत ही डरपोक और कमजोरदिल निकलीं। तुमने आननफानन ही उसे सब कुछ बता डाला।''

''और क्या करती? वह तो मुझे जिन्दा जला देने पर आमादा था।''

''वैसे क्या तुम्हें छोड़ देता?''

''कहता तो था!''

''हुंह!'' – मोती हंसा – ''वह हमें हरगिज भी जिन्दा नहीं छोड़ने वाला था। ऐसा उसने महज तुम्हारी जुबान खुलवाने के लिए कहा था।''

''ओह!''

''अब यह बताओ कि यह ठाकरे के शेयर सर्टिफिकेट का क्या किस्सा है और अग्रवाल कौन है जिसका उसके सामने तुमने जिक्र किया था?''

''अग्रवाल एक सूद पर पैसे का लेन-देन करने वाला महाजन था।''

''था?''

''हां। अब उसकी मौत हो चुकी है। एक मोटर एक्सीडेंट में मारा गया था।''

''रहता कहां था?''

''उदयपुर में। लेकिन उसका रुपये का लेन-देन सारे उत्तर भारत में चलता था। कोई भी कीमती चीज उसके पास गिरवी रखकर उससे कोई भी रकम हासिल की जा सकती थी।''

''और ठाकरे का शेयर सर्टिफिकेट क्या बला हुई?''

''वही जो नाम से जाहिर है। चन्दन ठाकरे एक फर्जी नाम है जिसके अन्तर्गत तुम्हारे डैडी कम्पनियों के शेयर चुपचाप खरीदा करते थे। इसी नाम से जीपें बनाने वाली उस कम्पनी के, जिसका कि तुम्हारे डैडी की वजह से बेड़ागर्क हुआ था,

हजार शेयरों का एक सर्टिफिकेट दीवाली की उस रात को तुम्हारे डैडी के ब्रीफकेस में तब था जबकि वे हमेशा के लिए गायब हो गये थे। चक्रवर्ती साहब को उस सर्टिफिकेट के बारे में इसलिये मालूम था क्योंकि तुम्हारे डैडी ने उन हजार शेयरों के अलावा बाकी सारे शेयर औने-पौने में गायब होने से पहले ही बेच दिये थे। तुम्हारे डैडी ने खुद उन्हें बताया था जिस माल पानी के साथ वे फरार हो रहे थे, उसमें वह एक शेयर सर्टिफिकेट भी था।''

''आई सी।''

''चक्रवर्ती साहब जब जेल से रिहा हुए थे तो उन्होंने जीपें बनाने वाली कम्पनी के शेयर होल्डरों की लिस्ट देखी थी। चन्दन ठाकरे के नाम एक हजार शेयर लिस्ट में तब भी दर्ज थे। चक्रवर्ती साहब ने किसी को रिश्वत देकर ऐसा इन्तजाम किया था कि वे शेयर अगर कभी बिकें और उनके किसी और के नाम ट्रांसफर की दरख्वास्त कम्पनी में आये तो उन्हें फौरन खबर लग जाये। छः महीने पहले ऐसा हुआ। चक्रवर्ती साहब ने मालूम किया कि वे शेयर उदयपुर के एक दलाल ने अग्रवाल के वारिसों की खातिर बेचे थे। मैं और चक्रवर्ती साहब फौरन उदयपुर पहुंचे थे। वहां हमें मालूम हुआ था कि अग्रवाल मर गया था और उसकी इकलौती वारिस उसकी एक विधवा बहन थी जिसने अपने भाई के कागजात में वह शेयर सर्टिफिकेट पाया था और फिर उस दलाल से पूछा था कि क्या उसके कुछ पैसे खड़े किये जा सकते थे! प्रत्यक्षतः अग्रवाल ने अपनी मौत से पहले उस शेयर सर्टिफिकेट को गिरवी रखकर किसी को कोई कर्जा दिया था। पिछले कई सालों में वह कम्पनी फिर अपने पैरों पर खड़ी हो गयी थी और अब उसके शेयरों की एकाएक बड़ी आकर्षक कीमत हो गयी थी।''

''यह नहीं पता लगा कि वह कर्जा उसने किसको दिया था?''

''नहीं। उसकी मौत के बाद उसकी बहन ने उसके काफी सारे कागजात बेकार समझ कर नष्ट कर दिये थे लेकिन फिर इत्तफाक से ही अग्रवाल के एक क्लर्क से हमें पता लगा कि अग्रवाल अपने हर क्लायन्ट का नाम एक डायरी में नोट करके रखता था। वह डायरी अग्रवाल की बहन के पास थी और उसे चक्रवर्ती साहब

ने बड़ी मुश्किल से, उसकी बहुत भारी कीमत अदा करके, हासिल किया था।''

''यानी कि वह सर्टिफिकेट हमारे तोताराम के पास था। उसे बेचने की कोशिश को अपने लिये खतरनाक समझ कर उसने अग्रवाल के पास उसे गिरवी रखकर रकम हासिल कर ली होगी और बाद में पैसा अदा करके सर्टिफिकेट छुड़ाने का उसका कोई इरादा ही नहीं होगा। फिर अग्रवाल के मर जाने के बाद तो वह और भी निश्चिन्त हो गया होगा क्योंकि पुलिस तो उस सर्टिफिकेट के बारे में पूछताछ करती हुई अग्रवाल की बहन तक पहुंची नहीं थी। लेकिन जब उसे चक्की की पूछताछ की खबर लगी होगी तो वह फिर फिक्रमन्द हो उठा होगा।''

''जाहिर है।''

''इसीलिए चक्की को इतनी गारन्टी थी कि तोताराम ही मेरे डैडी का कातिल था। वह सर्टिफिकेट और किसी तरीके से तोताराम के हाथ लग जो नहीं सकता था!''

''लेकिन अगर तुम्हारे डैडी मर चुके हैं तो इतने सालों से तुम्हें मनीआर्डर कौन भेज रहा है?''

''यह इस वक्त कोई अहम सवाल नहीं। इस वक्त अहम सवाल यह है कि चक्की की जान खतरे में है। उससे डायरी हथियाने के लिए तोताराम उसका कत्ल कर सकता है। हमें किसी भी तरह से चक्की से सम्पर्क स्थापित करके उसे सारी स्थिति बतानी चाहिये और उसे पुलिस प्रोटेक्शन हासिल करने के लिये कहना चाहिये।''

''पुलिस के पास चक्रवर्ती साहब हरगिज भी नहीं जाने वाले। उन्हें अपने आप पर बहुत भरोसा है कि वे उस शख्स को अपनी बातों में लगा कर शीशे में उतार सकते हैं और उसके साथ कोई सौदा पटा सकते हैं।''

''ज्यादा होशियार बनने की कोशिश में वह खामखाह अपनी जान से हाथ धो बैठेगा। अगर वह पुलिस के पास जाना कबूल नहीं करेगा तो मुझे इन्स्पेक्टर चौधरी से सम्पर्क स्थापित करके उसे सारी स्थिति समझानी होगी। चौधरी शुरू से ही इस केस से सम्बन्धित है। उसे समझाना आसान होगा कि डायरी क्या बला है और उसकी वजह से चक्की को क्या खतरा है। वही तोताराम की गिरफ्तारी का

भी कोई सामान कर सकता है। जब तक तोताराम आजाद है, तब तक वह हम तीनों के लिये जान का खतरा बन सकता है।''

''मेरे लिये भी?'' – वह घबराकर बोली।

''हां, तुम्हारे लिये भी। तुमने उसकी सूरत जो देखी है! तुम भी तो उसकी शिनाख्त कर सकती हो!''

''मैंने कुछ नहीं देखा!'' – वह निर्णयात्मक स्वर में बोली – ''मैं किसी की शिनाख्त नहीं कर सकती।''

''मतलब?''

''मैं इस सारे झमेले से किनारा कर रही हूं। हमेशा के लिये।''

''चक्की को भी छोड़ दोगी?''

''मजबूरी है। जान है तो जहान है। चक्रवर्ती साहब के साथ जान देने का मेरा कोई इरादा नहीं।''

''ऐसी नौबत नहीं आयेगी। पुलिस हम सबकी हिफाजत कर सकती है।''

''मैं पुलिस के करीब भी नहीं फटकना चाहती। पुलिस से ताल्लुक रखती हर बात तो अखबारों में छप जाती है। अगर यह बात भी अखबारों में छप गयी कि मैं पुलिस के पास गयी थी तो तुम्हारा तोताराम शर्तिया मुझ पर चढ़ दौड़ेगा। वह नहीं तो सकलानी नाम का वह गैंगस्टर मेरे पीछे पड़ सकता है। वह भी तो चाहता है कि तोताराम पुलिस से पहले उसके हत्थे चढ़े।''

वह ठीक कह रही थी।

''मैं तो ऐसा गायब होना चाहती हूं कि किसी को मेरी हवा भी न लगे। मुझे किसी शहर में पहुंचने दो, फिर देखना, मैं तुम्हें तुम्हारे डैडी से भी बढ़िया अंतर्ध्यान होकर दिखाऊंगी।''

''तुम्हारा डरना जायज है लेकिन पुलिस से परहेज करना जायज नहीं . . .''

''पुलिस के पास तो मत गयी मैं।''

''ओके। ओके। अगर तुम गायब ही होना चाहती हो तो इसका भी इन्तजाम मैं कर दूंगा।''

मन-ही-मन वह महसूस कर रहा था कि मौजूदा हालात में ऐसे गायब हो जाने की जरूरत रानी को भी थी। सकलानी उसके भी पीछे पड़ सकता था।

एकाएक दूर कहीं से एक शक्तिशाली वाहन के इंजन की आवाज आयी।

दोनों फौरन चट्टानों के पीछे छुप गये।

कुछ क्षण बाद उन्हें एक ट्रक दिखाई दिया।

ट्रक में मवेशी लदे हुए थे और उसके ड्राइवर का आकार प्रकार साफ जाहिर करता था कि वह कम-से-कम तोताराम नहीं था।

वे दोनों चट्टान की ओट से बाहर निकल आये।

गनीमत थी कि उसकी बेहोशी के दौर में तोताराम ने उसकी जेबों को नहीं छुआ था। उसका नोटों से भरा पर्स अभी भी उसकी जेब में मौजूद था।

ट्रक उनके सामने आकर रुका।

उसका ड्रम जैसा भारी-भरकम ड्राइवर ट्रक से बाहर कूदा।

उसने दोनों के फटे हाल कपड़ों पर और मोती के चेहरे पर जमकर पपड़ी बन चुके खून पर निगाह डाली।

''मैं धुंआ देखकर इधर आ गया था'' – वह बोला – ''क्या हुआ? एक्सीडेन्ट मार दिया? गाड़ी को आग लग गयी?''

''नहीं'' – मोती बड़े दयनीय स्वर में बोला – ''डाकू पड़ गये।''

''अच्छा!''

''मेरी बीवी को भगा ले जाना चाहते थे। बड़ी मुश्किल से जान बची है।''

उसने सन्दिग्ध-भाव से सुजाता पर निगाह डाली।

''यह तुम्हारी बीवी है?'' – फिर पूछा।

''हां।''

''तुम यहां तक पहुंचे कैसे?''

''वे डाकू ही हमें यहां पकड़कर लाये थे। हम कार पर थे। उन्होंने हमारी कार बिगाड़ दी थी और हमें अपने कब्जे मे कर लिया था।''

''तुम्हें यहां क्यों लाये?''

''पता नहीं।''

''फिर भाग क्यों गये?''

''पहले भी ऐसे ही एक जीप इधर आ निकली थी। उन्होंने वह मिलिट्री की जीप समझी थी।''

''हो सकता है। यहां से करीब ही मिलिट्री की एक छावनी है। उन जीप वालों ने तुम्हारी मदद नहीं की?''

''हमने मदद मांगी ही नहीं थी। हम उनसे छुप गये थे।''

''क्यों?''

''मुझे तो वे भी डाकू ही लग रहे थे।''

''ओह! आग तुम लोगों ने जलाई थी? किसी का ध्यान अपनी तरफ करने के लिये?''

''हां।''

''अब तुम लोग क्या चाहते हो?''

''मदद। भगवान के लिये कोई मदद करो हमारी।''

''तुम्हारी कार कहां है?''

''वह सजनगढ़ से कोई दस मील बाहर सड़क पर खड़ी होगी।''

''सजनगढ़! वो जो बीकानेर से जैसलमेर के रास्ते में है?''

''हां।''

''वो तो यहां से कम-से-कम अस्सी मील दूर है।''

''अच्छा!''

उसे हैरानी थी कि उनसे निपटने के लिये तोताराम उन्हें इतनी दूर ले आया था।

''आस-पास भी तो कोई शहर होगा?'' – मोती बोला।

''है।''

''तुम हमें वहीं पहुंचा दो।''

''फोकट में?''

''जो कहोगे हम देंगे।''

''पचास रुपये दोगे?''

''मैं सौ दूंगा।''

''फिर क्या है। चलो। सवार हो जाओ ट्रक में।''

जहां ट्रक वाले ने उन्हें उतारा, वहां के इकलौते डाकखाने से लइटनिंग ट्रंककाल भी एक घन्टे में लगी।

कुछ क्षण बाद ट्रंक आपरेटर ने बताया कि उनकी पार्टी उस नम्बर पर उपलब्ध नहीं थी। मोती ने होटल के मैनेजर से बात करने की इच्छा व्यक्त की। मैनेजर इतना ही बता पाया कि चक्की अपने कमरे में नहीं था। कहां गया था, यह उसे नहीं मालूम था।

होटल से चैक आउट करके वह नहीं गया था। उसका सामान उसके कमरे में पड़ा था।

मोती ने फोन रख दिया और फोन का नतीजा उसने सुजाता को बताया।

''अजीब बात है!'' – वह बोली – ''यूं अकेले तो चक्रवर्ती साहब कभी कहीं नहीं जाते। उन्हें होना तो अपने कमरे में ही चाहिये!''

''कमरे में नहीं है?''

''तोताराम इतनी जल्दी दिल्ली पहुंच गया होगा?''

''नहीं पहुंच सकता।''

''तो फिर . . .''

''एक बात है।''

''क्या?''

''दिल्ली पहुंचने की जगह हमारी तरह वो भी दिल्ली किसी को फोन कर सकता है और किसी को चक्की का पता बताकर उसे उसके पीछे लगा सकता है। क्यों?''

सुजाता ने बड़ी संजीदगी से सहमति में सिर हिलाया।

''और इस डाकखाने के अलावा और कहां से फोन किया होगा उसने? और

कहां उसे ट्रंककाल की सुविधा प्राप्त होगी?''

''बात तो तुम ठीक कह रहे हो!''

जिस क्लर्क ने मोती की ट्रंककाल बुक की थी, मोती ने उसे बाहर बुलाया। वह उसे डाकखाने से परे सड़क पर ले गया। उसने एक पचास का नोट जबरन उसकी मुट्ठी में ठूंसा और फिर बोला – ''हमारे यहां आने से पहले आज किसी और ने भी दिल्ली के लिये ट्रंककाल बुक कराई थी?''

''कराई थी।'' – क्लर्क बोला।

''उसकी बात हुई थी अपनी पार्टी से?''

''हुई थी।''

''क्या बात हुई थी?''

''मैंने बातचीत नहीं सुनी थी। मेरी उसकी तरफ कोई तवज्जो नहीं थी।''

''ओह!''

''लेकिन मैंने एक बात नोट की थी।''

''क्या?''

''वह जिससे भी बात कर रहा था, बहुत अदब से कर रहा था और फोन पर उसे झाड़ पड़ रही थी। उसकी सूरत बता रही थी कि कोई उसे फोन पर डांट-फटकार रहा था। जरूर वह अपने बॉस से बात कर रहा था।''

''आई सी। तुम्हें दिल्ली का वह नम्बर याद है जिस पर उसने बात की थी?''

क्लर्क ने सहमति में सिर हिलाया और उसे एक नम्बर बताया।

''और उस आदमी का हुलिया?''

क्लर्क ने हुलिया बयान किया।

वह सरासर तोताराम का हुलिया था।

बेशुमार दुश्वारियों के बाद अगले दिन आधी रात को मोती और सुजाता वापिस दिल्ली पहुंचे।

चक्की से बात कर पाने में नाकामयाब होने के बाद उसने फोन पर पहले

भट्टाचार्य से, फिर इन्स्पेक्टर चौधरी से और फिर तम्हाणे से – जिसका दिल्ली का पता उसे मालूम था – बात की थी। तम्हाणे से उसने शहर से बाहर हाइवे पर मुलाकात निर्धारित की थी।

तम्हाणे निर्धारित स्थान पर मोती को मिला।

मोती ने उसे समझाया कि उसने सुजाता और रानी की हिफाजत की जिम्मेदारी लेनी थी और उन्हें मेरठ ले जाकर चुपचाप अपने फार्म में छुपाकर रखना था।

''मुझे कोई एतराज नहीं'' – तम्हाणे बोला – ''लेकिन रानी मेरे पास रहने को तैयार नहीं होने वाली।''

''मेरे कहने पर हो जायेगी।''

''फिर क्या बात है!''

''अभी वह रैडरोज में ही होगी। तुम्हारे वहां पहुंचने से पहले मैं उसे फोन करके सब कुछ समझा दूंगा। वह इनकार नहीं करेगी तुम्हारे साथ जाने से।''

''गुड।''

''लेकिन एक बात सोच लो। इन लड़कियों को पनाह देने के चक्कर में तुम किसी मुसीबत में पड़ सकते हो।''

''मुझे परवाह नहीं।''

''अच्छी तरह से सोच लो।''

''कहा न, मुझे परवाह नहीं। बरखुरदार, मैंने तुम्हारे बाप का नमक खाया है जिसका हक मैं कभी अदा नहीं कर सका। तुम्हारे किसी काम आकर मैं समझूंगा कि बाप के नमक का हक मैंने बेटे को अदा किया।''

''शुक्रिया।''

''तुम्हारे सिर पर पट्टी क्यों बन्धी हुई है?''

''इसकी कहानी सुनाने का वक्त नहीं। तुम सुजाता को लेकर जाओ।''

''रानी कौन है?'' – सुजाता ने पूछा।

''मेरी एक पुरानी परिचित है। तुम पसन्द करोगी उसे।''

''मुझे कब तक छुपकर रहना होगा?''

''कभी तक भी नहीं। तुम जब चाहो वहां से कहीं भी जाने को आजाद हो। चाहो तो कभी ही मत जाओ।''

''मेरा यह मतलब नहीं था। मेरा मतलब था यह झमेला कब तक निपटने की उम्मीद है?''

''अभी कुछ नहीं कहा जा सकता। लेकिन तुम्हारी भलाई इसी में है कि जब तक यह झमेला न निपटे, तुम छुपी रहो।''

''ठीक है।''

मोती के खामोश होने के बाद कितनी ही देर तक इन्स्पेक्टर चौधरी अपनी मेज ठकठकाता बड़ी विचारपूर्ण मुद्रा बनाये खामोश बैठा रहा।

''बड़ी अनोखी कहानी सुना रहे हो, बेटा।'' – अन्त में वह बोला।

''लेकिन सच्ची।'' – मोती बोला।

''बीकानेर में या जैसलमेर में या सजनगढ़ में या कहीं भी तुमने उस आदमी के खिलाफ कहीं रिपोर्ट लिखाई थी कि उसने तुम पर घातक हमला किया था और तुम्हारे साथ की सुजाता नाम की लड़की को वह जिन्दा जला देने का इरादा रखता था?''

''नहीं।''

''इस बात का क्या सबूत है कि जो कुछ तुम कहते हो, वो वाकई हुआ था?''

मोती ने अपने फटे सिर की तरफ इशारा किया।

''यह कोई सबूत नहीं। सिर तुमने कहीं भी, कैसे भी फोड़ लिया हो सकता है।''

''मैंने उसकी रिवाल्वर तुम्हें दी है?''

''क्या पता किसकी है वो रिवाल्वर। दिल्ली में तो रिजस्टर्ड है नहीं। राजस्थान में, और शायद सारे हिन्दोस्तान में, उसका रजिस्ट्रेशन चैक करने में महीना लगेगा।''

मोती खामोश रहा।

''तुम्हारी कहानी की तसदीक सिर्फ वो लड़की कर सकती है जो कि तुम्हारे

साथ थी लेकिन उसे तुम पेश नहीं करना चाहते।''

''उसकी जान को खतरा है।''

''पुलिस उसकी हिफाजत कर सकती है।''

''जेल में रखकर शायद कर सके, और किसी तरीके से नहीं कर सकती।''

''तुम पुलिस को बहुत अन्डरएस्टीमेट कर रहे हो।''

मोती ने उत्तर न दिया।

''हम उस लड़की का पता तुमसे जबरन भी कुबुलवा सकते हैं।''

''वो किसलिये? आपकी निगाह में जब कोई अपराध ही नहीं हुआ तो फिर लड़की की क्या जरूरत है आपको।''

इन्स्पेक्टर कसमसाया। वह कुछ क्षण अपलक मोती को देखता रहा, फिर सख्ती से बोला – ''पुलिस के साथ लुका-छिपी का खेल अच्छा नहीं होता, बेटा।''

''मैंने क्या लुका-छिपी की है?''

''कर ही रहे हो! उस शख्स को, जिसका नाम तुमने तोताराम रखा हुआ है, तुमने बचपन में अपने डैडी के साथ देखा था, यह बात तुम हमें आज, सत्रह साल बाद बता रहे हो।''

''तब मैं बच्चा था। तब मेरे डैडी ने मुझे अपनी जुबान खोलने के लिये मना किया था और उनका कहना मानना मेरा फर्ज था।''

''फिर अभी भी क्यों बता रहे हो? इसलिये क्योंकि अब तुम्हारी जान पर बन आयी है?''

''हां।''

इन्स्पेक्टर हड़बड़ाया। उसे मोती से ऐसे स्पष्ट उत्तर की आशा नहीं थी।

''देखो'' – वह बोला – ''उस आदमी के खिलाफ हमारे पारा कुछ नहीं है। अब भी नहीं है, तुम्हारे बचपन में भी नहीं था। तब तुमने हमें उस आदमी की बाबत नहीं बताया था लेकिन बता भी देते तो क्या फर्क पड़ता था? क्या किया था उसने सत्रह साल पहले? वह सिर्फ हवेली में आया था और तुम्हारे बाप के

साथ एक कार में सवार होकर वहां से चला गया था। इससे क्या साबित होता है उसके खिलाफ? कुछ भी नहीं।''

''मेरा बाप सत्रह साल से गायब है।''

''कबूल। लेकिन इस बात का क्या सबूत है कि उसका कत्ल हो चुका है? हो चुका है तो इस बात का क्या सबूत है कि वह कत्ल तोताराम ने किया था? फिर अगर आवतरमानी का कत्ल हो चुका है तो उसके नाम से हर साल दो हजार रुपये का मनीआर्डर तुम्हें कौन भेजता है? यह भी मत भूलो कि मनीआर्डर फार्म पर दस्तखत हमेशा तुम्हारे बाप के ही होते हैं।''

''दस्तखत फोर्ज (नकल) किये जा सकते हैं।''

''फिर भी किसी को क्या जरूरत पड़ी है तुम्हें दो हजार रुपये का सालाना मनीआर्डर भेजते रहने की?''

''राजस्थान में हमारे पर हमले के थोड़ी ही देर बाद दिल्ली में चक्की के गायब हो जाने की तुम्हारी निगाह में कोई अहमियत नहीं?''

''वह अपने होटल के कमरे में नहीं है, इसका मतलब यह नहीं है कि वह किसी क्राइम का शिकार हो गया है। उसके कमरे में हमें कोई ऐसे आसार नहीं दिखाई दिये जिससे लगे कि वहां कोई अपराध हुआ था। वहां कैसी भी छीना-झपटी या उठा-पटक के आसार नहीं, कहीं कोई तोड़-फोड़ नहीं, कहीं कोई खून के धब्बे नहीं, कोई चीज चोरी नहीं। उसका सारा सामान अभी भी वहां मौजूद है। आस-पास के कमरे वालों ने कोई तकरार या जोर-जबरदस्ती की आवाजें नहीं सुनीं। उसकी व्हील चेयर उसके कमरे में नहीं है, इससे भी यही लगता है कि वह जहां भी गया है अपनी मर्जी से गया है। सब पूछो तो इस बात का हमारे पास एक गवाह भी है।''

''गवाह!''

''हां, गवाह। वह गवाह वो शख्स है जो होटल में चक्की के बगल के कमरे में ठहरा हुआ है। वह कहता है कि उसने चक्की को पार्किंग में खड़ी एक कार की अगली सीट पर बैठे, बड़े इत्मीनान से सिगरेट के कश लगाते देखा था। उसने

देखा था कि उस वक्त कोई दूसरा शख्स उसकी व्हील चेयर को कार की डिक्की में रख रहा था। तुम इस सीन की कल्पना करो और फिर बताओ कि कौन-सी बात से लगता है कि चक्की का अगवा हुआ है या वह किसी जोर-जबरदस्ती का शिकार हुआ है!''

''उसे किसी प्रकार बहला-फुसला लिया गया होगा . . .''

''यह क्यों नहीं कहते हो कि मौजूदा अभियान एकाएक उसे बेमानी लगने लगा होगा और वह तुम्हें और सुजाता को राजस्थान भेजकर उस रकम के साथ, जो उसने तुमसे और तुम्हारी आंटी से ऐंठी थी, खिसक गया होगा। आखिर उसने कुछ पाया ही, खोया तो नहीं!''

''वह अपना सामान क्यों पीछे छोड़ गया?''

''सामान में है ही क्या? कुछ कपड़े ही तो हैं! सारा सामान कुल मिलाकर दो-हजार रुपये का भी नहीं होगा। उसे पीछे छोड़कर एक तो वह होटल का बिल देने से बच गया, ऊपर से तुम्हें यह चरका दे गया कि वह किसी फाउल प्ले का शिकार हो गया था। वह और थोड़ी देर गायब रहेगा तो तुम उसके भी अपने डैडी जैसे किसी अंजाम की कल्पना कर लोगे और अपनी एक लाख रुपये की रकम का गम खाकर बैठ जाओगे।''

''कहने का मतलब यह हुआ, इन्स्पेक्टर साहब, कि मौजूदा केस में आपके करने लायक कुछ नहीं।'' – मोती उठ खड़ा हुआ – ''आपसे किसी तरह की मदद की उम्मीद करना बेकार है।''

''बैठ जाओ।'' – इन्स्पेक्टर बोला।

''लेकिन . . .''

''बैठो।'' – इन्स्पेक्टर सख्ती से बोला।

मोती वापिस कुर्सी पर बैठ गया।

''देखो'' – इन्स्पेक्टर उसे समझाता हुआ बोला – ''पुलिस पर यह इलजाम गलत होगा कि वह अपनी जिम्मेदारी नहीं समझती या उसे निभाना नहीं चाहती। हर जो बात हमें बताई जाती है, उस पर शक करना, उसमें नुक्स निकालना हमारा

फर्ज है, हमारी आदत है। मैं नहीं कहता कि जो कहानी तुम सुना रहे हो, वह झूठी है। मैं सिर्फ यह कहना चाहता हूं कि मुकम्मल कहानी तुम हमें अभी भी नहीं सुना रहे हो।''

''क्या नहीं सुनाया मैंने?''

''मसलन तुमने अपने बाप की लाश की तलाश के पीछे जो असल वजह है, वह मुझे नहीं बताई है।''

''मेरा इन्श्योरेंस क्लेम . . .''

''नानसेंस। वह क्लेम तुम कब का सैटल कर चुके हो। लाश बरामद हो भी जाये तो भी तुम्हें अपने बाप की लाइफ-इन्श्योरेंस पालिसी का एक काला पैसा नहीं मिल सकता। ऐसी कोई पालिसी आज की तारीख में तुम्हारे नाम है ही नहीं। जो थी उसे तुम बीमा कम्पनी को लौटाकर उसका सैटलमैंट कर चुके हो।''

''वह केस दोबारा खुलवाया जा सकता है।''

''यह बहाना है। यह जवाब उस सही जवाब का पर्दा है जिसे तुम छुपाकर रखना चाहते हो। मैं फिर कहता हूं कि जो कुछ तुमने हमें बताया है, वह सच हो सकता है लेकिन वह मुकम्मल सच नहीं। हमने उदयपुर में पूछताछ करवाई है। वहां सूदखोर महाजन के तौर पर अग्रवाल को हर कोई जानता है। वहां की पुलिस ने इस बात की भी तसदीक की है कि अग्रवाल की बहन ने उसकी कोई डायरी एक ऐसे बुजुर्गवार को बेची थी जो कि छड़ी टेककर भी बड़ी मुश्किल से चल पाता था। यानी कि उस डायरी की तलाश तुम्हारे तोताराम को हो सकती है। यानी कि तुम्हारी जान पर फिर हमला हो सकता है।''

''यह बात आप मानते हैं?''

''हां, हां। क्यों नहीं?''

''फिर भी कुछ करना नहीं चाहते?''

''क्यों नहीं करना चाहते? हम तुम्हारे तोताराम को तलाश करने की पूरी-पूरी कोशिश करेंगे। मैं सिर्फ यह कहना चाहता था कि उसको तलाश कर चुकने के बावजूद उसके खिलाफ कुछ साबित करना मुश्किल होगा।''

''मेरी शिनाख्त के बावजूद?''

''वह आदमी कभी तुम्हारे बाप को साथ ले गया था, इस बाबत तुम्हारी शिनाख्त बेमानी है। उसने तुम पर हमला किया था, तुम्हें और उस लड़की को मार डालने की कोशिश की थी, इस बाबत भी तुम्हारी शिनाख्त तभी किसी काम आ सकती है जब कि जहां वह वाक्या हुआ था, वहां की पुलिस के पास इस बाबत तुम्हारी रिपोर्ट दर्ज हो।''

''वह रिपोर्ट मैं अब दर्ज करा सकता हूं?''

''करा सकते हो।''

''ठीक है। मैं करा आऊंगा। मैं वापिस वहां चला जाऊंगा।''

''गुड। अब एक बात और। इस तोताराम का जुबानी बयान किया हुलिया सैंकड़ों आदमियों पर फिट बैठ सकता है। उसके हुलिये को पिन प्वायन्ट करने के लिये तुम्हें हमारे पुलिस आर्टिस्ट की मदद करनी होगी। कल सुबह तुम फिर यहां आ जाना। मैं आर्टिस्ट को बुलाकर रखूंगा। वह तुम्हारे बयान के मुताबिक तोताराम की तस्वीर बनायेगा। फिर उस तस्वीर की प्रतिलिपियां हम सारे भारत के पुलिस विभागों को भेज देंगे। इस प्रकार तोताराम की बड़ी व्यापक तलाश शुरू करवाई जा सकती है। आखिर कोई तो पहचानेगा उसे उसकी तस्वीर से!''

''वैरी गुड।''

''अब तुम चाहो तो दिल्ली में हम तुम्हारे लिये एक पुलिस गार्ड का इन्तजाम कर सकते हैं।''

''नहीं'' – मोती ने इनकार में सिर हिलाया – ''जरूरत नहीं। मैं अपनी हिफाजत खुद कर लूंगा।''

''सोच लो।''

''सोच लिया।''

''ओके दैन।''

''यह नहीं मालूम हुआ कि जिस आदमी की कार में चक्की बैठा देखा गया था, वो कौन था?''

''नहीं। लेकिन मेरे खयाल से वह चक्की का कोई दोस्त ही होगा जिसे उसने उसे वहां से लिवा ले चलने के लिये बुलाया होगा।''

''जैसे सत्रह साल पहले मेरे डैडी का कोई दोस्त दीवाली की रात को उन्हें लिवा ले चलने के लिये आया था?''

''हां। इस बात में कोई शक नहीं कि दोनों की रवानगी का तरीका एक ही है। मैं फिर कहता हूं कि कतई जरूरी नहीं कि तोताराम ने तुम्हारे बाप का कत्ल किया हो। दीवाली की रात को वह सिर्फ तुम्हारे बाप के साथ देखा गया था और शायद उसने तुम्हारे बाप के फरार होने में उसकी मदद की थी।''

''अगर सिर्फ इतनी ही बात है तो उसने मेरा कत्ल करने की कोशिश क्यों की?''

''क्योंकि तुम उसका नाम जानने की खातिर उसके पीछे पड़े हुए थे। बेटा, एक शख्स और भी है जिसे तुम्हारे से ज्यादा, पुलिस से भी ज्यादा, तुम्हारे तोताराम की तलाश हो सकती है।''

''कौन? सकलानी?''

''बिल्कुल! तोताराम को भी मालूम होगा कि अगर सकलानी को उसकी खबर लग गयी तो उसकी मौत लाजिमी होगी। वह उसे बुरी तरह से टार्चर करके उससे यह बात कुबुलवाने की कोशिश करेगा कि सत्तरह साल पहले उसके तीस लाख रुपये के कर्जाई आवतरमानी को वह कहां ले गया था।''

मोती ने सहमति में सिर हिलाया।

इन्स्पेक्टर की वह बात उसे जंची थी।

मोती अपने आफिस पहुंचा।

वहां उसने प्रैस रिपोर्टरों का जमघट लगा पाया।

मोती ने बड़े सब्र के साथ उनके हर सवाल का जवाब दिया।

हां, यह सच है कि बचपन में उसने इन्स्पेक्टर चौधरी से झूठ बोला था। उसने उसे उस आदमी की बाबत नहीं बताया था जो दीवाली की रात

को उसके डैडी को अपने साथ ले गया था और दो दिन पहले जिसने बीकानेर के पास उसका कत्ल करने की कोशिश की थी।

नहीं, उसे नहीं मालूम था कि शरदेन्दू चक्रवर्ती कहां चला गया था।

बीमा पालिसी? उस बारे में अभी कुछ कह पाना सम्भव नहीं था।

बड़ी कठिनाई से उसने रिपोर्टरों को वहां से विदा किया।

वह भीतर अपनी टेबल पर जाकर बैठा ही था कि फोन की घन्टी बज उठी।

भट्टाचार्य का फोन था।

''कोतवाल साहब तुमसे मिलना चाहते हैं।'' – वह बोला।

''कब?'' – मोती ने पूछा।

''अभी।''

''कहां?''

''इलैक्ट्रा में अपने आफिस में।''

''वहां मेरा आना ठीक होगा?''

''शायद तुमने आज का अखबार नहीं देखा।''

''नहीं देखा। क्यों, क्या है उसमें?''

''आज के अखबार में उस दौलत की बाबत छपा है जो फरार होते वक्त तुम्हारे डैडी के पास थी। इन हालात में अगर इलैक्ट्रा वाले तुमसे बात नहीं करेंगे तो लोग ज्यादा शक करेंगे। इसलिये तुमने सरेआम वहां पहुंचना है।''

''ठीक है। मैं आता हूं। तुम्हारी इन्स्पेक्टर चौधरी से कोई बात हुई है?''

''हुई है। हर बात हुई है। क्यों?''

''उसने तुम्हें उस आदमी के बारे में बताया है जो चक्की को उसके होटल से निकालकर अपने साथ ले गया था?''

''बताया है।''

''पुलिस उस शख्स में कोई खास दिलचस्पी नहीं रखती लेकिन मेरे खयाल से तुम्हें उसकी तलाश करवानी चाहिये। चक्की कहता था कि वह कभी किसी अनजाने आदमी को दरवाजा नहीं खोलता था। उसने उस शख्स के लिये अपने

होटल के कमरे का दरवाजा खोला था, यही बात यह साबित करने के लिये काफी है कि वह उस शख्स को जानता-पहचानता था। भट्टाचार्य साहब, वही शख्स सारे रहस्य की कुंजी हो सकता है। वही तोताराम का बॉस भी हो सकता है जिसे कि उसने राजस्थान से फोन करके चक्की के बारे में बताया था।''

''मैं उस आदमी की तलाश करवाऊंगा। तुम यहां तो पहुंचो।''

''ओके।''

सम्बन्ध विच्छेद हो गया।

मोती ने भी रिसीवर रख दिया।

उसने अपने सामने पड़ी मैसेज स्लिप्स उठाईं। वे कई थीं। उनसे उसे मालूम हुआ कि उसकी गैरहाजिरी में राज बुन्देला, अंकल ग्रैगरी, थामस और आंटी सोफिया ने उसे फोन किये थे।

आंटी सोफिया का वहां छः बार फोन आया था।

उसने रैड रोज में थामस को फोन किया।

''क्या खबर है?'' – मोती बोला – ''यहां कैसे फोन किया?''

''वे दो दादे, जिनके बारे में मैंने आपको पहले भी बताया था, अब दोबारा चक्कर लगाने लगे हैं।'' – थामस बोला – ''जबसे चक्की के गायब होने की खबर अखबार में छपी है, तब से वे यहां कई चक्कर लगा चुके हैं।''

''मेरी तलाश में?''

''आपकी और हमारी नई ''अम्मा'' रानी की तलाश में। जब मैंने उन्हें बताया था कि रानी एकाएक यहां की नौकरी छोड़ गयी थी तो वे बहुत खफा हुए थे। वे पूछ रहे थे कि रानी कहां चली गयी थी, लेकिन मुझे कुछ मालूम होता तो बताता न।''

''और?''

''आपकी आंटी बबालेजान बनी हुई हैं। वे यहां हाल में विराजमान हैं और कहती है कि आपसे मुलाकात किये बिना वे यहां से नहीं हिलने वाली। सबके सामने जिन पी रही हैं और यहां का माहौल बिगाड़ रही हैं। मालिक के रिश्तेदारों से मैं कोई बेअदबी तो कर नहीं सकता इसलिये बरायमेहरबानी मालिक ही बताये

कि मैं क्या करूं?''

''उसे फोन पर बुलाओ।''

''अभी लीजिये।''

कुछ क्षण बाद मोती के कान में आंटी सोफिया की आवाज पड़ी।

''मोती?''

''हां।'' – मोती बोला – ''आंटी मैं . . .''

''यह सब क्या हो रहा है? वह चक्की का बच्चा कहां गायब हो गया है? जब से मैंने उसे पचास हजार रुपये दिये हैं, मैंने उसकी शक्ल नहीं देखी। अखबार में अजीब-अजीब खबरें छप रही हैं उसके बारे में।''

''आप कहना क्या चाहती हैं?''

''मैं यह कहना चाहती हूं कि मुझे अपनी रकम वापिस चाहिये।''

''ठीक है। चक्की मिलेगा तो मैं उसे . . .''

''मैं चक्की के मिलने तक इन्तजार नहीं कर सकती। मुझे अपनी रकम फौरन वापिस चाहिये।''

''ऐसा कैसे हो सकता है?''

''हो सकता है। मेरी रकम मुझे तुम लौटा सकते हो।''

''मैं खामखाह! रकम मुझे थोड़े ही दी थी आपने?''

''मैं कुछ नहीं जानती। अगर मुझे अभी, फौरन, अपनी रकम वापिस न मिली तो मैं तुम्हारे बाप के एक करोड़ के जूते की बाबत चिल्ला-चिल्लाकर आसमान सिर पर उठा लूंगी। समझे?''

''मैं तो समझा'' – मोती बड़े सब्र के साथ बोला – ''लेकिन तुम भी कुछ समझो। तुम्हें किसी ने दावत नहीं दी थी हमारे साथ पार्टनरशिप की। तुम हमारी मर्जी के खिलाफ, जबरन हमारी पार्टनर बनी थीं। तुमने हमें बाकायदा ब्लैकमेल करके वह पार्टनरशिप हासिल की थी। इसलिये कान खोलकर सुन लो। अगर तुमने हीरों की बाबत कोई शोर मचाया तो तुम्हारे पचास हजार रुपयों में से एक फूटी कौड़ी भी तुम्हें वापिस नहीं मिलेगी। इस वक्त अपनी रकम के लिये तुम फंसी

हुई हो, लेकिन इसके लिये तुम किसी को दोष नहीं दे सकतीं। तुम अपनी मर्जी से फंसी हो। इसलिये अगर अपनी रकम वापिस हासिल करना चाहती हो तो ज़ुबान को ताला लगाकर बैठो और कुछ दिन इन्तजार करो . . .''

''मैं इन्तजार नहीं कर सकती।''

''तो मत करो। फिर अपनी रकम को गुड बाई कह लो और जो जी में आये बको। मेरे पास तो तुम्हें देने के लिये पचास हजार रुपये हैं नहीं। होते भी तो मैं तुम्हें देता नहीं। लेकिन अपना थोबड़ा बन्द रखोगी तो तुम्हारी रकम की वसूली की कोई सूरत मैं जरूर निकाल लूंगा। आगे तुम्हारी मर्जी।''

उसने फोन पटक दिया।

□□

मोती इलैक्ट्रा पहुंचा।

भट्टाचार्य उसे इलैक्ट्रा के प्रशासन खण्ड के मुख्य द्वार पर मिला। उसने उससे हाथ मिलाया और उसे अपने साथ कोतवाल के आफिस की तरफ ले चला।

''चौधरी के साथ कैसी बीती?'' – रास्ते में भट्टाचार्य ने पूछा।

''हो गया कुछ आटा-दलिया।'' – मोती बोला।

''तुम्हारी जानकारी के लिये उसे शक है कि तुम्हारा इलैक्ट्रा से कोई गंठजोड़ है।''

''अच्छा!''

''हां। दरअसल मेरे से ही एक गलती हो गयी थी। मैं उसे बता बैठा था कि हमने अपने पुराने रिकार्डों में से खोद निकाला था कि तोताराम दो बार– एक बार मुम्बई में और एक बार दिल्लों में– तुम्हारे बाप के सम्पर्क में देखा गया था।''

''इसमें गलती की क्या बात है?''

''मैंने उसे तोताराम कहा था। मुझे कैसे मालूम था कि तुमसे उस शख्स का

नाम तोताराम रखा हुआ था!''

''ओह!''

''बहुत बेहूदा गलती हुई मुझसे। लेकिन खैर, कोई बात नहीं। बहरहाल तुमने मेरी उम्मीद से अच्छा काम करके दिखाया है। तुम्हारी वजह से तोताराम को खुले में आना पड़ा।''

''मेरा खून करने के लिये। उसे जरा भी शक होता कि मैं बच जाऊंगा तो वह कभी सामने न आता।''

''बहरहाल वह हमारा फायदा हुआ। दूसरा फायदा यह हुआ कि हमें मालूम हुआ कि दिल्ली में कोई उसका जोडीदार मौजूद है।''

''वह जोड़ीदार चक्की को लेकर गायब हो गया है। इस लिहाज से लिस्ट तो निकल गयी हमारे हाथ से!''

''लेकिन हमें कम-से-कम लिस्ट का साधन तो पता लगा!''

''वह हमारे किस काम का?''

''शायद अग्रवाल की बहन के पास उसकी कोई कापी हो!''

''नहीं है।''

''शायद हो!''

मोती खामोश रहा।

''एक बात की मुझे खुशी है कि तुम्हारा कवर अभी भी सही सलामत है। इतना हंगामा हुआ लेकिन यह बात फिर भी छुपी रही कि तुम्हारे तोताराम को तलाश करने के पीछे असल वजह क्या है। यह बात हमारे फायदे की है।''

''आई सी।''

''जैसा सहयोग तुम आज दिखा रहे हो, वैसा अगर तुमने सत्तरह साल पहले दिखाया होता तो आज के हंगामे की नौबत ही न आती। बचपन में तो जैसे तुमने अपने होंठ ही सी लिये थे। अच्छा स्काउट्समैन जैसा पवित्र वादा किया था तुमने अपने बाप से!''

मोती हंसा।

तभी वे कोतवाल के आफिस के दरवाजे पर पहुंच गये।

भीतर दाखिल होते हुए मोती को एक बड़ा अजीब-सा अहसास हुआ। कभी वह उसके बाप का आफिस हुआ करता था। लेकिन जहां कोतवाल ने वहां बैठकर कम्पनी को तरक्की के रास्ते पर बहुत आगे तक पहुंचाया था, वहीं बैठकर उसके बाप ने अपनी झोली भरने की कोशिश में कम्पनी को तबाह कर दिया था।

''आओ'' – कोतवाल बोला – ''बैठो।''

दोनों उसकी विशाल मेज के सामने पड़ी कुर्सियों में से दो पर अगल-बगल बैठ गये।

''बहुत हंगामा करवा दिया तुमने तो!'' – कोतवाल बोला।

''मुझे क्या पता था कि तोताराम यूं मुझ पर चढ़ दौड़ेगा!'' – मोती बोला।

''तुम्हें अभी भी उम्मीद है कि अगर तोताराम तक हम पहुंच गये तो हम उससे कोई सौदेबाजी कर पायेंगे?''

''न। मुझे उम्मीद नहीं। पुलिस की दख्लअन्दाजी के बाद तो अब वह हमें अपने पास भी नहीं फटकने देगा।''

''जो हुआ, तुम्हें उसकी पुलिस को खबर नहीं करनी चाहिये थी।''

''ताकि'' – मोती व्यंग्यपूर्ण स्वर में बोला – ''दूसरी बार वह और ज्यादा सहूलियत से मेरा काम तमाम कर पाता।''

''ऐसा वह अब भी कर सकता है।''

''अब पुलिस को खबर हो चुकने के बाद सहूलियत से नहीं कर सकता। सरेआम नहीं कर सकता। अब ऐसा करने के लिये उसे बहुत पापड़ बेलने होंगे और अब मेरी जान ले लेने से उसे पहले जैसा कोई फायदा भी नहीं। अब उसके अस्तित्व की खबर अखबारों तक में छप चुकी है।''

''तुमने किसी को बताया कि तुम हमारे लिये काम कर रहे हो?''

''अभी नहीं।''

''बताना भी नहीं।''

''अब क्या हर्ज है, साहब'' – भट्टाचार्य बोला – ''हम हीरों का नाम लिये

बिना भी कह सकते हैं कि जो दौलत इसके बाप ने गबन की थी, उसकी बरामदी में यह इलैक्ट्रा की मदद कर रहा है।''

''फायदा?''

''यह कि फिर हम इसकी जान की रक्षा का इन्तजाम कर सकेंगे। आखिर अभी भी तोताराम को सिर्फ यह पहचानता है और इसलिये यही हमें उस तक पहुंचा सकता है।''

कोतवाल इनकार में सिर हिलाने लगा।

भट्टाचार्य खामोश हो गया और उसके फिर बोलने की प्रतीक्षा करने लगा।

कितनी ही देर और कोतवाल का सिर इनकार में हिलता रहा।

''मोती से हमारा गंठजोड़'' – अन्त में कोतवाल बोला – ''तोताराम और उसके जोड़ीदार को शक में डाल सकता है। वे सोच सकते हैं कि हम पुलिस से सहयोग प्राप्त करने के स्थान पर अपने मुजरिम की औलाद से क्यों गंठजोड़ किये हुए हैं। तब उन्हें सूझ सकता है कि आवतरमानी की लाश की तलाश का मकसद सिर्फ इन्श्योरेंस क्लेम करना नहीं हो सकता। एक बार लाश की तरफ उनकी यूं तवज्जो जाने के बाद उन्हें सूझ सकता है कि लाश में कोई भेद है, खास तौर से तब जबकि उन्हें मालूम होगा कि मोती अपना इन्श्योरेंश क्लेम पहले ही सैटल कर चुका है।''

''वह तो हो सकता है कि उन्हें अब तक मालूम हो भी चुका हो'' – भट्टाचार्य बोला – ''लेकिन साहब, दौलत हीरों की सूरत में है और हीरे आवतरमानी के उस जूते की एड़ी में हैं जो कि वह फरार होते वक्त पहने था, अगर मोती न बताये तो यह बात उन्हें सात जन्म नहीं मालूम हो सकती। फिर मोती की जान का खतरा उठाने का फायदा? यह मर गया तो कहानी ही नहीं खतम हो जायेगी?''

कोतवाल का सिर फिर भी इनकार में ही हिला।

''इस बात की तरफ भी ध्यान दीजिये कि अब तक चक्की का कत्ल हो चुका हो सकता है और किसी भी क्षण उसकी लाश बरामद हो सकती है। उसके कत्ल की वजह सिर्फ हमें मालूम होगी। तब भी अगर हमने असलियत पुलिस से

छुपाकर रखी तो उसे एक कत्ल के केस की तफ्तीश में व्यवधान माना जायेगा जो कि गैरकानूनी है।''

''इस बात की फिक्र हम तभी करेंगे जब उसकी लाश बरामद हो जायेगी। हो सकता है उसकी लाश कभी बरामद न हो। आवतरमानी की लाश सत्तरह साल से बरामद नहीं हुई तो चक्की की लाश कौन सी आजकल में बरामद हो जायेगी! दोनों का कातिल हो सकता है कि एक ही हो। फिर हमारे सामने इस बात का कोई सबूत भी नहीं कि चक्की का कत्ल ही हुआ है।''

''सबूत तो हमारे सामने आवतरमानी की मौत का भी कोई नहीं!''

''भट्टाचार्य, जो हकीकत है, सामने आ जायेगी। फिलहाल जैसे मैं कहता हूं, वैसे ही करो। मोती इलैक्ट्रा से अपने गंठजोड़ की बात को फिलहाल राज रखेगा और पुलिस के सहयोग से तोताराम को तलाश करने की अपनी कोशिश जारी रखेगा। बाकी सब कुछ इस बात पर निर्भर करता है कि यह तोताराम को तलाश कर पाता है या नहीं और हम उस से आवतरमानी की लाश का पता उगलवा पाते हैं या नहीं।''

''यानी कि'' – मोती बोला – ''इस मामले में मेरी तो कोई राय है ही नहीं! मैं तो महज एक कठपुतली हूं आप लोगों के हाथों की!''

''कौन कहता है तुम्हें कठपुतली बनने के लिए?'' – कोतवाल सख्ती से बोला – ''तुम मत बनो कठपुतली। तुम तोताराम की तलाश के लिए हमारी तरफ से बाध्य नहीं हो। न ही तुम सिर्फ हमारी खातिर तोताराम की या हीरों की तलाश कर रहे हो। यह मत भूलो कि इस अभियान के पीछे तुम्हारा मुख्य उद्देश्य दौलत कमाना नहीं, अपने बाप की बद्कारियों की वजह से अपने माथे पर लगे कलंक को धोना है।''

कोतवाल सच कह रहा था।

''आप जानते हैं न'' – मोती बदले स्वर में बोला – ''कि फाइनान्सर गायब हो गया है इसलिए इस अभियान को आगे बढ़ाने में मुझे आर्थिक अड़चनों का सामना करना पड़ सकता है?''

''जानते हैं। अपने अभियान पर जब तुम दोबारा निकलोगे तो खर्चे की जरूरी रकम तुम्हें मिल जायेगी।''

''मुझे आपकी ख़ैरात नहीं चाहिये।''

''तो?''

''अलबत्ता उधार कबूल कर सकता हूं।''

''कितना उधार चाहते हो?''

''डेढ लाख।''

''डेढ लाख! इसमें तुमने वो लाख रुपया भी तो नहीं जोड़ लिया जो तुमने अपने अंकल का लौटाना है।''

''जोड़ लिया है।''

''बड़े उस्ताद आदमी हो।''

''आपसे कम।''

इलैक्ट्रा से विदा होते समय मोती ने महसूस किया कि वह एक पुलिस कार की निगरानी में था।

यानी कि इंस्पेक्टर चौधरी कम-से-कम दिल्ली में मोती को तोताराम के कहर का शिकार होता नहीं देखना चाहता था।

उसने रैड रोज फोन किया तो उसे थामस से मालूम हुआ कि राज बुन्देला साहब का उसके लिए कई बार फोन आ चुका था।

वह सीधा मैटकाफ रोड बुन्देला के घर पहुंचा।

उसने कालबैल बजाई तो बुन्देला ने खुद दरवाजा खोला।

मोती ने बड़ी हैरानी से नोट किया कि बुजुर्गवार के चेहरे पर हवाईयां उड़ रही थीं।

''क्या बात है?'' – मोती घबरा कर बोला।

''भीतर आओ।'' – बुन्देला बोला।

मोती ने भीतर कदम रखा तो बुन्देला ने उसके पीछे मजबूती से दरवाजा बन्द कर दिया। वह उसे ड्राईंगरूम में ले आया।

मोती को वहां टेबल पर विस्की की खुली बोतल दिखाई दी जो कि एक तिहाई खाली हो चुकी थी।

जरूर कोई ज्यादा ही गम्भीर बात थी। बुन्देला कभी अकेला नहीं पीता था।

''बैठो।'' – वह उसके सामने सोफे पर ढेर होता बोला।

''बैठता तो मैं हूं लेकिन बात क्या है?''

''बात है।''

''क्या बात है?''

''बहुत गंभीर बात है।''

''बुन्देला साहब, भगवान के लिए पहेलियां न बुझाइये।''

''सुनो। तुम अपने बाप की लाश इसलिए तलाश कर रहे हो क्योंकि उसके पांव में जो जूता है, उसके एक पैर की एड़ी नकली है और उसमें करोड़ों के हीरे छुपे हुए हैं. करैक्ट?''

मोती सन्नाटे में आ गया।

''आपको किसने बताया?'' – उसके मुंह से निकला।

''बात सही है?''

''हां। लेकिन आपको किसने बताई?''

''सकलानी ने।''

''किसने?''

''सकलानी ने, उस गैगस्टर ने . . .''

''उसे कैसे मालूम हुई?''

''तुम्हारी आंटी सोफिया से मालूम हुई। वह इस जानकारी को पचास हजार रुपये में बेचने के लिए सकलानी के पास पहुंची थी। उसने तुम्हारे चक्की से गंठजोड़ की सारी कहानी सकलानी को कह सुनाई है।''

''सकलानी आप से मिला था?''

''हां। तुम्हारी आंटी को तो उसने यह कहकर भगा दिया था कि अगर उसने अपना थोबड़ा किसी और के भी सामने खोला तो वह खुद आकर उसका गला

रेत देगा और फिर मुझे पकड़ मंगवाया।''

''क्यों?''

''मुझे एक सन्देशा देने के लिए।''

''कैसा सन्देशा?''

''यह कि जिस शख्स को तुम तलाश कर रहे हो, उसकी जानकारी सबसे पहले उसे हासिल होनी चाहिए। अगर ऐसा न हुआ तो वह जान ले लेगा।''

''मेरी?''

''नहीं। तुम्हारी नहीं, मेरी।''

''आपकी किसलिये?''

''यह मुझे नहीं पता। जो सन्देशा उसने दिया है, वह मैंने तुम्हें सुना दिया है।''

''आप समझते हैं, वह गम्भीर है?''

''मैं समझता नहीं, जानता हूं वह गम्भीर है।''

''किसी की जान ले लेना कोई इतना आसान तो नहीं!''

''उसके लिये है। वह मच्छर मसलने जैसी सहूलियत से किसी का कत्ल कर सकता है, और कोई उसका कुछ नहीं बिगाड़ सकता। शहर में दर्जनों ऐसे कत्ल हो चुके हैं जिनके बारे में पुलिस को मालूम है कि उनमें उसका हाथ था लेकिन आज तक पुलिस उसे छू तक नहीं सकी।''

''सकलानी आपको जानता है?''

''हां। पुराना जानता है।''

''पहले भी आपका उसके वास्ता पड़ चुका है?''

''कई बार। तुम्हारी वजह से।''

''मेरी वजह से?''

''हां। जब से तुम मेरी सरपरस्ती में आये हो, तब से वह दर्जनों बार अपने आदमी यहां भेज चुका है और दर्जनों बार मुझे अपने पास तलब कर चुका है।''

''क्यों?''

''यही जानने के लिए कि क्या तुम्हें अपने बाप की कोई खबर थी या तुम्हारे

बाप ने कभी तुम्हारे से संपर्क स्थापित किया था। अभी पिछले ही हफ्ते उसके आदमी मेरे पास तुम्हारी इंश्योरेंस पालिसी के बारे में पूछने आये थे। उन्हें यह जानकर बड़ी हैरानी हुई थी कि उस पालिसी का सैटलमैंट कब का हो चुका था।''

''ओह!''

''अब सकलानी तुम्हारे बाप का नहीं, हीरों का तलबगार है। वह बहुत खफा है। वह समझता है कि मुझे शुरू से ही हीरों की खबर थी लेकिन मैंने जानबूझ कर यह बात उससे छुपाकर रखी। यही उसने मेहरबानी की कि मेरे सामने पड़ते ही उसने मेरी जान न ले ली। लेकिन बेटा, अगर तूने उसकी बात न मानी तो यह शर्तिया मेरा खून कर देगा।''

बुन्देला के सारे शरीर में मोती ने झुरझुरी दौड़ती देखी।

''ऐसी नौबत नहीं आयेगी। हम पुलिस को रिपोर्ट कर सकते हैं।''

''मैं पुलिस के पास भी फटकने की हिम्मत नहीं कर सकता। मैंने ऐसा किया तो फिर तो वह मुझे हरगिज भी नहीं बख्शेगा। तुम नहीं जानते हो, वह कितना खतरनाक आदमी है।''

''उसे इतना तो मालूम होगा कि अब मैं खुद पुलिस के साथ काम कर रहा हूं। अब जब मैं उस आदमी को पहचानूंगा या उसके रूबरू होऊंगा तो तब मेरे चारों तरफ पुलिस-ही-पुलिस मौजूद होगी।''

''वह जानता है।''

''तो फिर . . .''

''वह कहता है जब वह आदमी तुम्हें मिल जाये तो पहले तुम्हें उसे पहचानने से इनकार कर देना होगा। तुम्हें कहना होगा कि वह वो आदमी नहीं जो दीवाली की रात तुम्हारे बाप को अपने साथ लेकर गया था। वह सिर्फ बारह घन्टे का वक्त चाहता है। बारह घन्टे के बाद तुम पुलिस को कह सकते हो कि पहली बार उस शख्स को पहचानने में तुमसे गलती हुई थी। सकलानी कहता है कि उस आदमी की अपने मन माफिक ऐसी तैसी फेरने के लिए उसे सिर्फ बारह घण्टे चाहिएं।''

''अगर मैं उसका नाम पता जान गया तो उसे मैं सकलानी तक कैसे पहुंचाऊंगा?''

''उसने मुझे यह'' – बुन्देला उसे एक दोहरा किया हुआ कागज का पुर्जा थमाता हुआ बोला – ''टेलीफोन नम्बर दिया है। उसे जो कहना हो, तुम इस नम्बर पर फोन करके कह देना।''

''बेहतर।''

''वो यह भी जानना चाहता है कि तुमने रानी और सुजाता को कहां छुपाया हुआ है! वह उनसे बात करना चाहता है। वह चाहता है कि तुम केस से सम्बन्धित हर बात उस तक पहुंचाओ। मैंने आज ही उसे जवाब देना है कि तुम्हें यह सब मंजूर है या नहीं।''

मोती सोचने लगा।

''बरखुरदार, हीरे अब तुम्हारे हाथ तो लगने से रहे!''

''बुन्देला साहब, मैं सिर्फ अपने आर्थिक लाभ के लिए ही हीरों की बरामदी के पीछे नहीं लगा हुआ।''

''तो?''

मोती ने बताया कि उसने कोतवाल से क्या सौदा किया था और कैसे वह समझता था कि उस दौलत की उसके प्रयत्नों से इलैक्ट्रा में वापिसी उस कलंक को धो देगी जो उसके बाप के गबन करने की वजह से उसके माथे पर लगा हुआ था।

''अब अगर हीरे'' – अन्त में वह बोला – ''सकलानी के हत्थे चढ़ गये तो वह चुपचाप उन्हें हड़प कर जायेगा और मेरा अपना मिशन फेल हो जायेगा।''

''ओह! तुम्हें तो इस बखेड़े में इतना गहरा धंसना ही नहीं चाहिये था, बेटा। तुम्हें तो शुरू में ही पुलिस के पास पहुंच जाना चाहिये था। तुम अगर अब भी जाकर पुलिस को सब कुछ बता दो तो . . .''

''अब तो सवाल ही नहीं पैदा होता। अब पुलिस के पास जाना सकलानी के कहर को दावत देना होगा। वह फौरन आपको मरवा देना। सकलानी जैसा गैंगस्टर एक बार किसी को कोई धमकी देकर उस पर खरा उतरकर न दिखाये तो उसकी साख बिगड़ती है। बुन्देला साहब, मैं पुलिस को सकलानी की बाबत नहीं बता

सकता। मेरा पुलिस के पास जाना आपकी निश्चित मौत होगी।''

''तो फिर?''

''फिलहाल आपने उसे हां या न में से एक जवाब देना है। न का तो मतलब हो नहीं। आपका जवाब न में हुआ तो वह अभी आपकी जान ले लेगा। हमें हां ही कहनी होगी। आप अभी उसे फोन करके कह दीजिये कि आपने मुझे बड़ी मुश्किल से मनाया है लेकिन मना लिया है। इस तरह हमें थोड़ा वक्त मिल जायेगा।''

''वक्त मिल जायेगा? तुम्हारा उसे डबलक्रॉस करने का इरादा तो नहीं?''

''इन बातों में आप सिर मत खपाइये। फिलहाल आप उसे फोन करके हां कहिये। उसे यह भी बता दीजियेगा कि इस मामले में मेरा गंठजोड़ इलैक्ट्रा से भी है। उसे यह बात बाद में किसी और साधन से मालूम हुई तो वह समझेगा कि उसे धोखा दिया गया था।''

''लड़कियों के बारे में क्या कहूं?''

''यही कि मैं उसके बारे में कुछ बताने को तैयार नहीं हूं। उसे कह दीजियेगा कि सुजाता उतना ही जानती है जितना अखबारों में छप चुका है और रानी कतई कुछ नहीं जानती। वैसे भी उसका मतलब जब वैसे ही हल हो रहा है तो वह लड़कियों से बात करके क्या लेगा। देख लीजियेगा वह जिद नहीं करेगा। बड़ी बाजी तो मार ही ली है उसने।''

बुन्देला कुछ क्षण चुप रहा, फिर कातर भाव से बोला – ''बेटा।''

''फरमाइये।''

''मुझे अफसोस है कि मेरी वजह से . . .''

''आपकी वजह से कुछ नहीं हो रहा, बुन्देला साहब। जो होना है वही होता है। और जो गलत होता है उसको दुरूस्त करने का भी हमेशा कोई जरिया होता है। जरिया निकलेगा। आप फोन कीजिये सकलानी को।''

मोती रैड रोज में एक कोने की टेबल पर अकेला बैठा था। उसके सामने एक काफी का कप रखा था जिसे उसने अभी तक छुआ भी नहीं था।

हाल में काफी भीड़ थी। रात के उस समय वहां वैसी भीड़ हमेशा अपेक्षित होती थी। डिस्को दीवानों की वैसी भीड़ रात को वहां न होना मन्दे धन्धे की पहचान होता था।

वह चिन्तित था।

सकलानी ने उसके लिये भारी दुविधा का सामान कर दिया था और फिर से ऐसी स्थिति पैदा कर दी थी जिसमें उसका पुलिस से झूठ बोलना जरूरी हो गया था। पहली बार उसने अपने पिता की खातिर झूठ बोला था और अब उसे अपने पिता समान बुन्देला की खातिर झूठ बोलना था।

''हल्लो!''

मोती ने सिर उठाया। अपने सामने उसने एक जींसधारी युवती को खड़ा पाया। वह उसे अपलक देख रही थी और मुस्करा रही थी।

''तुम्हारे ही निमन्त्रण पर'' – वह बोली – ''तुम्हारा कथित शानदार मेहमान तुम्हारे डिस्को में आया है। उसका स्वागत नहीं करोगे?''

तब उसने उसे पहचाना। वह कोतवाल की लड़की शांता थी।

''वैलकम, वैलकम।'' – मोती उठकर उसका स्वागत करता बोला – ''आज तो चींटी के घर भगवान आ गये!''

वह हंसी।

''बैठो।''

वह उसके सामने बैठ गयी। मोती भी बैठ गया।

''क्या लोगी?'' – मोती बोला।

''कुछ नहीं?'' – वह बोली।

''कुछ तो लेना पड़ेगा!''

''यह क्या है?''

''काफी।''

''ओके। मेरे लिये भी काफी।''

मोती के संकेत पर थामस खुद काफी लेकर आया।

''डैडी को अगर पता चल गया।'' – वह बोली – ''कि मैं यहां आयी हूं तो मेरी खैर नहीं।''

''क्यों? यहां क्या छूत की बीमारी फैली हुई है?''

''यहां नहीं लेकिन इसके मालिक को ऐसी कोई बीमारी हो सकती है जिसकी वजह से अच्छे बच्चों को उससे परहेज करने की राय दी जाती है।''

''ऐसा कोतवाल साहब कहते हैं?''

''हां।''

''यह तो उनकी बड़ी ज्यादती है।''

''मैंने भी ऐसा कहा था लेकिन किया क्या जाये! तुम्हारे डैडी की वजह से . . .''

उसने जानबूझ कर वाक्य अधूरा छोड़ दिया।

''बाप चोर हो तो जरूरी नहीं होता कि बेटा भी चोर हो। पांचों उंगलियां बराबर नहीं होती।''

''जानती हूं।''

''लेकिन शायद तुम्हारे डैडी नहीं जानते।''

''वे भी जानते हैं। लेकिन उनकी निगाह में आवतरमानी परिवार इस बात का अपवाद है।''

''यह तो हद . . .''

''छोड़ो। यह बताओ तुम्हारा अभियान कहां तक पहुंचा?''

''कौन सा अभियान?''

''गबन की दौलत इलैक्ट्रा के लिए बरामद करने का अभियान।''

''तुम जानती हो इस बारे में?''

''सब कुछ जानती हूं। मेरे डैडी'' – वह गर्वपूर्ण स्वर में बोली – ''मेरे से कुछ नहीं छुपाते।''

''ओह!''

''मोती!''

''हां।''

''उस रोज जब तुम हमारी कोठी पर आये थे, तब से मैंने बचपन की उस घटना को बहुत बार याद किया जब मैं अपने डैडी के साथ हवेली में गयी थी। तब की एक बात मुझे बहुत याद आती है। तुम मुझे अपने डैडी का कोई खुफिया खजाना दिखाना चाहते थे जो कि तब मैं नहीं देखना चाहती थी। क्या था वह खुफिया खजाना?''

''वह'' – मोती ने झूठ बोला – ''झूलेलाल की एक सोने को मूर्ति थी।''

''ओह! मोती, मेरे यहां आने के पीछे एक वजह है।''

''क्या?''

''मैं चाहती हूं कि तुम मेरे डैडी के लिए अपने मन में कोई वैर भाव न पालो।''

''चाहे वे हमेशा मुझे सिर्फ इसलिए कुत्ते की तरह दुत्कारते रहें क्योंकि मैं गोपाल आवतरमानी का बेटा हूं?''

''उसमें डैडी की भी मजबूरी है। तुम्हारे डैडी ने इलैक्ट्रा के साथ धोखा भी तो बहुत बड़ा किया था! इलैक्ट्रा को दोबारा अपने पैरों पर खड़े करने की अपनी कोशिश में मेरे डैडी खुद दिवालिया होते-होते बचे थे। जो शख्स उनके लिये इतनी मुसीबतों का बायस बना हो, उसके खिलाफ होना तो उनसे अपेक्षित है।''

''लेकिन मेरे खिलाफ?''

''तुम्हारे खिलाफ वो सिर्फ इसलिये हैं क्योंकि तुम आवतरमानी के बेटे हो लेकिन यह मुखालफत वक्ती है। दिल से वे तुम्हें बहुत जहीन नौजवान मानते हैं और तुम्हारी बहुत कद्र करते हैं। वक्त आने दो, देखना वे यह दिखावा बन्द कर देंगे कि वे तुम्हारे खिलाफ हैं।''

''मुझे उम्मीद नहीं।''

''तुम देखना तो सही!''

''देखेंगे।''

शान्ता ने काफी का आखिरी घूंट पिया और उठ खड़ी हुई।

''जा रही हो?'' – मोती हड़बड़ाया।

''मैं यहां फ्रेड्स के साथ आयी हूं।'' – वह बोली – ''वे मेरा इन्तजार कर रहे होंगे।''

''ओह!''

''फिर मिलेंगे।''

''जरूर।''

वह चली गयी।

मोती ने थामस को बुलाया।

''अभी जो लड़की यहां से उठकर गयी है'' – उसने आदेश दिया – ''उसे या उसकी पार्टी को बिल नहीं देना है। ऐवरीथिंग इज़ आन दि हाउस।''

''यस, सर।'' – थामस तत्पर स्वर में बोला।

रात को मोती अपने फ्लैट में बैठा तम्हाणे से हासिल हुई रिवाल्वर को तेल वगैरह दे रहा था जब कि अंकल ग्रैगरी वहां पहुंचा।

''अंकल!'' – मोती हैरानी से बोला – ''इतनी रात गये!''

''इधर से गुजर रहा था'' – ग्रैगरी बोला – ''तुम्हारी बत्ती जलती देखी। सोचा, मिलता चलूं अपने फेवरेट भतीजे से। इतना अरसा जो हो गया है तुमसे मिले!''

''कहीं'' – मोती मजाकभरे स्वर में बोला – ''अपने एक लाख रुपये के कर्जे की फिक्र तो नहीं ले आयी आपको यहां?''

''हरगिज भी नहीं। मैं तो उलटे यह कहने आया था कि और रुपया चाहिये हो तो नि:संकोच मांग लेना। वह लाख रुपया तो तुम्हारा वो चक्की लेकर गायब हो गया है न!''

''आपको कैसे मालूम?''

''अखबार में छपा है, भई।''

''यह भी अखबार में छपा है कि मैंने चक्की को एक लाख रुपया दिया था?''

''और मेरी भूतपूर्व पत्नी सोफिया ने पचास हजार।'' – ग्रैगरी ने ठहाका लगाया – ''अच्छी थूक लगाई उस बुढ़ऊ ने तुम दोनों को। मुझे तो आज अखबार

पढ़कर मजा आ गया। अखबार में तुम्हारा जिक्र ऐसा था जैसे किसी फिल्मी हीरो का हो।''

''अच्छा!''

''हां। वीआईपी तो तुम एकाएक हो ही गये हो।''

''वो कैसे?''

''पुलिस तुम्हारे फ्लैट की निगरानी जो कर रही है! पुलिस की ऐसी सर्विस तो बड़े आदमियों को ही हासिल होती है!''

''ओह!''

''अब साफ बताओ, कुछ और रुपये पैसे की जरूरत है?''

''नहीं।''

''झूठ मत बोलो।''

''मैं झूठ नहीं बोल रहा। और जो रुपया मैंने आपसे लिया हुआ है, वह भी मैं आपको दूध से धोकर वापिस लौटाऊंगा।''

''फारगेट इट।''

''लेकिन . . .''

''सुनो। सुनो।''

''क्या?''

ग्रैगरी तुरन्त न बोला। वह कुछ क्षण अपलक मोती को देखता रहा।

''देखो, बेटा'' – फिर वह आद्र स्वर में बोला – ''जब से मेरा तुम्हारी आंटी से पीछा छूटा है, तब से रुपये पैसे के मामले में मेरी किस्मत ने ऐसा पलटा खाया है कि करिश्मा ही हो गया है। जितनी दौलत का मैंने कभी सपना नहीं देखा था, उससे कहीं ज्यादा दौलत आज मेरे पास है। अब फिर से शादी करके घर बसाने की तो मेरी उम्र नहीं, फिर मैं बूढ़ा, बेऔलाद आदमी इतनी दौलत कहां ले जाऊंगा? आज की तारीख में तुम ही मेरे इकलौते करीबी रिश्तेदार हो। मेरा तो सब कुछ वैसे भी तुम्हारा ही है इसलिए संकोच कैसा? एक लाख तो क्या, अगर तुम मुझ से एक करोड़ रुपया भी मांगोगे तो मैं तुम्हारे लिए मुहैया करूंगा।''

कैसी अजीब बात थी – मोती ने मन-ही-मन सोचा – कि उसकी सारी समस्यायें अपने आप ही हल हुई जा रही थीं। गोपाल टावर का निर्माण पचास लाख रुपये की एक मुश्त रकम की वजह से रुका हुआ था और अब उससे दुगनी रकम अंकल ग्रैगरी से मिल सकती थी। आज ही कोतवाल की बेटी भी कह गयी थी कि उसके प्रति उसके बाप का दृष्टिकोण बदल सकता था, यानी कि गोपाल आवतरमानी का बेटा होना उसका कोई गुनाह नहीं रहने वाला था।

अब उसकी बड़ी समस्या सकलानी था लेकिन उसका दिल गवाही दे रहा था कि उसका भी कोई हल सहज ही निकल आना था।

''अंकल'' – प्रत्यक्षत: मोती बोला – ''मैं आपकी भावनाओं की, आपकी आफर की, कद्र करता हूं और आपको विश्वास दिलाता हूं कि खामख्वाह का तकल्लुफ करके मैं अपनी कोई जरूरत आपके छुपाकर नहीं रखूंगा। वैसे अगर तकदीर ने चाहा तो भविष्य में पैसा मेरे लिए कोई समस्या नहीं रहेगा।''

''वो कैसे?''

मोती ने उसे कोतवाल से हुए अपने कांट्रैक्ट के बारे में बताया।

''लेकिन, बेटा'' – ग्रैगरी बोला – ''यह सब तो तुम्हारे बाप की लाश की बरामदी पर निर्भर करता है और . . .''

एकाएक फोन की घण्टी बज उठी।

मोती ने आगे बढ़कर फोन का रिसीवर उठाया।

''हल्लो!'' – वह माउथपीस में बोला।

''मोती! मोती, बेटे! तुम ही बोल रहे हो न?''

कनैक्शन ठीक नहीं था। लाईन में बड़ी डिस्टर्बेंस थी लेकिन फिर भी वह आवाज मोती ने साफ पहचानी।

अविश्वास ने जैसे उसे जड़ कर दिया। उसके हाथ से रिसीवर छूटता-छूटता बचा।

वह उसके डैडी की आवाज थी।

उसे गारन्टी थी कि लाइन पर उसके डैडी थे।

''मोती, किसी को कुछ न कहना। किसी को कुछ न बताना। तुम फौरन यहां

चले आओ। अकेले आना। मैं मुलाकात पर तुम्हें सब कुछ समझाऊंगा। फिलहाल चुपचाप, अकेले, जो तुम्हारी पसन्दीदा जगह है, वहां पहुंचो।''

लाइन कट गई।

मोती ने रिसीवर धीरे से वापिस क्रेडल पर रख दिया।

''कौन था?'' – ग्रैगरी उत्सुक भाव से बोला।

''कोई नहीं।'' – मोती यूं बोला जैसे किसी सम्मोहन में जकड़ा हुआ हो – ''रांग नम्बर था।''

''तुम्हारी तबियत तो ठीक है, बेटा? तुम्हारा चेहरा एकाएक पीला क्यों पड़ गया है?''

''कोई खास वजह नहीं। दिन भर की थकावट से ऐसा हो गया होगा। आराम करूंगा तो तबियत ठीक हो जायेगी। रात भी तो बहुत हो गई है न?''

''रात! ओह, हां!'' – वह उठ खड़ा हुआ – ''ठीक है, मैं चलता हूं।''

मोती ने सहमति में सिर हिलाया।

''गुड नाइट।''

''गुड नाइट।''

ग्रैगरी वहां से विदा हो गया।

मोती धम्म से एक कुर्सी पर बैठ गया।

कहां बुलाया था उसके डैडी ने उसे?

हवेली में?

सवाल ही नहीं पैदा होता था। हवेली अब उसके डैडी की मिल्कियत नहीं रही थी। वे एक फरार अपराधी थे, वे वहां कदम रखने की हिम्मत नहीं कर सकते थे।

तो फिर?

नशेमन!

जरूर वहीं बुलाया था उसके डैडी ने उसे?

गुडगांव के पास का वह जंगल, जहां उसका बाप ''नशेमन'' आबाद करना चाहता था, आज भी अपनी सत्तरह साल पहले की उजाड़ हालत में ही था।

वह जंगल तब वाकई उसकी पसन्दीदा जगह हुआ करता था।

अब उसने अपने बाप से मिलने अकेले, चुपचाप, वहां पहुंचना था।

लेकिन उसके फ्लैट की निगरानी पर तो पुलिस तैनात थी।

उसने खिड़की के पास जाकर सावधानी से नीचे झांका।

इमारत के प्रवेशद्वार के सामने उसे दो पुलसिये दिखाई दिये।

वह किचन में पहुंचा।

किचन की खिड़की पिछवाड़े में खुलती थी।

पिछवाड़े में कोई नहीं था।

वह वापिस लौटा। उसने रिवाल्वर निकालकर पतलून की बैल्ट में खोंसी और वापिस किचन में पहुंचा। वहां वह खिड़की पर चढ़ गया और चौखट पकड़कर परली तरफ लटक गया। खिड़की की बगल से परनाले का पाइप गुजरता था जिसे पकड़ कर वह धीरे-धीरे नीचे सरकने लगा।

कुछ ही क्षण बाद वह नीचे पिछवाड़े की राहदारी में मौजूद था।

दबे पांव वह आगे बढ़ा।

मोड़ पर टैक्सी स्टैंड था जहां तक कि वह निर्विघ्न पहुंच गया।

एक टैक्सी पर सवार होकर वह शक्तिनगर अपने डिस्कोथेक पहुंचा।

यह देखकर उसकी जान-में-जान आयी कि शांता अभी भी वहां मौजूद थी।

थामस उसे वापिस आया देखकर बहुत हैरान हुआ लेकिन उसकी हैरानी की तरफ तवज्जो देने का मोती के पास वक्त नहीं था।

उसने शांता को उस के दोस्तों की भीड़ से अलग किया और उसे एक तरफ ले गया।

''क्या बात है?'' – वह हैरानी से बोली – ''खैरियत तो है?''

''खैरियत है।'' – मोती बोला।

''तो?''

''बड़े बाप की बेटी हो। कार के बिना तो यहां तक आयी नहीं होगी!''

''मतलब?''

''कार लाई हो न?''

''लाई हूं।''

''मेरा इतना भरोसा कर सकती हो कि कुछ घन्टों के लिए अपनी कार मुझे उधार दे सको?''

''तुम्हारी अपनी कार कहां गयी?''

''बिगड़ गयी।''

''ओह!'' – उसने अपने हैंडबैग में से चाबियों का एक गुच्छा निकाल कर मोती की थमा दिया – ''सफेद मारुति है। पार्किंग में कोने में खड़ी है।''

''थैंक्यू। मैं सुबह कार तुम्हारी कोठी पर लौटा जाऊंगा।''

''जब मर्जी लौटाना।''

''तुम वापिस कैसे जाओगी?''

''हमारे पास एक गाड़ी और भी है। हम आठ जने दो गाड़ियों पर आये थे। दूसरी गाड़ी एम्बेसेडर है। सब उसी में लद जायेंगे।''

''हूं। बहरहाल शुक्रिया।''

''वैलकम।''

मोती तेजी से वहां से बाहर निकल गया।

पार्किंग में पहुंचकर वह शान्ता की मारुति में सवार हुआ और फौरन गुड़गांव के उस जंगल की तरफ उड़ चला, गोपाल यशवन्तराय आवतरमानी जिसे कभी अपना, उसका और रानी का नशेमन बनाना चाहता था।

जंगल की ओर जाने वाली सड़क के एक मील दूर ही उसने कार खड़ी कर दी। वह कार से बाहर निकला।

वहां मुकम्मल सन्नाटा था। कहीं से किसी तरह की कोई आवाज नहीं आ रही थी। जंगल को जाती कच्ची सड़क एकदम सुनसान पड़ी थी।

रिवाल्वर के दस्ते को सहलाता वह निःशब्द आगे बढ़ा।

वह कार सीधा भीतर लकड़ी के केबिन तक भी ले जा सकता था लेकिन ऐन

मौके पर ही उसे वह सावधानी सूझी थी जो कि वह बरत रहा था। क्या पता वहां उसका बाप अकेला न हो! क्या पता उसके बाप से उसको वह टेलीफोन काल जबरन करवाई गयी हो और उस वक्त उसका बाप उससे ऐसा करवाने वालों के चंगुल में हो।

उसकी पसन्दीदा जगह!

जंगल के लिये वह वाक्य अपने बचपन के बाद उसने केवल एक बार राज बुन्देला के सामने इस्तेमाल किया था। बहुत कम लोगों को मालूम था कि मोती ने कभी उस जंगल को अपनी पसन्दीदा जगह बताया था। और लोग तो वह वाक्य कब का भूल-भाल भी चुके होंगे, सिर्फ अपने पिता से ही वह अपेक्षा करता था कि वह मोती के बचपन की उस बात को, उसकी उस अभिलाषा को, नहीं भूला होगा।

आधा रास्ता वह सड़क-सड़क चला लेकिन उसके बाद उसने सड़क छोड़ दी और जंगल के पेड़ों के बीच घुस गया। उसका इरादा झील का घेरा काटकर पिछवाड़े की तरफ से या उसके पहलू की तरफ से केबिन तक पहुंचने का था उसका बाप अगर वहां कहीं हो सकता था तो केबिन में ही हो सकता था।

आसमान पर पूरा चांद निकला हुआ था और उसकी सुनहरी रोशनी से वातावरण नहाया हुआ था। झील से थोड़ी दूर पेड़ों का सिलसिला एकाएक समाप्त हो जाता था और वहां खुले में कदम रखना जरूरी था। मोती ने रिवाल्वर हाथ में ले ली और वहां खुले में कदम रखा। मौसम खुशगवार था, ठण्डी-ठण्डी हवा चल रही थी लेकिन मोती का मुंह सूखा जा रहा था। उसका दिल धाड़-धाड़ उसकी पसलियों के साथ बजने लगा था। और कुछ मिनट बाद आवतरमानी केस के इस सबसे अहम सवाल का जवाब सामने आ जाने वाला या कि गोपाल यशवन्तराय आवतरमानी जिन्दा था या नहीं।

झील का घेरा काटकर उसके पार वह निर्विघ्न पहुंच गया। वहां वह फिर पेड़ों में दाखिल हो गया और केबिन की दिशा में आगे बढ़ने लगा।

केबिन का पहलू जब उसे सामने दिखाई देने लगा तो वह झाड़ियों में लेट गया और छाती के बल रेंगता हुआ आगे बढ़ने लगा। केबिन के आस-पास मुकम्मल

सन्नाटा था। उसके भीतर मद्धम-सी रोशनी थी जिसका साधन कोई लालटेन या मोमबत्ती ही हो सकती थी। केबिन के सामने की एक खिड़की खुली थी जिसमें से वह रोशनी बाहर आ रही थी।

वह थोड़ा-थोड़ा बायें सरकने लगा।

केबिन के सामने कोई सौ-गज की खुली जगह थी। वह जानता था कि अगर, वह सड़क के रास्ते सामने से वहां पहुंचा होता तो वह खुली जगह उसके लिये सबसे खतरनाक साबित होती।

बशर्ते कि कोई खतरा होता।

हकीकतन उसका बाप वहां अकेला भी हो सकता था।

वह थोड़ा और सरका तो उसे लगा कि खिड़की में कोई था। खिड़की से बाहर निकलती रोशनी में कोई व्यवधान था जिसकी परछाई बाहर जमीन पर पड़ रही थी।

कोई बीस गज और वह यूं ही झाड़ियों में रेंगा और फिर उसने सिर उठाकर दोबारा खिड़की की तरफ झांका।

खिड़की में कोई था। उसके शरीर का जितना भाग खिड़की में से देखा जा सकता था, वह बताता था कि वह कोई संकरे कन्धों वाला ठिगना व्यक्ति था।

कद-काठ तो उसके पिता का ही था।

लेकिन अभी उसमें और खिड़की में इतना फासला था कि सूरत की शिनाख्त मुहाल थी।

वह छाती के बल रेंगने के स्थान पर उकड़ू होकर आगे को बढ़ा।

अब वह उतावला जो हो उठा था। रेंगने में वक्त बरबाद करने जितना सब्र अब वह अपने में नहीं पा रहा था।

उसने झाड़ियों से बाहर कदम रखा।

तभी एकाएक केबिन के दाईं ओर उगी एक झाड़ी में उसे कोई हरकत महसूस हुई।

कोई वहां था।

जरूर कोई वहां था।

उसका पिता वहां अकेला नहीं था।

इसी बात का मोती को डर था और इसी बात ने उसे इतने गोपनीय तरीके से वहां पहुंचने के लिये प्रेरित किया था।

उसने फौरन वापिस झाड़ियों में छलांग लगा दी।

उसी क्षण एक फायर हुआ।

फिर लगातार कई फायर हुए।

मोती के इर्द-गिर्द गोलियां बरसने लगीं।

वह सांस रोके झाड़ियों में छुपा बैठा रहा।

केबिन के पास झाड़ियों में उसे हरकत का आभास मिला था, वहां से आटोमैटिक रायफल सम्भाले एक आदमी ने बाहर कदम रखा।

''वो वहां परली तरफ है।'' – वह चिल्लाकर बोला।

एक आदमी केबिने के पीछे से बाहर निकला।

''तुम्हारी कोई गोली लगी उसे?'' – उसने पूछा।

''पता नहीं।''

इतना हंगामा मच जाने के बावजूद केबिन की खिड़की में मौजूद व्यक्ति के कान पर जूं भी नहीं रेंगी थी। वह पूर्ववत् स्थिर खड़ा था।

मोती समझ गया कि वह कोई पुतला था जो उसे बेवकूफ बनाने के लिये वहां खड़ा किया गया था।

मोती अपने आपको भय की वर्तमान स्थिति में बहुत असुरक्षित पा रहा था। उन दोनों के पास शक्तिशाली आटोमैटिक हथियार थे। वे झाड़ियों में अन्धाधुन्ध भी फायर झोंकते रहते तो कोई गोली उसे लगनी ही थी।

उसने व्याकुल भाव से अपने ईर्द-गिर्द निगाह दौड़ाई।

उससे थोड़ी दूर एक उखड़ा हुआ पेड़ लेटा पड़ा था। उसका तना काफी मोटा था और वह गोलियों की बौछार से उसकी बेहतर रक्षा कर सकता था।

मोती उसकी तरफ लपका।

उन दोनों ने उसे देखा और वे तुरन्त फिर गोलियां बरसाने लगे।

वह पेड़ की ओट में पहुंचने में सफल हो गया तो फायरिंग रुक गयी।

अब मोती उस घड़ी को दुआयें दे रहा था जब उसने छुपकर वहां पहुंचने की समझदारी दिखाई थी। वह सड़क के रास्ते सीधा वहां आया होता तो कब का परलोक सिधार चुका होता। उन दोनों का छुपने का तरीका ही बता रहा था कि वे उसके वहां पहुंचते ही उसे शूट कर देना चाहते थे।

लेकिन अभी भी वह कौन-सा सुरक्षित था।

उनमें से एक आदमी झाड़ियों में छुप गया था और पेड़ों की ओट से गुजरता मोती के पीछे पहुंचने की कोशिश कर रहा था।

उसे फौरन हतोत्साहित करना जरूरी था।

मोती रेंगकर तने के सिरे पर पहुंचा। उसने सावधानी से आवाज की दिशा में फायर किया।

जहां-जहां रायफल की चमक प्रकट हुई, वहीं-वहीं मोती ने भी ताक-ताककर फायर किये।

फिर एकाएक उधर से फायर होने बन्द हो गये।

या तो उधर के आदमी को गोली लग गयी थी, या वह अपनी रायफल भर रहा था और या फिर वह किसी बेहतर मौके की ताक में वैसे ही खामोश था।

मोती ने भी अपनी रिवाल्वर में गोलियां भरीं।

केबिन की तरफ से फिर फायर होने लगे।

मोती जमीन से चिपककर लेट गया।

वह दोतरफा फायरिंग उसे मरवा सकती थी।

''ठीक-ठाक हो न?'' – केबिन की ओर वाला व्यक्ति चिल्लाकर बोला।

''हां।'' – झाड़ियों की ओर वाले ने तुरन्त उत्तर दिया – ''अब निकल चलना चाहिये।''

''नहीं। साले का काम करके ही जायेंगे।''

फिर फायरिंग होने लगीं। गोलियां पेड़ के तने से आ-आकर टकराने लगीं।

मोती उस व्यक्ति की तरफ आकर्षित हुआ जो वहां से निकल चलने का ख्वाहिशमन्द था।

वह कुछ क्षण कान लगाकर उसकी आहट लेता रहा, फिर उसने एकाएक एकबारगी ही रिवाल्वर की सारी गोलियां आहट की दिशा में चला दीं।

तुरन्त नतीजा सामने आया।

मोती को पेड़ों के बीच से उसके सड़क की ओर अन्धाधुन्ध भागने की आवाज आयी।

अब उसके सामने दो रास्ते थे।

या तो वह भागते व्यक्ति के पीछे भाग सकता था और या फिर वह वहीं छुपा-छुपा केबिन की ओर वाले का मुकाबला कर सकता था।

उसने पहला रास्ता अख्तियार किया।

रिवाल्वर में फिर से गोलियां भरता हुआ वह सिर नीचा किये भागते व्यक्ति के पीछे भागा।

केबिन की ओर वाले ने कुछ फायर और झोंके लेकिन तब तक मोती घने जंगल में पहुंच चुका था।

बचपन में मोती वहां खेलता था इसलिये वह वहां के पत्ते-पत्ते से वाकिफ था कि किधर से भागकर आगे भागते आदमी से पहले सड़क पर पहुंचा जा सकता था। आखिर कोशिश तो उस आदमी की सड़क पर पहुंचने की ही थी जहां कहीं जरूर उन्होंने कोई वाहन छुपाकर खड़ा किया हुआ होगा।

वह आदमी अभी जंगल में ही था कि मोती सड़क पर पहुंच गया। वहां उसे झाड़ियों में छुपी एक कार दिखाई दी।

वह कार के पीछे जाकर छुप गया और रिवाल्वर सामने ताने उस आदमी के जंगल से निकलने की प्रतीक्षा करने लगा।

कुछ क्षण बाद वह आदमी जंगल से बाहर निकला और लंगड़ाता हुआ कार की तरफ बढ़ा।

यानी कि मोती की एक गोली उसे लग चुकी थी।

वह थोड़ा और आगे आया तो मोती ने ताककर उस पर गोली चलाई।

वह आदमी एक बार चीखा और फिर ढेर हो गया। रायफल उसके हाथ से निकलकर नीचे गिर गयी।

मोती लपककर उसके पास पहुंचा।

वह तोताराम था।

दूसरी गोली उसकी छाती में लगी थी।

उस क्षण वह जिन्दा था लेकिन उसका बचना मुहाल था।

मोती उसके समीप उकड़ू बैठ गया। उसने उसको उसके कन्धों से पकड़कर झिंझोड़ा।

तोताराम ने आंखें खोलीं।

''मेरे डैडी'' – मोती उत्तेजित भाव से उसे झिंझोड़ता हुआ बोला – ''मेरे डैडी कहां हैं? क्या किया तुम लोगों ने उनका?''

तोताराम के होंठ हिले लेकिन उसके मुंह से बोल न फूटा।

''बोलो! जवाब दो। देखो, तुम मर रहे हो। कम-से-कम मरते वक्त तो सच बोल दो! मेरे डैडी कहां हैं? तुम्हारा साथी कौन है? चक्की कहां है?''

''दोनों इकट्ठे'' – तोताराम बड़ी कठिनाई से कह पाया – ''आवतरमानी . . . और चक्की . . . दोनों इकट्ठे . . . एक ही जगह . . .''

तभी उसकी आंखें उलट गयीं।

दूर कहीं एक कार का इंजन गर्जा।

मोती को यह सोचकर बड़ी हैरानी हुई कि वे दो जने दो कारों पर वहां आये थे।

तोताराम का साथी उसका मुकाबला करने की जगह भाग रहा था।

अब कार पर सवार हो चुके उस व्यक्ति को रोकना सम्भव भी न था।

इंजन की आवाज उस तक आनी बन्द हो गयी तो मोती ने तोताराम की जेबें टटोलनी आरम्भ कीं।

उसकी जेब में एक रूमाल, एक बटुवे और एक चाबियों के गुच्छे के अलावा कुछ नहीं था।

बटुवे और चाबियों के गुच्छे के साथ मोती उसकी कार के पास पहुंचा। उसी की चाबियों में से एक को लगाकर उसने कार का दरवाजा खोला और डोम लाइट में उसके बटुवे का मुआयना किया।

उसमें मौजूद उसके ड्राइविंग लाइसेंस और अन्य कागजात से सिद्ध हुआ कि तोताराम का वास्तविक नाम त्रिवेणी सहाय पाण्डेय था और वह उदयपुर का रहने वाला था।

बटुवे से एक चीज और बरामद हुई।

वह एक किराये की रसीद थी जिसके मुताबिक त्रिवेणी सहाय पाण्येड ने हाल ही में करोल बाग में एक फ्लैट किराये पर लिया था।

अब स्थिति बहुत दिलचस्प हो गयी थी।

वह तोताराम की असलियत जान गया था।

तोताराम मर चुका था लेकिन उसके भगोड़े साथी को यह बात नहीं मालूम थी, वह यही समझ रहा था कि उसकी तरह तोताराम भी भाग निकलने में कामयाब हो गया था।

वह मोती को भी मर चुका समझ रहा हो सकता था।

मोती सोचने लगा।

अब एक बात हथौड़े की तरह उसके जेहन में बज रही थी।

फोन पर वह अपने पिता की आवाज कैसे सुन पाया था?

यह बात वह चैलेंज के साथ कह सकता था कि आवाज उसके पिता की ही थी, किसी नक्काल की बनाई नकली आवाज वह नहीं थी।

फिर जैसे उसके जेहन में बिजली-सी कौंधी।

फिर उसे सब समझ आने लगा।

गुत्थी का हल तो ऐन उसकी नाक के नीचे था इसीलिये शायद वह उसे दिखाई नहीं दे रहा था।

अब वह यह भी समझ गया कि तोताराम का जोड़ीदार कौन था।

वापिस दिल्ली में कदम रखते ही उसने सबसे पहले एक पैट्रोल पम्प पर कार रोकी।

वहां के पब्लिक टेलीफोन बूथ से उसने सकलानी का वो नम्बर डायल किया जो उसे बुन्देला ने दिया था।

नम्बर बिजी था।

उसने "386197" डायल किया।

यह टेलीफोन सेवा का वह नम्बर था जिससे कोई भी टेलीफोन नम्बर बताकर उसके उपभोक्ता का नाम तथा पता हासिल किया जा सकता था।

तोताराम ने दिल्ली के जिस टेलीफोन नम्बर पर ट्रंककाल की थी, उसको चैक करने की उसे अभी तक सुध नहीं आयी थी।

दूसरी ओर से उत्तर मिला तो उसने वह नम्बर दोहराया।

उसे नम्बर के स्वामी और उसके घर का पता बता दिया गया।

उसने सम्बन्ध विच्छेद कर दिया।

अब उसे दोहरी गारन्टी हो गयी थी कि तोताराम के जोड़ीदार को उसने ठीक पहचाना था।

उसने फिर सकलानी का नम्बर डायल किया।

इस बार काल लग गयी।

मोती ने अपना परिचय दिया और सकलानी से बात करने की इच्छा व्यक्त की।

कुछ क्षण बाद सकलानी लाइन पर आया।

"क्या है?" – वह सांप की तरह फुंफकारा।

"जिस आदमी के बारे में तुम पुलिस से पहले जानकारी चाहते थे, उसका नाम त्रिवेणी सहाय पाण्डेय है। वह उदयपुर का रहने वाला है और अभी-अभी गुड़गांव में मेरे हाथों अपनी जान से हाथ धो बैठा है।"

"क्या!"

"वह आदमी मर चुका है। उसने और उसके एक जोड़ीदार ने मेरी जान लेने के लिये धोखे से मुझे गुड़गांव बुलाया था लेकिन वे अपनी करतूत में कामयाब नहीं हो सके थे। पाण्डेय वहां मेरी गोली का शिकार हो गया था और उसका जोड़ीदार वहां से भाग निकला था।"

''पुलिस को यह बात मालूम है?''

''अभी नहीं। सुबह से पहले मालूम होगी भी नहीं। क्योंकि दिन चढ़ने से पहले उस जंगल से लाश बरामद नहीं होने वाली। रात को वहां कोई नहीं जाता। सुबह वहां लोग सैर करने जाते हैं या दिन में झील के किनारे पिकनिक मनाने जाते हैं। किसी करिश्मासाज तरीके से सुबह से पहले लाश बरामद हो भी गयी तो फौरन उसकी शिनाख्त नहीं हो सकेगी।''

''क्यों नहीं हो सकेगी?''

''क्योंकि उसकी कार और उसकी जेब का सारा सामान मैंने अपने अधिकार में ले लिया है।''

''पुलिस तुम्हारी ऐसी-तैसी फेर देगी।''

''पुलिस मेरा क्या करेगी, इससे तुम्हें कोई मतलब नहीं होना चाहिए। तुम जो चाहते थे, वह हो रहा है। पाण्डेय की खबर तुम पुलिस से बारह घन्टे पहले चाहते थे, वह तुम्हें मिल रही है। यही सौदा हुआ था हमारे बीच।''

''मुर्दा वह आदमी मेरे किस काम का?'' – सकलानी गुस्से में बोला – ''वह मुझे जिन्दा मिलना चाहिये था।''

''मैंने उसे इसलिये नहीं मारा कि वह तुम्हें जिन्दा न मिल सके। मैं उसे न मारता तो वह मुझे मार डालता। अपनी जान बचाने के लिये मैंने उसकी जान ली।''

''लेकिन . . .''

''सुनो, सुनो। अभी उसका जोड़ीदार जिन्दा है। जो कुछ पाण्डेय जानता था, वह उसका जोड़ीदार भी जानता होगा। तुम उदयपुर में उसके जोड़ीदार की तलाश करवा सकते हो।''

''जरूरी थोड़े ही है कि वह भी उदयपुर का ही हो!''

''सम्भावना ऐसी होने की फिर भी है।''

''तुम मुझे डबलक्रॉस करने की कोशिश तो नहीं कर रहे?''

''नहीं।''

''मैं एक बार तेरे बाप से धोखा खा चुका हूं। तब तो मुझे उम्मीद नहीं थी कि

मेरा अपना सिन्धी भाई मेरे साथ धोखा करेगा लेकिन एक बात सोच ले, पुटड़े, अपने बाप की तरह अगर तू भी मुझे धोखा देने की फिराक में है तो . . .''

''मैं तुम्हें कोई धोखा देने की फिराक में नहीं।''

''मुझसे कुछ छुपा तो नहीं रहे हो?''

''हरगिज भी नहीं। इस वक्त मैं गले-गले तक मुसीबत में धंसा हुआ हूं। इस वक्त मैं किसी से भी कुछ छुपाने की स्थिति में नहीं हूं। मेरे हाथों एक आदमी का खून हुआ है और तुम्हारी खातिर मैंने उसका व्यक्तिगत सामान और उसकी कार गायब कर दी है। पता नहीं कैसे मैं पुलिस को यह विश्वास दिला सकने में कामयाब होऊंगा कि मैंने उसे आत्मरक्षा में मारा था। अपनी दूसरी करतूत की कोई सफाई देना तो मेरे लिये मुमकिन होगा ही नहीं। बावजूद इसके जो तुम चाहते थे, मैंने किया है। अब अगर फिर भी राज बुन्देला को कुछ हुआ तो कान खोलकर सुन ले, हरामजादे, तू कितना ही बड़ा गैंगस्टर क्यों न हो, मैं तुझे जहन्नुमरसीद किये बिना नहीं मानूंगा।''

तोताराम की किराये की रसीद पर करोलबाग की जिस इमारत का पता लिखा था, वह एक विशाल चार-मंजिला इमारत थी।

पहली बार मोती बिना इमारत के सामने ठिठके वहां से कार गुजार ले गया।

दूसरी बार उसने कार को इमारत से थोड़ा परे रोककर उसका मुआयना किया।

फिर उसने कार को इमारत के ऐन सामने रोका।

वह तोताराम के जोड़ीदार के वहां पहुंचने की अपेक्षा कर रहा था। तोताराम की कार वहां खड़ी पाकर उसे तसल्ली हो सकती थी कि तोताराम जंगल में मर नहीं गया था, वह ऊपर अपने फ्लैट में था।

तोताराम का जोड़ीदार फिलहाल और कहीं जाना गवारा नहीं कर सकता था। सम्भावना इस बात की भी थी कि शायद तोताराम सिर्फ घायल हुआ था और उस वक्त पुलिस के हाथों में था। पुलिस उससे बड़ी आसानी से उसके जोड़ीदार का पता कुबुलवा सकती थी। लेकिन अगर वह सही-सलामत था तो उसने लौटकर

वहीं आना था। तोताराम का जोड़ीदार यही देखने के लिये वहां आ सकता था कि तोताराम वहां पहुंचा था या नहीं।

वह सावधानी से कार से बाहर निकला।

उसके लिये वह घड़ी सबसे खतरनाक थी। तोताराम का जोड़ीदार वहां पहले ही पहुंच चुका हो सकता था और इमारत की निगरानी करता कहीं आस-पास छुपा हो सकता था।

लेकिन सम्भव यह भी था कि उस वक्त वहां आकर वक्त बरबाद करने की जगह वह फरार हो जाने की तैयारियां कर रहा हो।

मोती ने इमारत में कदम रखा।

रसीद के मुताबिक तोताराम का फ्लैट सबसे ऊपरली मंजिल पर था।

वह सबसे ऊपरली मंजिल पर पहुंचा।

यह देखकर उसे बड़ा सन्तोष हुआ कि वहां एक ही फ्लैट था।

तोताराम की जेब से बरामद चाबियों में से एक को लगा कर उसने फ्लैट का मुख्य द्वार खोला और भीतर दाखिल हुआ।

उसने कुछ बत्तियां जलाईं और फ्लैट का मुआयना किया।

वह एक चार कमरों का फ्लैट था जिनमें से केवल दो कमरे – एक बैडरूम की तरह और दूसरा ड्राईंगरूम की तरह – इस्तेमाल में लाये जा रहे थे। जरूर वह फ्लैट तोताराम को फर्नीचर समेत किराये पर मिला था क्योंकि वहां उसके व्यक्तिगत सामान के तौर पर एक छोटे से सूटकेस के अलावा कुछ नहीं था।

ड्राईंगरूम में फोन भी था।

यानी कि वहां आने की जगह तोताराम का जोड़ीदार फोन करके भी मालूम कर सकता था कि तोताराम वहां पहुंचा था या नहीं।

उसने फोन के रिसीवर को क्रेडल से उठाकर अलग रख दिया।

अब अगर कोई वहां फोन करता तो उसे बिजी सिग्नल मिलता।

फिर उसने प्रवेश द्वार के सामने की एक लाइट को छोड़कर सारी बत्तियां बुझा दीं और बैडरूम के दरवाजे के पास एक कुर्सी डालकर बैठ गया। उसने रिवाल्वर

अपने हाथ में ले ली और प्रतीक्षा करने लगा।

आधा घन्टा गुजर गया।

क्या वह आदमी फरार हो गया था?

लेकिन फरार होकर वह पुलिस से ही बच सकता था, सकलानी से नहीं। वह वहां आ जाता तो मोती उसे समझा सकता था कि उसके लिये समझदारी का काम यही था कि वह पुलिस को आत्मसमर्पण कर दे।

एकाएक उसे यूं लगा जैसे हवा का एक झोंका फ्लैट में से गुजर गया हो।

उसने सावधानी से सामने देखा।

ड्राईंगरूम का दरवाजा तो बन्द था।

फिर उसकी निगाह दीवार पर लगे एक शीशे पर पड़ी।

उसमें उन दो कमरों में एक का दरवाजा प्रतिबिम्बित हो रहा था जो कि इस्तेमाल में नहीं लाये जाते थे।

वह दरवाजा खुला था।

जरूर उधर से भी फ्लैट में दाखिल होने का कोई रास्ता था।

और तोताराम के जोड़ीदार ने उस रास्ते से भीतर दाखिल होना पसन्द किया था।

नीचे शुरू से ही कहीं बहुत ऊंची आवाज में एक रेडियो बज रहा था जिस की वजह से मोती को उसके वहां आगमन की कोई आहट नहीं मिल पायी थी।

ऐसे माहौल में वहां गोली भी चलती तो वह रेडियो की आवाज में दब जाती।

मोती स्तब्ध बैठा रहा।

फिर वह शीशे पर निगाह जमाये-जमाये बोला – ''गोली चलाने से पहले मेरी बात सुन लेना। तुम इस वक्त फंसे हुए हो। मेरी बात सुनने में तुम्हारा ही फायदा है।''

खाली कमरे की तरफ से कोई जवाब न आया।

''मैं जानता हूं तुम कौन हो'' – मोती आगे बढ़ा – ''मैं तुम्हारी हर करतूत से वाकिफ हूं। मैं जानता हूं कि तुम ही वह शख्स हो आज से सत्तरह साल पहले

जिसने मेरे पिता के कत्ल और उसके एक करोड़ के हीरों की चोरी की मास्टरपीस स्कीम की रूपरेखा तैयार की थी। सत्तरह साल पहले का एक करोड़ रुपया तुम्हारी और तुम्हारे जोड़ीदार त्रिवेणी सहाय पाण्डेय उर्फ तोताराम की जिन्दगी बना सकता था। इतनी बड़ी रकम में से तुम दो हजार रुपये सालाना की मामूली रकम का एक मनीआर्डर मुझे भेजना बाखूबी अफोर्ड कर सकते थे ताकि यह भरम बना रहता कि मेरा बाप अभी जिन्दा था। वास्तव में मेरा बाप दीवाली की रात को ही मार डाला गया था और उसका कत्ल उन एक करोड़ के हीरों की ही खातिर हुआ था जो कि उसके जूते के एक पांव की एड़ी में थे। मैं समझता था कि उन हीरों की खबर मेरे और चक्की के अलावा और किसी को नहीं थी लेकिन अब मैं यह जानता हूं कि हीरों के बारे में तुम और पाण्डेय भी जानते थे।''

मोती एक क्षण को ठिठका।

दूसरी ओर से कोई हरकत, कोई आवाज न हुई।

''आज टेलीफोन पर जो मैंने अपने बाप की आवाज सुनी थी, वह टेपरिकार्ड की हुई आवाज थी। तुमने टेलीफोन पर टेप चलाकर मुझे मेरे बाप की आवाज सुनाई थी। इसीलिये मुझे कनैक्शन ठीक नहीं लग रहा था और लाइन में डिस्टर्बेंस मालूम हो रही थी। जो कुछ मैंने सुना था, उसके शब्द और वाक्य उन टेपों में से निकाले गये थे जो सत्तरह साल पहले मेरे बाप की टेलीफोन लाइन टेप करके और उसकी स्टडी में माइक्रोफोन छुपाकर तैयार किये गये थे। अब तुम कहोगे कि टेप तो स्टेनो द्वारा स्क्रिप्ट बना दिये जाने के बाद नष्ट कर दिये जाते थे। अगर यह बात सच है तो टेलीफोन पर मुझे मेरे बाप का वार्तालाप सुनाने वाले टेप को तैयार करने के लिये टेप कहां से आये? इसका एक ही जवाब हो सकता है। वह यह है कि हवेली में स्टडी वाले माइक्रोफोन के अलावा भी कोई और माइक्रोफोन छुपा हुआ था और उस माइक्रोफोन की रिकार्डिंग वाले टेप नष्ट नहीं किये गये थे। मैं यह तक बता सकता हूं कि वह दूसरा माइक्रोफोन कहां छुपाया गया था। वह माइक्रोफोन शर्तिया मेरे बाप के बैडरूम में छुपाया गया था। उसी बैडरूम वाले माइक्रोफोन पर मुझमें और मेरे बाप में हुए दो बड़े महत्वपूर्ण वार्तालाप सुने गये थे। पहला

वार्तालाप उस रोज का था जब मेरी आन्टी सोफिया ने मुझे हीरों के साथ खेलते देख लिया था। तब आन्टी के हवेली से चले जाने के बाद मेरा बाप मुझे अपने बैडरूम में ले गया था और उसने मुझे हीरों के बारे में सब कुछ बता डाला था। तभी मेरे बाप ने पहली बार अपनी ज़ुबान से एक करोड़ के जूते का जिक्र किया था। दूसरा महत्वपूर्ण वार्तालाप वह था जो मेरे और मेरे बाप के बीच दीवाली की रात को हुआ था। तभी मेरे बाप ने नशेमन को मेरी पसन्दीदा जगह कहा था। यही वाक्य ''तुम्हारी पसन्दीदा जगह'' आज मुझे अपने बाप के मुंह से टेलीफोन पर सुनने को मिला था जो कि वास्तव में सत्तरह साल पहले बैडरूम में छुपे माइक्रोफोन पर रिकार्ड किया गया था। तभी मेरे बाप ने मेरे से ''स्काउट्समैन जैसा पवित्र वादा'' लिया था कि मैं हीरों की बाबत या हवेली में होती और भी किसी रहस्यपूर्ण घटना की बाबत किसी को कुछ नहीं बताऊंगा। ''स्काउट्समैन जैसा पवित्र वादा''! यह वाक्य एक बार मेरे बाप की ज़ुबाने से निकला था और दोबारा कभी मेरी ज़ुबान पर नहीं आया था लेकिन यही वाक्य आज तुमने इस्तेमाल किया था। आज दिन में जब मैं तुमसे मिला था तो तुमने कहा था कि ''बचपन में तो तुमने अपने होंठ ही सी लिये थे। अच्छा स्काउट्समैन जैसा पवित्र वादा किया था तुमने अपने बाप से।'' भट्टाचार्य, सिर्फ एक बार मेरे बाप की ज़ुबान से निकला यह विशिष्ट वाक्य आज दिन में तुम्हारी ज़ुबान पर क्यों कर आया? तुमने कहां से सुन लिया यह वाक्य? यह वाक्य तुम्हारी ज़ुबान से निकला, क्या यही इस बात का सबूत नहीं है कि हवेली में मेरे बाप के बैडरूम में एक अतिरिक्त माइक्रोफोन भी छुपाया गया था और यह कि तोताराम के जोड़ीदार तुम हो . . .''

तब भट्टाचार्य ने खाली कमरे के खुले दरवाजे से बाहर कदम रखा। उसके हाथ में एक भरी रिवाल्वर थी जिसकी नाल का रुख मोती की खोपड़ी की तरफ था।

''रिवाल्वर वाले हाथ में हरकत न हो'' – वह बोला – ''मैं तुमसे पहले फायर कर सकता हूं।''

मोती स्तब्ध बैठा रहा।

''वो मर गया?''

''कौन?''

''पाण्डेय! तोताराम!''

''हां।''

''उसकी कार क्यों लाये?''

''ताकि तुम इस वहम के शिकार रहो कि मरा वह नहीं, मैं था। अगर तुम्हें मालूम हो जाता कि तुम्हारा जोड़ीदार मर चुका था तो तुम फरार हो सकते थे।''

''क्यों? मुझे उसकी मौत से क्या?''

''उसकी जांच पड़ताल से जरूर कोई ऐसा लिंक निकल सकता होगा जो कि उससे तुम्हारा रिश्ता जोड़ सकता था।''

''यहां किस उम्मीद में बैठे थे? मुझे खुद गिरफ्तार करके हीरो बनना चाहते थे?''

''नहीं।''

''तो?''

''मैं तुमसे बात करना चाहता था।''

''क्या बात करना चाहते थे?''

''मैं तुमसे एक सौदा करना चाहता हूं।''

वह हंसा।

''तुम अपनी मौत से सिर्फ कुछ क्षण दूर खड़े हो और मुझसे सौदा करना चाहते हो।''

''रिवाल्वर मेरे हाथ में भी है। मेरे से पहले तुम मुझ पर सिर्फ एक गोली चला सकते हो और तुम्हारा निशाना चूक सकता है। तुम्हारे दूसरी गोली चला पाने से पहले मैं तुम्हें शूट कर सकता हूं।''

''और तुम्हारा निशाना नहीं चूक सकता!''

''मेरा भी चूक सकता है। कहने का मतलब यह है कि अभी कोई गारन्टी नहीं की जा सकती कि हम दोनों में से कौन मरने वाला है! इसलिये क्या हर्ज है मेरी बात सुन लेने में!''

''मैं यह सुनूं कि तुम मुझसे कोई सौदा करना चाहते हो?''

''हां।''

''फायदा?''

''शायद हो कोई फायदा।''

''अपनी रिवाल्वर से धीरे से अपनी पकड़ ढीली करो ताकि वह तुम्हारी उंगलियों से निकलकर नीचे जा गिरे।''

मोती हिचकिचाया।

''तुम्हारी रिवाल्वर की नाल का रुख अभी फर्श की तरफ है। वह मेरी तरफ उठते-उठते उठेगी जबकि मेरी रिवाल्वर पहले ही तुम्हारी तरफ उठी हुई है। तुम्हारे रिवाल्वर वाले हाथ से उस पर से अपनी पकड़ ढीली कर लेने के अलावा कोई भी और हरकत हुई तो मैं गोली चला दूंगा।''

मोती ने रिवाल्वर अपनी उंगलियों में से निकल जाने दी।

''गुड'' – भट्टाचार्य बोला – ''अब सुनाओ, क्या सुनाना चाहते हो?''

''बेहतर। सुनो। भट्टाचार्य, पहले मैं यह जानना चाहता हूं कि मेरे बाप पर क्या बीती। तकरीबन का अन्दाजा अब मैं लगा सकता हूं लेकिन मैं हकीकत जानना चाहता हूं।''

''और?''

''और अगर तुम जिन्दा पकड़े जाओ तो मैं चाहता हूं कि तुम मेरी खातिर एक झूठ बोलो।''

''तुम्हें उम्मीद है मेरे पकड़े जाने की?''

''हां।''

वह हंसा।

''क्या झूठ बुलवाना चाहते हो मुझसे?'' – वह विनोदपूर्ण स्वर में बोला।

''मैं चाहता हूं कि तुम उस टेप का जिक्र न करो जिसके माध्यम से तुमने टेलीफोन पर मेरी मेरे बाप से बात करवाई थी।''

''तो तुम गुड़गांव कैसे पहुंचे?''

''तुमने मुझे प्रलोभन देकर वहां बुलाया कि तुम मुझे मेरे बाप से सम्बन्धित कोई महत्वपूर्ण जानकारी बेचना चाहते थे।''

''और?''

''और यह भी भूल जाओ कि हमारी यहां कोई मुलाकात हुई थी।''

''और?''

''और बस।''

''इस सारे खटराग से फायदा?''

''तुम एक कत्ल और करने से बच जाओगे।''

''तुम्हारा?''

''हां ''

वह हंसा।

''मैं तुम्हें चुपचाप यहां से निकलकर फरार हो जाने दूंगा और जब तक तुम सुरक्षित नहीं निकल जाओगे, मैं पुलिस को कुछ नहीं बताऊंगा।''

''मैं तुम्हें कुछ बताने लायक छोड़ूंगा ही क्यों?''

''तुम मुझे मारकर भी बच नहीं सकोगे।''

''क्यों? नहीं पहले यह बताओ कि यह जो झूठ तुम मुझसे बुलवाना चाहते हो, क्यों बुलवाना चाहते हो?''

''किसी आदमी की जान इस झूठ पर निर्भर करती है।''

''किसकी?''

''राज बुन्देला की। अगर तुम मेरे कहे मुताबिक बयान नहीं दोगे तो सकलानी समझेगा कि मैंने उसे धोखा दिया है। फिर वह बुन्देला का खून करवा देगा।''

''सकलानी! उसका क्या चक्कर है?''

''बताऊंगा लेकिन पहले तुम यह बताओ कि मेरे बाप पर क्या बीती?''

''पहले तुम ही बताओ कि तुमने क्या अन्दाजा लगाया, कैसे अन्दाजा लगाया।''

''बेहतर। पहले मेरा अन्दाजा सुनो। शुरूआत मैं तोताराम से ही करता हूं। उसका असली नाम त्रिवेणी सहाय पाण्डेय है और वह उदयपुर का रहने वाला है। वह तुम्हारा एजेन्ट था। सत्रह साल पहले मेरे बाप की बातें रिकार्ड करने के लिये तुमने जो रिकार्डिंग प्लांट स्थापित किया था, उसका सारा इन्तजाम उसी ने किया था और वही उसे कन्ट्रोल करता था। वह तुम्हारा जोड़ीदार और सहयोगी था, यह बात इससे भी साबित होती है कि बैडरूम वाले माइक्रोफोन की किसी को खबर नहीं थी लेकिन तोताराम को बताये बिना तुम उसका कोई इस्तेमाल नहीं कर सकते थे। वही जरूर इस बात का भी इन्तजाम करता था कि बैडरूम के टेप वाली रिकार्डिंग कोतवाक्ष तक न पहुंचने पायें।''

''पुलिस ने हवेली की भरपूर तलाशी ली थी। उन्हें तो बैडरूम में माइक्रोफोन छुपा नहीं मिला था!''

''इसलिए नहीं मिला था क्योंकि हवेली में आते ही तुमने पहला काम वहां से वह माइक्रोफोन निकालने का ही किया था। स्टडी की तरह वहां का माइक्रोफोन भी जरूर वहां पलंग के ऊपर छत के साथ लटकती डबल ट्यूब लाइट की ग्रिल में था। चौधरी के मत्थे लगने से पहले तुम मेरे बाप के कपड़े वगैरह चैक करने की नीयत से उसके बैडरूम में गये थे। तभी तुमने पलंग पर चढकर ट्यूब लाइट के फ्रेम में से माइक्रोफोन निकाल लिया था। मैंने खुद अपनी आंखों से पलंग की सफेद चादर पर बने धूल से सने जूतों के निशान देखे थे। वह माइक वहां से निकालना तुम्हारे लिए जरूरी था क्योंकि तुम नहीं चाहते थे कि मेरे बाप की उस अतिरिक्त निगरानी की खबर किसी को लगती। तब उस स्टेज पर तुम्हें यह भी भरोसा नहीं था कि अपनी ज़ुबान बन्द रखने का जो वादा मैंने अपने बाप से किया था, उसे मैं निभाने भी वाला था। तुम्हारी निगाह में मैं इंस्पेक्टर चौधरी को हीरों के बारे में बता सकता था। मैं उसे यह भी बता सकता था कि मेरे बाप ने मेरे सामने अपने बैडरूम में मुझसे हीरों के बारे में बात की थी। फिर वहां से माइक्रोफोन बरामद हो जाता तो चौधरी को तुम पर शक हुए बिना न रहता।''

''शाबाश! ऐसी ही कोई और करामाती खोज?''

''एक और है।''

''वह भी कह डालो।''

''मुझे मालूम है तुमने मेरे बाप की लाश कहां छुपाई हुई है।''

''कहां छुपाई हुई है?''

''राजपुर रोड पर हवेली से आधा मील दूर स्थित अपनी कोठी में।''

वह बात भट्टाचार्य को आसानी से हजम न हुई। उसके चेहरे पर भारी झुंझलाहट के भाव पैदा हुए।

''तुमने चौधरी को मेरे सामने कहा था।'' – मोती बोला – ''कि हवेली के सामने के गैरेज में लगे ट्रांसमीटर के सिग्नल रिसीव करने के लिए तुम्हारा रिसीविंग स्टेशन और रिकार्डिंग प्लांट हवेली से कोई आधा मील दूर एक इमारत में था। जब मैं आगरे से वापिस आया था तो माथुर मुझे तुम्हारी कोठी पर ले कर गया था। वहां पहुंचने के उपक्रम में हम हवेली के आगे से गुजरे थे। मैंने कार के स्पीडोमीटर पर नोट किया था कि तुम्हारी कोठी हवेली से ठीक आधा मील दूर थी।''

भट्टाचार्य खामोश रहा लेकिन उसकी खामोशी भी मोती के निष्कर्ष की हामी थी।

''अब मैं तुम्हें अपना अन्दाजा बताता हूं।'' – मोती आगे बढा – ''कि सत्तरह साल पहले दीवाली की रात को क्या हुआ था। तुम्हें मालूम था कि उस रात को मेरे बाप ने नौकरों-चाकरों को मिठाई वगैरह देकर विदा कर दिया था और रानी और तम्हाणे पहले ही दिल्ली से जा चुके थे। यानी कि उस रात मैं और मेरा बाप हवेली में अकेले थे। वही उसे दबोच लेने का मुनासिब वक्त था। हवेली की निगरानी पर तैनात अपने आदमियों को तुमने वहां से पहले ही हटा दिया था। सत्तरह साल पहले मेरे सामने चौधरी को तुमने कहा था कि तुमने कोतवाल के कहने पर ऐसा किया था लेकिन मेरा खयाल है कि ऐसा तुमने अपनी मर्जी से किया था।''

''आगे।'' – भट्टाचार्य बेसब्रेपन से बोला – ''आगे बढ़ो।''

''उस रात की स्थिति यह थी कि मेरा बाप अगली सुबह एक करोड़ के जूते के साथ फरार हो जाने वाला था। वह नहीं जानता था कि मुम्बई में उसकी गिरफ्तारी

का सामान हो चुका था लेकिन वह जब गिरफ्तार होता तो उसके पास मौजूद माल भी या पुलिस के पास पहुंचता और या इलैक्ट्रा में पहुंचता। उस माल को खुद हथियाने के लिए उसी रात मेरे बाप पर हाथ डालना तुम लोगों के लिए निहायत जरूरी था। उस रात के बाद कोई और मौका तुम्हारे हाथ नहीं लगने वाला था। करैक्ट?''

''हां। जबड़ा जरा जल्दी-जल्दी चलाओ।''

''उस रात जब मैं सो गया तो तोताराम हवेली पहुंचा। उसने काल बैल बजाई। मेरे बाप ने दरवाजा खोला। उसने अपने आपको तुम्हारा आदमी बताया और मेरे बाप को उसकी स्टडी में लगे माइक्रोफोन के बारे में बताया। उसने मेरे बाप को यह भी बताया कि कोतवाल को उसके फरार हो जाने की सारी योजना की खबर थी और उसने उसकी रंगे हाथों गिरफ्तारी का इंतजाम किया हुआ था। अब उसका बचाव इसी बात में था कि वह सुबह होने से पहले ही हवेली से खिसक जाता और किसी और रूट से मुल्क से फरार होने की कोशिश करता। उसने जरूर मेरे बाप को यह विश्वास दिला दिया होगा कि वह उससे कोई इनाम हासिल करने की खातिर उसे वह सब बता रहा था।''

''इनाम नहीं, उजरत। अपनी सेवाओं की कीमत। उसने कहा था कि दो लाख रुपये के बदले में वह तुम्हारे बाप को मुल्क से फरार होने के किसी दूसरे रास्ते का इन्तजाम करके दे सकता था। वह शक करता या न मानता तो तोताराम उसे जबरन वहां से ले चलने के लिए तैयार हो कर आया था। मैं भी उस वक्त वहीं था। मैं हवेली के बाहर छुपा खड़ा था। तुम्हारे बाप के साथ जोर-जबरदस्ती की नौबत आती तो मैं भी तोताराम की मदद कर सकता था और नौबत आने पर हम वहीं हवेली में ही उसका कत्ल कर सकते थे।''

''लेकिन जाहिर है कि ऐसी नौबत नहीं आयी। मेरी बाप ने स्टडी में छुपा माइक्रोफोन देखा तो वह समझ गया कि तोताराम जो कह रहा था, सच कह रहा था। कोतवाल वाकई सब कुछ जानता था। उन हालात में उसने तोतीराम की बात पर अमल करके वहां से फौरन कूच कर जाने में ही अपनी खैरियत समझी।

तोताराम जरूर मेरे बाप को तुम्हारी कोठी में लेकर गया होगा क्योंकि रिसीविंग स्टेशन को अटैंड करने के लिए उसकी वहां मौजूदगी जरूरी थी। आखिर पुलिस अगर किसी वजह से सुबह से पहले वहां पहुंच जाती तो तुम्हें इस बात की खबर होनी चाहिये थी। वहां तुम लोगों ने मेरे बाप का कत्ल कर दिया और लाश वहां किसी ऐसी जगह दबा दी जिसे चुपचाप खोदना आसान था। तुम्हारी कोठी में वह जगह तलाश कर लेना कोई मुश्किल काम नहीं होगा।'' – मोती एक क्षण ठिठका और फिर बोला – ''उसी जगह तुमने चक्की की भी लाश दबाई हुई है।''

''यह कैसे मालूम?''

''मरने से पहले तोताराम ने बताया था?''

''अच्छा!''

''हां मैंने उससे पूछा था कि मेरा बाप कहां था, चक्की कहां था, तो उसने जवाब दिया था कि दोनों इकट्ठे एक ही जगह थे।''

''हां।'' – भट्टाचार्य एकाएक बेचैनी से पहलू बदलने लगा – ''ठीक कहा था तोताराम ने। दोनों की लाशें मेरी कोठी के तहखाने के फर्श के नीचे दफन हैं। तोताराम के तुम्हारे बाप को वहां लाते ही मैंने उसे गोली मार दी थी। फिर बाद में तोताराम रिसीविंग स्टेशन अटैंड करता रहा था और मैं नीचे तहखाने में चुपचाप उसकी लाश दफन करने का सामान करता रहा था।''

''चक्की को सूरजकुण्ड से तुम लाये थे?''

''और कौन लाता? पाण्डेय तो तब राजस्थान में तुम्हारे पास था। उसी ने मुझे ट्रंक काल पर चक्की का पता बताया था। मैं फौरन सूरजकुंड पहुंच गया था। वहां मैं उससे मिला था और मैंने उसे बताया था कि तुम उसे धोखा दे रहे थे। तुम वास्तव में इलैक्ट्रा के लिए काम कर रहे थे और तुमने सुजाता को शीशे में उतार कर उसकी बाबत उससे सब कुछ कुबुलवा लिया था। मैंने उसे समझाया था कि अब उसे अपनी लिस्ट के बदले में कहीं से चार पैसे हासिल हो सकते थे तो कोतवाल से ही हो सकते थे और कोतवाल से उसकी मैं बात करवा सकता था। उसको मेरी बात जंच गयी थी और वह खुशी-खुशी मेरे साथ चला आया था। कोतवाल के पास

ले जाने की जगह मैं उसे अपनी कोठी में ले आया था जहां मैंने उसे शूट कर दिया था और उसकी लाश तहखाने में वहीं दफना दी थी जहां मैंने सत्रह साल पहले तुम्हारे बाप की लाश दफनाई थी। फिर मैंने उसकी व्हील चेयर में से वह नोट बुक निकाल ली थी जिसमें कि सवा दो सौ आदमियों की लिस्ट थी और व्हील चेयर को तोड़ कर मैं निजामुद्दीन के पुल के पास यमुना में फेंक आया था।''

''नोट बुक में था तुम्हारे जोड़ीदार का नाम?''

''था।''

''नोट बुक का क्या किया तुमने?''

''मैंने उसे जलाकर उसकी राख परनाले में बहा दी।''

''ठाकरे का शेयर सर्टिफिकेट तोताराम के पास कैसे था?''

''वह सर्टिफिकेट तुम्हारे बाप के नोटों से भरे ब्रीफकेस में था। मैंने उसे कहा था कि वह सर्टिफिकेट को नष्ट कर दे। उसने मुझे यही कहा था कि उसने सर्टिफिकेट को आग लगा दी थी लेकिन असल में वह उसे अपने पास रखे रहा। वही शेयर सर्टिफिकेट इतने सालों बाद अग्रवाल के पास गिरवी रखकर वह चार अतिरिक्त पैसे खड़े करने का लोभ संवरण न कर सका। लालच भी क्या अजीब चीज होती है! जो आदमी एक करोड़ के हीरों में मेरा भागीदार था, जिसने तुम्हारे बाप के नोटों से भरे ब्रीफकेस में मेरा हिस्सा बंटाया था, वह कुछ हजार रुपयों के लालच में पड़कर हम दोनों को मुसीबत में डालने से बाज न आया। उसके उस लालच ने आज सत्तरह साल बाद हमारी इतनी फूलप्रूफ स्कीम का बंटाधार कर दिया। अभी तो गनीमत है कि तुम कोतवाल के पास पहुंच गये और मुझे पता लग गया कि तुम किसी लिस्ट की बिना पर अपने बाप के कातिल को तलाश करना चाहते हो। मुझे उम्मीद थी कि तुम लिस्ट का अता-पता जान लोगे तो लिस्ट मैं तुमसे झटक लूंगा लेकिन ऐसा तो हुआ नहीं, उल्टे अपने पीछे लगे तोताराम को तुमने आगरा में पहचान लिया। अब हमारे लिए फौरन कुछ करना जरूरी था। अगर तोताराम का नाम उस लिस्ट में था और अगर तुम उदयपुर पहुंचते तो तुमने जान ही जाना था, तो स्थिति मुकम्मल तौर से हमारे काबू से बाहर हो जाती।''

''यानी कि तोताराम राजस्थान में मुझे और सुजाता को वाकई मार डालना चाहता था?''

''और नहीं तो क्या?''

''बैडरूम के माइक्रोफोन से हुई रिकार्डिंग के टेप तुम लोगों ने इतने सालों से सम्भालकर रखे हुए थे, ऐसा क्योंकर हुआ?''

''वे टेप दरअसल शुरू से ही तोताराम के कब्जे में थे। वे टेप तुम्हारे बाप के अंजाम से मेरा सीधा सम्बन्ध जोड़ सकते थे। उनका अस्तित्व ही मेरी तरफ शक की उंगली उठाने के लिए काफी था। इसलिए तोताराम उन्हें दबाये हुए था ताकि मैं किसी दिन उसी का कत्ल करने का इरादा न कर बैठूं। वे टेप तोताराम के पास मेरे खिलाफ हथियार था। कल उनकी जरूरत तोताराम को समझाकर बड़ी मुश्किल से मैंने टेप उससे निकलवाये। फिर उन्हीं को बार बार सुनकर और उन में से अपने मतलब के शब्द छांटकर हमने तुम्हारे बाप की आवाज का एक और टेप तैयार किया जो कि मैंने तुम्हें फोन पर सुनाया। उसी की वजह से तुम गुड़गांव के जंगल में पहुंचे। वहां हम पहले ही पहुंचे हुए थे। केबिन को खिड़की में हमने तुम्हारे बाप के कद काठ का एक पुतला तक खड़ा कर दिया था। सब कुछ ठीक था। तुम वहां पहुंचे भी लेकिन हम दो बातों में मात खा गये?''

''कौन सी दो बातें?''

''एक तो तुमने सड़क के रास्ते सीधे केबिन तक पहुंचने के स्थान पर झील का घेरा काट कर और छुप कर वहां पहुंचने की होशियारी दिखाई। दूसरे, हमें यह कभी न सूझा कि तुम भी हथियारबन्द हो सकते थे। मैंने चौधरी से खास मालूम किया था कि तुम्हारे पास किसी फायरआर्म का लाइसेंस तो नहीं था! जो रिवाल्वर तुमने राजस्थान में तोताराम से छीनी थी, वह मैं मालूम कर चुका था कि तुमने पुलिस को सौंप दी हुई थी। मुझे अफसोस है कि हालात की रवानगी में मुझे इतनी मालूमी बात का खयाल न आया कि हथियार गैरकानूनी ढंग से भी मुहैया किया जा सकता है और पास रखा जा सकता है।''

''तुमने कहा था कि तोताराम दो बार – एक बार मुम्बई में और दूसरी बार यहां

इलैक्ट्रा के आफिस में – मेरे बाप के सम्पर्क में देखा गया था?''

''वह मैंने झूठ बोला था और वह झूठ मैंने चौधरी को भी फीड किया था। मैं चाहता था कि पुलिस की तवज्जो अगर तोताराम की तरफ जाये तो वह उसे तुम्हारे बाप का ही कोई राजदार समझे, न कि मेरा जोड़ीदार। उस झूठ से मुझे यह फायदा हुआ कि पुलिस समझने लगी कि तोताराम के साथ, उस शख्स के साथ दीवाली की रात को जो तुम्हारे बाप को हवेली से ले गया था, तुम्हारे बाप की पहले से ही कोई सांठ-गांठ थी।''

''सत्तरह साल पहले तुम्हारा इंस्पेक्टर चौधरी के सामने कूदकर इस नतीजे पर पहुंचकर दिखाना भी गलती थी कि दीवाली की रात को जिस आदमी ने हवेली की घण्टी बजाई थी, मेरा बाप उसी के साथ उसी समय हवेली से रवाना हो गया था। मेरा बाप आगन्तुक के आगमन के वक्त ही हवेली से रवाना हुआ था, ऐसा साधारणतया कहना मुहाल था लेकिन आगन्तुक को – तोताराम को – क्योंकि भेजा ही तुमने था, इसलिए तुम्हें इस बात की खबर थी।''

''वह मेरी गलती थी लेकिन गनीमत है कि तब वह चौधरी की पकड़ में नहीं आयी थी।''

''पकड़ में तो आयी थी लेकिन तब वह उससे कोई नतीजा नहीं निकाल पाया था।''

''सत्तरह साल पहले की इतनी बारीक बातें तुम्हें आज भी कैसे याद हैं?''

''मैं उन दिनों एक डायरी लिखा करता था जिनमें मैं अपने पिता के साथ हुए विश्वासघात की घटनाओं को दर्ज किया करता था। वह डायरी न होती तो बचपन की तकरीबन बातें मुझे कब की भूल-भाल गयी होतीं। उस डायरी की वजह से ही मुझे आज भी याद है कि मेरे बाप ने अपने बैडरूम में मेरे साथ कब, कौन सी महत्वपूर्ण बात की थी। उस डायरी की वजह से ही मुझे अपने बाप की ज़ुबान से केवल एक बार निकला वह फिकरा नहीं भूला था जो आज मैंने इलैक्ट्रा के आफिस में तुम्हारी ज़ुबान से सुना था – स्काउट्समैन जैसा पवित्र वादा! ऐसी ही और कई बारीकियां मुझे अपनी उस डायरी की वजह से याद हैं।''

‘‘मेरी तरफ इशारा करने वाली कोई और बात?’’

‘‘वह ट्रंक काल जो तोताराम ने राजस्थान से अपने जोड़ीदार को की थी। तोताराम ने दिल्ली के जिस नम्बर पर काल की थी, वह मैं डाकखाने से मालूम किया था। भट्टाचार्य, वह नम्बर तुम्हारी कोठी का है, मैंने अभी थोड़ी देर पहले ही टेलीफोन एक्सचेंज से इस बात की तसदीक की है।’’

‘‘ओह!’’

‘‘तुम एक भूतपूर्व पुलिस इंस्पेक्टर हो, सुना है कि तुम कदरन ईमानदार भी थे और अपने खिलाफ हुए एक षड्यन्त्र के जरिए इसीलिए नौकरी से निकाले गये थे क्योंकि तुम ने अपने उच्चाधिकारियों के रिश्वतखोरी के रास्ते में रुकावट बनने की कोशिश की थी। मैं तुम्हारे जैसे आदमी की हत्या और चोरी जैसे अपराधों में शिरकत की कल्पना नहीं कर पा रहा हूं।’’

‘‘मैं था एक ईमानदार पुलिस इंस्पेक्टर।’’ – वह वितृष्णापूर्ण स्वर में बोला – ‘‘लेकिन क्या सिला मिला मुझे अपनी ईमानदारी का? मेरी ईमानदारी ने मेरी नौकरी छुड़वाई और मैं जेल जाने से बाल-बाल बचा। कोतवाल ने जिन दिनों मुझे नौकरी दी थी, तब मैं पैसे-पैसे को मोहताज था, घर चलाने और परिवार पालने की जिम्मेदारी ने मेरा बाल-बाल कर्ज से बींध दिया हुआ था। शराब में अपना दुख तकलीफ डुबोने का मैं आदी बन चुका था। रो रोकर जो नौकरी मिली थी, उसका कोई भरोसा नहीं था कि वह कब तक चलने वाली थी। लड़के नालायक थे। न पढ़ने लिखने के काबिल थे और न कुछ और करने के। उनकी कोई सहायता करने का मेरे पास कोई साधन नहीं था और अपनी दो टाइम की रोटी खुद कमा सकने लायक बनते वह मुझे दिखाई नहीं दे रहे थे। ऐसे माहौल में मुझे और तोताराम को तुम्हारे बाप के एक करोड़ के जूते की खबर लगी थी। इस माल का आधा हिस्सा मेरी और मेरे परिवार की जिन्दगी संवार सकता था। बदले में हमने करना क्या था? हमने एक ऐसे चोर को गायब कर देना था जो वैसे ही गायब हो जाने पर आमादा था। मैं लालच में आ गया। फंसा हुआ आदमी कुछ भी कर सकता है, बरखुरदार।’’

वह एक क्षण ठिठका और फिर बोला – ''शुरू में अपनी करतूत के लिए मेरी अन्तरात्मा मुझे धिक्कारती थी तो मैं यही सोचकर अपने आपको तसल्ली देता था कि मैंने जो कुछ किया, एक ऐसे शख्स के साथ किया जो खुद चोर था और सख्त-से-सख्त सजा का हकदार था।''

''मेरा बाप कुछ भी था, उसको सजा देने का हक तुम्हें नहीं था। और मौत की सजा का हकदार तो वह हरगिज भी नहीं था।''

''कुबूल। इस बात का गम तुम यह सोचकर गलत कर सकते हो कि तोताराम तुम्हें बचपन में ही मार डालना चाहता था। मैंने दख्लअन्दाजी न की होती तो तुम अपने बाप के पीछे-पीछे ही परलोक सिधार गये हाते। तोताराम चाहता था कि अगर तुम उसे पहचान जाओ तो वह तुम्हें मार डाले। मैं बड़ी मुश्किल से उसे समझा पाया था कि वह तुम्हें सिर्फ आतंकित ही कर देता तो उसका मतलब हल हो सकता था। एक दस साल के बच्चे का खून होता देखना मुझे गवारा नहीं हुआ था। मैंने तोताराम को समझाया था कि तुम्हारा अपने बाप से वादा भी था और उसकी धमकी का आतंक भी था, तुम अपनी ज़ुबान नहीं खोलने वाले थे। फिर बच्चा तो बड़ा होकर बचपन की बातें भूल भी जाता है। ऊपर से वक्त के साथ-साथ बालिग आदमी की शक्ल में हजार तब्दीलियां आ जाती हैं। तोताराम की बड़ी मुश्किल से तसल्ली हुई थी। लेकिन उसका दुर्भाग्य कि तुम कोई मामूली बच्चे न निकले। तुमने सत्रह साल बाद भी उसे झट पहचान लिया।'' – उसने असहाय भाव से गरदन हिलाई – ''अब बताओ, सकलानी का क्या किस्सा है?''

''अभी थोड़ी देर पहले मैंने उसे तोताराम का असली नाम और उसका उदयपुर का पता बताया है।''

''क्यों?'' – भट्टाचार्य तनिक चौंक कर बोला।

''उसकी धमकी थी कि अगर मैं पुलिस से पहले उसे तोताराम का पता नहीं बताऊंगा तो वह राज बुन्देला का कत्ल करा देगा।''

''तुमने उसे बाकी सब कुछ भी कह सुनाया? जैसे बैडरूम के माइक्रोफोन के बारे में या मेरी कोठी की बेसमेंट में दबी लाशों के बारे में या . . .''

''नहीं। बाकी कुछ नहीं बताया मैंने उसे। लेकिन अभी तक सकलानी उदयपुर में अपने किसी अन्डरवर्ल्ड कांटैक्ट को फोन कर भी चुका होगा। वहां तोताराम के पास अगर ऐसा कुछ हुआ जो कि उसका सम्बन्ध तुमसे जोड़ सकता हो तो वह सब कुछ अब तक सकलानी के कान्टैक्ट के हाथ लग चुका होगा। कहने का मतलब यह है कि हो सकता है कि सकलानी के पास उदयपुर से कोई खबर आ भी गयी हो और उसके आदमी तुम्हारी तलाश शुरू कर भी चुके हों।''

''उठकर खड़े हो जाओ।''

''भट्टाचार्य, तुम बच नहीं सकते। सकलानी ने तुम्हारा काम तमाम न किया तो पुलिस के पल्ले पड़ जाओगे इसलिए . . .''

''उठो!''

मोती उठ खड़ा हुआ।

''तुम्हारे जैसे जहीन नौजवान की जान लेते मेरा दिल दुख रहा है लेकिन क्या करूं, मजबूरी है।''

''तुम मुझे मारे बिना भी यहां से फरार हो सकते हो।''

''फरार कौन होना चाहता है! मैं यहीं रहूंगा। तुम्हारी मौत के बाद मेरी तरफ उंगली उठाने वाला कोई नहीं रहेगा।''

''लेकिन तोताराम . . .''

''तोताराम से मेरा कैसा भी सम्बन्ध साबित नहीं किया जा सकता। सकलानी को उदयपुर से कुछ नहीं मालूम होने वाला। मेरे खिलाफ तोताराम के पास सिर्फ वो टेप थे जिनमें से हमने तुम्हारे बाप की आवाज रिकार्ड की थी। वो टेप भी अब मैं नष्ट कर चुका हूं। सच पूछो तो वे टेप हाथ आ जाने के बाद से ही मैं खुद ही तोताराम का कत्ल करने की फिराक में था लेकिन मेरा दांव नहीं लगा था। नहीं, बरखुरदार, मैं तुम्हें जिन्दा नहीं छोड़ सकता। तुम्हारे अलावा मेरे खिलाफ कतई कुछ नहीं है।''

मोती के दायें कन्धें के पास दीवार पर एक फ्रेम की हुई विशाल तस्वीर लगी हुई थी, उस पर एक उड़ती निगाह डालता वह बोला – ''है।''

''क्या है?''

''टेप रिकार्डिंग।''

''कैसी टेप रिकार्डिंग?''

''उस वार्तालाप की टेप रिकार्डिंग जो इस वक्त हमारे बीच हो रहा है।''

''क्या बकते हो?''

''मैं हकीकत बयान कर रहा हूं। यहां कदम रखते समय मुझे पता था कि यहां ऐसी कोई नौबत आ सकती थी। इसीलिए मैंने पहले ही यहां ट्रांजिस्ट्राईज्ड, वायरलैस माइक्रोफोन छुपा दिया था। उसका रिसीवर मैं तुम्हें नहीं बताऊंगा कि कहां है लेकिन माइक्रोफोन तो मैं तुम्हें अभी दिखा सकता हूं।''

''कहां है माइक्रोफोन?'' – वह आतंकित भाव से बोला।

''इस तस्वीर के पीछे।''

तुरन्त मोती ने दोनों हाथों से तस्वीर थामी। एक झटके से उसने तस्वीर को वहां से हटाया और उसे फेंककर भट्टाचार्य के रिवाल्वर वाले हाथ पर मारा।

साथ ही उसने फर्श पर पड़ी अपनी रिवाल्वर की तरफ छलांग लगाई।

तस्वीर भट्टाचार्य के रिवाल्वर वाले हाथ से टकराई। रिवाल्वर उसके हाथ से छिटक कर थोड़ा परे जा गिरी। वह फौरन अपनी रिवाल्वर की तरफ लपका।

दोनों की रिवाल्वरें एक साथ उनके हाथों में पहुंचीं।

लेकिन पहले मोती की ही रिवाल्वर से गोली चली।

आखिर वह भट्टाचार्य से आधी उम्र का था।

भट्टाचार्य एक नौजवान जितना फुर्तिला न निकला।

कार मोती चला रहा था।

कोतवाल उसकी बगल में बैठा था।

उस मुलाकात की इच्छा कोतवाल ने व्यक्त की थी। मोती ने कहा था कि उस रोज दिल्ली का मौसम सुहावना था इसलिए क्यों न वार्तालाप ड्राइव के दौरान हो। कोतवाल को बात बड़ी असाधारण और रहस्यपूर्ण लगी थी लेकिन उसने इनकार नहीं किया था।

कार उस वक्त गुड़गांव की दिशा में दौड़ी जा रही थी।

कोतवाल को इस बात का अफसोस था कि हीरे हाथ नहीं लगे थे। भट्टाचार्य और पांडेय उसे कब के बेच-बाच कर बराबर कर चुके थे।

''मैंने अपने वकील से बात की है।'' – एकाएक कोतवाल बोला – ''वह कहता है कि उस दौलत का बचा खुचा भाग उन दोनों के वारिसों से भी बरामद किया जा सकता है।''

''बहुत कठिन काम है।'' – मोती बोला।

''फिर भी कोशिश करेंगे।''

''ऐसी कोशिश आप ही कर सकते हैं, आखिर माल आपका था।''

''तुम्हें तो घाटा हो गया! कुछ बरामद होता तो उसका पच्चीस प्रतिशत मिलता न तुम्हें!''

''फिर भी मैं सन्तुष्ट हूं। जो मैं करने निकला था, मैंने कर दिखाया। कम-से-कम इस रहस्य से पर्दा तो उठा कि सत्तरह साल से मेरा बाप कहां गायब था।''

''दो हजार का मनीआर्डर तुम्हें भट्टाचार्य भेजा करता था?''

''हां। और वही मनीआर्डर फार्म पर मेरे डैडी के जाली दस्तख्त बनाया करता था। मेरे डैडी के कत्ल की तरफ किसी की तवज्जो न जाये, वे जिन्दा समझे जायें; इसकी दो हजार रुपये सालाना उसे मामूली फीस लगती थी। मरने से पहले उसने खुद अपने मुंह से यह कबूल किया था।''

''उसने यह नहीं बताया था कि हीरे बेचकर हासिल हुई दौलत का उसने क्या किया था?''

''बताया था। वह सारी दौलत उसने अपने नालायक बेटों को किसी काबिल बनाने में लगा दी थी। लेकिन तकदीर की मार कि बेटे फिर भी नालायक के नालायक ही रहे थे। पिछले सत्तरह सालों में उन्होंने सारी जमा पूंजी उड़ा दी थी। इसीलिए भट्टाचार्य को बुढापे में भी आपकी नौकरी करनी पड़ रही थी।''

''नौकरी तो वह इसलिए भी नहीं छोड़ता होगा ताकि किसी की तवज्जो उसके पास मौजूद पचास लाख रुपये की तरफ न जाये। किसी के पास पचास लाख रुपया

हो तो वह क्या नौकरी करता है? साथ ही इलैक्ट्रा की नौकरी में बने रहने से उसे यह फायदा था कि आवतरमानी केस में जो भी नई डवैलपमैंट होती, वह फौरन उसकी जानकारी में आती।''

''जैसे यह आ गयी थी कि मैं अपने बाप की लाश की तलाश का अभियान शुरू करने जा रहा था।''

''करैक्ट।''

पैसे के मामले में मोती पूरी तरह से घाटे में नहीं रहा था। भट्टाचार्य के गोली खाकर धराशायी होने के बाद उसने पाया था कि चक्की की मनीबैल्ट वह अपने शरीर पर पहने था। मोती ने वह मनी बैल्ट उतार ली थी और पाया था कि उसमें ढाई लाख से कुछ ही रुपये कम थे। इस प्रकार उसका अपना और आंटी सोफिया का हिस्सा तो वापिस बरामद हो ही गया था, चक्की का कोई वली वारिस न होने की वजह से बाकी का माल भी उसी का था।

भट्टाचार्य पुलिस को बयान देकर मरा था

अपने बयान में उसने अपना अपराध कबूल किया था। उसने यह भी कबूल किया था कि अपने जोड़ीदार के साथ मिलकर उसने गुड़गांव के जंगल में मोती का कत्ल करने की कोशिश की थी जिसमें आत्मरक्षा के लिए मोती को उसके जोड़ीदार को शूट करना पड़ा था।

मोती के पास पांडेय को शूट करने के लिये हथियार कहां से आया?

वह रिवाल्वर वहीं जंगल में पड़ी थी जो कि इत्तफाक से मोती के हाथ लग गयी थी।

किसी को मोती की बात का विश्वास न हुआ।

लेकिन क्योंकि कोतवाल की मेहरबानी से इलैक्ट्रा के वकीलों की एक पूरी टीम मोती की पीठ पर थी इसलिए पुलिस उसके खिलाफ कोई केस न बना सकी।

भट्टाचार्य ने अपने घायल होने के बारे में भी ऐसा बयान दिया था जो कि सन्देहजनक तो हद से ज्यादा था लेकिन उससे मोती को भी फायदा हुआ और उससे राज बुन्देला की भी प्राण रक्षा हो गयी। भट्टाचार्य ने कहा कि वह गुड़गांव

के जंगल में तब घायल हआ था जबकि वह वहां मोती को मारने की कोशिश कर रहा था। घायलवस्था में वह राजपुर रोड अपने घर पहुंचने की कोशिश कर रहा था लेकिन करोलबाग से आगे नहीं बढ़ सका था। वहां वह किसी प्रकार पाण्डेय के फ्लैट पर पहुंच गया था जहां की कि उसके पास भी चाबी थी। वहां से उसी ने आत्मसमर्पण करने और डाक्टरी सहायता प्राप्त करने की नीयत से पुलिस को फोन किया था।

भट्टाचार्य के बयान की रू में मोती ने भी यहीं कहा कि वह वहां बाद में पहुंचा था।

सत्रह साल पुराने केस को अनायास हल होता पाकर पुलिस ने भी केस के हल का वही संस्करण कबूल कर लिया जो कि उन्हें प्लेट में सजा कर पेश किया गया था।

''मैं कल रात तुम्हारे डिस्को में गया था।'' – एकाएक कोतवाल बोला – ''वहां तुम मौजूद नहीं थे . . .''

''तब मैं पुलिस की हिरासत में था।''

'' . . .लेकिन वहां मैंने कैशियर के पिंजरे में एक खूबसूरत लड़की बैठी देखी थी। वह लड़की वही नहीं थी जो चक्की को हर जगह ले लेकर फिरा करती थी?''

''वही थी। सुजाता नाम है उसका। वह रैड रोज की नयी ''अम्मा'' है।''

''पहली वाली का क्या हुआ? उसका, जिसका तुम्हारे फादर के साथ अफेयर . . .''

''रानी ने मेरे डैडी के भूतपूर्व बाडीगार्ड तम्हाणे से शादी कर ली है।''

''आई सी।''

''देर आयद दुरुस्त आयद।''

''तुम्हारा अपने बारे में क्या प्रोग्राम है?''

''कैसा प्रोग्राम?''

''साहबजादे, मैं तुम्हारी माली हालत से नावाकिफ नहीं। मैं इस बात से भी नावाकिफ नहीं कि गोपाल टावर की तामीर पहली मंजिल के बाद से ही रुकी

क्यों पड़ी है! एक करोड़ का जूता बरामद हो जाता तो तुम्हारी महत्वाकांक्षाओं को आक्सीजन का नया डोज मिल सकता था लेकिन वह कहानी तो अब खत्म हो गयी! अब क्या करोगे?''

''आपकी राय में मुझे क्या करना चाहिये?''

''मेरी राय में तो तुम्हें गोपाल टावर को जैसा है, वैसा ही बेच देना चाहिये। हासिल रकम से तुम अपना कर्जा उतारने में कामयाब हो जाओगे। हो सकता है कुछ रकम बाकी भी बच जाये।''

''लेकिन साथ ही मैं बेरोजगार भी तो हो जाऊंगा! इमारत बेचते ही रैड रोज भी तो बन्द हो जायेगा जो कि आज की तारीख में मेरी रोजी-रोटी का जरिया है!''

''उसका हल मेरे पास है।''

''क्या?''

''मैं तुम्हें इलैक्ट्रा में नौकरी दे सकता हूं।''

''क्या!''

''बढ़िया, इज्जतदार नौकरी। मैं तुम्हें इलैक्ट्रा का सेल्ज मैनेजर बनाना चाहता हूं।''

''आप शायद भूल रहे हैं कि मैं गोपाल आवतरमानी का बेटा हूं। कम्पनी के बाकी डायरेक्टर और शेयरहोल्डर आपको ऐसा करने देंगे?''

''वो नहीं करने देंगे लेकिन फिर भी ऐसा होगा। उनकी मुखालफत के बावजूद होगा। इलैक्ट्रा की नौकरी तुम्हें बहुत रास आयेगी, साहबजादे। बहुत तरक्की करोगे तुम यहां। बाद में कभी किसी और बेहतर प्रास्पैक्ट के लिये नौकरी छोड़ोगे भी तो तुम्हारी काबलियत की यही सबसे बड़ी दस्तावेज होगी कि तुम्हारे बाप की तमाम करतूतों के बावजूद मैंने तुम्हें इलैक्ट्रा में नौकरी दी थी।''

तभी मोती ने कार जंगल के बीच काटेज के सामने ले जाकर रोकी।

''शुक्रिया'' – वह बोला – ''मैं आपकी आफर की कद्र करता हूं लेकिन मुझे यह आफर कुबूल नहीं।''

''वजह?''

''सबसे बड़ी वजह तो यही है कि आवतरमानी एस्टेट एजेन्सी अभी उतने बुरे

हाल में नहीं पहुंची है जितने की कि आप कल्पना कर रहे हैं।''

''लेकिन . . .''

''एक बार जरा चारों तरफ निगाह घुमाइये, कोतवाल साहब, और फिर बताइये कि क्या दिखाई देता है आपको?''

''झाड़-झंखाड़। जंगल। बियाबान।''

''आपको जहां झाड़-झंखाड़, जंगल और बियाबान दिखाई दे रहा है, वहां मुझे सड़कें और गलियां दिखाई दे रही हैं, खेल के मैदान और स्कूल दिखाई दे रहे हैं, बंगले और फ्लैट दिखाई दे रहे हैं, सिनेमा हाल और मार्केट दिखाई दे रही हैं। एक आलीशान कालोनी दिखाई दे रही है यहां मुझे।''

''क्या?''

''आपकी जानकारी के लिये इस सारे जंगल का एक ही मालिक है और इस जंगल पर अपना ''नशेमन'' बनाने के लिये सत्रह साल पहले मेरे बाप ने इसका बयाना भरा था। मेरी इसके मालिक से बात हो चुकी है और वह पुरानी कीमत पर ही मुझ यह सारी जमीन बेचने के लिये इसलिये तैयार है क्योंकि मैं गोपाल यशवन्तराय आवतरमानी का बेटा हूं। मुझे यह जानकर बड़ी खुशी हुई थी कि दुनिया में कोई तो शख्स ऐसा था जिसे मेरे बाप की कद्र थी। कहने का मतलब यह है कि कल इस जमीन की हमारे नाम रजिस्ट्री हो जायेगी और फिर . . .''

''हमारे नाम?'' – कोतवाल सकपकाया – ''यानी कि तुम्हारे साथ इस अभियान में और लोग भी शामिल हैं?''

''कई लोग शामिल हैं।''

''मसलन?''

''मेरे अंकल ग्रैगरी, राज बुन्देला, तम्हाणे, आपकी बेटी . . .''

''क्या!'' – कोतवाल चौंका – ''मेरी बेटी भी?''

''जी हां। शान्ता एक समझदार बाप की समझदार बेटी है। उसे इस प्रोजेक्ट में बहुत सम्भावनायें दिखाई दे रही हैं। वह बराबर का पैसा नहीं लगा सकती इसलिये वह सिर्फ पांच प्रतिशत की पार्टनर है लेकिन'' – मोती एक क्षण ठिठका और फिर

बोला – ''शान्ता की पैसे की कमजोरी शान्ता का बाप कवर कर सकता है।''

''क्या? पागल तो नहीं हो गये हो तुम? तुम समझते हो मैं इस बियाबान जंगल में अपना पैसा गर्क करूंगा? तुम्हें नौकरी देना और बात है लेकिन . . .''

मोती को अपना ब्रीफकेस खोलता पाकर वह खामोश हो गया।

''यह देखिये'' – एक एक कागज निकालकर कोतवाल के सामने करता मोती बोला – ''यह गुड़गांव म्यूनीसिपैलिटी की यहां का जंगल काटने की और यहां कालोनी खड़ी करने की इजाजत है। यह हरियाणा सरकार की इस प्रोजेक्ट के लिये सहमति है। यह दिल्ली के सबसे बड़े आर्कीटैक्ट का बनाया कालोनी का मास्टर प्लान है जो स्थानीय जल विभाग को, बिजली बोर्ड को, फायरब्रिगेड को और गुड़गांव अरबन डवैलपमैन्ट अथारिटी को पहले ही पेश किया जा चुका है। यह इंजीनियरिंग रिपोर्ट है कि कालोनी खड़ी करने के लिये जमीन उपयुक्त है और नीचे से निकलने वाला पानी मीठा है। और अन्त में यह देखिये, यह एक्सपर्ट लोगों द्वारा की गयी मार्केट सर्वे की रिपोर्ट है कि यहां का जंगल कटते ही इस जमीन की कीमत बीस गुणा हो जायेगी, कालोनी की तामीर शुरू होते ही पचास गुणा हो जायेगी। जगह दिल्ली के करीब है इसलिये देख लीजियेगा, दिल्ली के लोग इसकी खरीद पर टूट कर पड़ेंगे। कोतवाल साहब, इतने शानदार प्रोजेक्ट के पार्टनर आप सिर्फ डेढ करोड़ की पूंजी लगाकर बन सकते हैं।''

''ड-डेढ-करोड़! तुम्हारा सिर तो नहीं फिर गया? एक आवतरमानी का भरोसा करके मैं डेढ करोड़ रुपया इनवैस्ट करूंगा!''

''समझदार होंगे तो जरूर करेंगे।''

''लेकिन . . .''

''एक बात और। आप अपनी भाषा सुधार लीजिये वर्ना पछतायेंगे। आवतरमानी सिर्फ मेरा बाप ही नहीं था, या मैं ही नहीं हूं आप जब भी मेरे बाप के बारे में मुंह खोलते हैं, तो हिन्दोस्तान के, बल्कि दुनिया के सारे आवतरमानियों को एक लाइन में खड़ा कर देते हैं। किसी और आवतरमानी ने, या किसी और सिन्धी

ने भी, आपकी यह भाषा सुन ली तो आप अदालत के कठघरे में खड़े होंगे और अपने पर लगे इज्जत हत्तक के दावे की जवाबदेही कर रहे होंगे।''

कोतवाल तिलमिलाया, तड़पा, लाल-पीला और हरा हुआ और फिर कठिन स्वर में बोला – ''वह जुदा मसला है लेकिन डेढ़ करोड़ रुपया . . .''

''आप जैसे साधन सम्पन्न व्यक्ति के लिये मामूली रकम है। कोतवाल साहब, आपका नाम हमारी पीठ पर होगा तो यह प्रोजेक्ट चलेगा नहीं, दौड़ेगा। फिर कोई बैंक भी हमें कर्जा देने से परहेज नहीं करेगा। ऊपर से हम सब तो आपके बाल-बच्चे होंगे। इसके सर्वे-सर्वा तो आप ही होंगे।''

''लेकिन डेढ़ करोड़ . . .''

''शंकर, राव कोतवाल जैसे आदमी के लिये एक निहायत ही मामूली रकम है। इतनी रकम आप कान से मैल निकालने जितनी सुविधा से मुहैया करा सकते हैं . . .''

मोती उसे समझाता रहा, कोतवाल विरोध करता रहा लेकिन कुछ ही मिनटों के बाद विरोध छोड़कर वह मोती से रकम घटाने को कह रहा था और उससे अपनी शर्तें डिसकस कर रहा था।

□□